Robin Schone

Auteure célèbre, elle incarne l'excellence de la romance historique érotique. Traduite dans une trentaine de pays, elle a reçu le prix Romantic Times qui récompense les œuvres les plus originales.

Pour l'amour de Rose

Du même auteur
aux Éditions J'ai lu

Délices interdites
N° 7460

Extases
N° 7522

Voyage au jardin des sens
N° 9287

LES ANGES

1 – L'amant de mes songes
N° 9557

2 – La femme de Gabriel
N° 11082

Robin SCHONE

LE CLUB – 2

Pour l'amour de Rose

Traduit de l'anglais (États-Unis)
par Camille Dubois

J'AI LU

J'AI LU
POUR elle

Titre original :
CRY FOR PASSION

Éditeur original :
Berkley Sensation, published by the Berkley Publishing Group published
by the Penguin Group (USA) Inc., New York

1

Londres, 1886

Les gens s'entassaient dans le tribunal d'Old Bailey. L'ambiance était à la jubilation.

James Whitcox avait gagné. Jack Lodoun avait perdu.

Une fois de plus !

— Maître Lodoun ? cria quelqu'un dans son dos. Pourriez-vous m'accorder une seconde de votre temps ?

Il remonta son col. L'épaisse étoffe de laine ne chassa pas le froid. L'air humide et glacé lui pinçait les joues.

Il accéléra le pas. La femme qui trottinait après lui ne se laissa pas décourager.

Mais le procès était fini. Et il était épuisé.

— Maître Lodoun, s'il vous plaît ?

Les claquements de talons se rapprochaient. Il n'avait plus que deux ou trois pas à faire pour héler le fiacre qui venait justement dans sa direction.

Déjà, il s'apprêtait à brandir son parapluie.

— Je vous en prie, dit la femme. J'ai besoin de vous.

Jack s'immobilisa au milieu de son geste. Le fiacre passa sans s'arrêter, tiré par un cheval roux et noir écumant de sueur, les oreilles baissées, qui jouait avec son mors comme s'il cherchait à le recracher.

— Si c'est un avocat dont vous avez besoin, madame Clarring, je vous conseille de vous adresser à mon excellent confrère James Whitcox plutôt qu'à moi.

— Vous vous souvenez de mon nom ? demanda-t-elle de sa belle voix claire.

Bien sûr qu'il s'en souvenait. Il l'avait citée à comparaître. Il l'avait interrogée.

À présent, il ne demandait qu'à les oublier, elle et ce maudit procès.

Mais elle ne paraissait pas disposée à se laisser oublier.

Rose Clarring se posta devant lui.

— Maître Lodoun, écoutez-moi : je veux juste divorcer.

Jack la regarda avec curiosité.

— Votre mari est-il bigame ?

— Non, répondit-elle. Bien sûr que non.

Dans la vie de Jack, il n'y avait qu'une chose certaine : la loi.

— A-t-il abandonné le domicile conjugal ? questionna-t-il, connaissant d'avance la réponse.

Elle étreignit son parapluie entre ses doigts gantés de cuir noir.

— Non.

— Dans ces conditions, je vous conseille de l'assassiner, madame Clarring, car aucun avocat ne vous obtiendra le divorce. Pour vous débarrasser de lui, je ne vois pas d'autre solution. Mais, soyez tranquille, Whitcox vous fera acquitter en moins de deux.

Elle resta insensible à ses sarcasmes.

— J'aime mon mari, maître Lodoun.

— En effet, c'est ce que vous avez dit tout à l'heure à la barre des témoins.

Rose Clarring avait trente-trois ans. Elle était blonde, avec des yeux clairs et un beau visage ovale qui aurait dû être pâle si les joues n'avaient été bleuies par le froid. Élégante avec son petit chapeau noir à aigrette et sa cape de velours, elle lui arrivait au menton – il faut dire qu'il mesurait plus d'un mètre quatre-vingts. Elle avait l'air fragile, capable de s'effondrer pour un rien.

Mais Jack n'était pas dupe. À la barre des témoins, pas une seule fois elle n'avait détourné les yeux alors qu'il faisait exprès de la rabaisser, et elle n'était tombée dans aucun des pièges qu'il lui avait tendus.

Rose Clarring se rapprocha de Jack, jusqu'à ce qu'il ne puisse plus ignorer son parfum.

— Vous avez fait du bon travail, monsieur.

Jack ricana.

— Je vous rappelle que j'ai perdu.

— Parce que vous l'avez bien voulu.

Soudain, il ne rit plus.

— Quoi ? Êtes-vous en train de m'accuser de forfaiture, madame ?

— Je veux juste dire que, pour gagner, il vous aurait suffi de mentionner que Me Whitcox et Mme Hart étaient amants.

Et Frances Hart – une veuve de quarante-neuf ans qui avait adhéré au club des Messieurs et des Dames au lieu de se complaire dans son chagrin – aurait été confiée à la tutelle de son fils, le client de Jack, qui se serait empressé de la faire enfermer dans un asile d'aliénés. Et James Whitcox, l'homme qui ne perdait jamais, aurait su ce que cela faisait de perdre la femme qu'il aimait.

Mais Jack, qui avait juré de servir la loi, avait caché au juge des éléments de première importance. Et il n'aurait même pas su dire pourquoi.

— Vrais biscuits de Coventry, qui qu'en veut ? Un demi-penny ! Qui qu'en veut ? lança un colporteur.

Un second colporteur, qui remontait la rue juste derrière lui, criait :

— Une bonne bière pour faire passer les biscuits ? C'est ici ! C'est ici, la bonne bière !

— Je ne peux rien pour vous, dit Jack en faisant un pas en arrière.

— Si vous étiez Me Whitcox, peut-être que vous n'y pourriez rien, répliqua Rose Clarring. Mais vous êtes Jack Lodoun, membre de la Chambre des communes.

Une pâle lumière filtrait à travers les nuages, nimbant les contours de son chapeau et jouant avec les plumes blanches de son aigrette.

— Vous voudriez que j'intercède en votre faveur au Parlement ?

— Oui.

Il n'y avait aucune hésitation dans son regard ou dans sa voix. Pour autant qu'il s'en souvienne, à la barre des témoins elle n'avait hésité qu'une fois, lorsqu'il lui avait demandé si son mari l'avait accompagnée.

— Il n'en est pas question, dit-il formellement.

La société n'approuvait pas le divorce. Et le Parlement non plus. Son siège à la Chambre des communes, c'était tout ce qu'il lui restait.

Il tourna délibérément le dos à Rose Clarring.

— N'avez-vous jamais été amoureux, maître Lodoun ? lança-t-elle tout de go.

Jack resta muet un court instant, les mains crispées sur le manche de son parapluie.

— À la différence des gens comme vous, madame Clarring, rétorqua-t-il d'un ton mordant, je ne suis jamais tenté de parler de ma vie intime avec des étrangers.

Il s'était éloigné d'un pas, elle se rapprocha d'autant.

— Vous n'aimez pas le club des Messieurs et des Dames, n'est-ce pas ? demanda-t-elle.

— Ce que je n'aime pas, c'est les femmes qui compromettent délibérément la réputation de leurs maris.

— Vous préféreriez qu'elles les assassinent ?

De l'autre côté de la rue se trouvait la librairie Bailey. Tout le monde savait qu'on y vendait sous le manteau des livres pornographiques. Un mois plus tôt, Frances Hart, James Whitcox et d'autres membres du club des Messieurs et des Dames étaient venus y chercher de quoi nourrir leur imagination.

Parmi eux, il y avait Rose Clarring.

Mais, cette information-là, Jack ne l'avait pas dévoilée non plus.

— Vous avez parlé de vous séparer de lui, rappela-t-il. Pas de l'assassiner.

— Mais je suis en train de le tuer à petit feu, insista-t-elle en se plantant devant lui. L'amour que je lui porte le tue. L'amour qu'il me porte le tue.

Elle leva vers lui son visage violacé par le froid. Une saute de vent fit claquer sa cape noire et manqua emporter le chapeau melon de Jack.

— Il se meurt un peu plus chaque jour, maître Lodoun. Tout cela à cause de ma lâcheté.

À la barre des témoins, dans la lumière tremblante des lampes à gaz, les yeux de Rose Clarring avaient paru bleu nuit. Maintenant, en plein jour, ils étaient de cette rare nuance de mauve pâle qu'on nomme pervenche.

— Pourtant, fit remarquer Jack, vous êtes là, en face de moi, débordante de courage.

Par-dessus le chapeau de Rose Clarring, Jack chercha des yeux un fiacre.

— Grâce à vous et à la façon dont vous avez regardé Mme Hart et Me Whitcox.

— Je les ai regardés pour ce qu'ils étaient, répliqua-t-il sèchement. Une plaignante et un confrère.

— Vous les avez regardés avec envie.

Les plumes de son aigrette, secouées par le vent, semblaient avoir attrapé la danse de Saint-Guy.

— Parce que vous saviez qu'ils s'aimaient, ajouta-t-elle, qu'ils ont trouvé le trésor que tout le monde cherche.

Jack sourit narquoisement.

— Ce qu'ils ont trouvé, je peux aller me l'acheter n'importe quel soir de la semaine.

— Oh non, ne croyez pas cela, répondit-elle avec assurance. Le véritable amour ne s'achète pas. Même si on le souhaite.

Elle l'exaspérait, avec ses certitudes et son aplomb.

— Et comment l'ont-ils trouvé au juste, ce véritable amour ? s'exclama-t-il d'un ton sarcastique. Dans les arrière-boutiques où l'on trafique de sales petits livres qui ne servent qu'à encourager les plus noires perversions ?

Rose Clarring ne se troubla nullement.

Elle venait de comprendre qu'il connaissait les secrets des treize membres du club des Messieurs et des Dames – des secrets qu'il aurait dû révéler et qu'il avait gardés pour lui.

Les comptes rendus de leurs réunions étaient gravés dans la mémoire de Jack. Avec tous les détails.

Des affirmations provocantes. Des détails gênants. Des révélations scandaleuses.

Hommes et femmes posant des questions indiscrètes. Hommes et femmes répondant sans pudeur.

Il était surtout question de solitude. De désir.

— Vous avez peur, n'est-ce pas ? dit Rose Clarring.

Jack était avocat, mais il était aussi député. Les hommes qui dépendent de l'opinion publique ne peuvent pas avouer leur peur. Ni leur chagrin. Ni leur culpabilité.

— Et vous, madame Clarring ? riposta-t-il. Votre nom sera dans tous les journaux dès demain matin. Vous êtes une très jolie femme. Il y aura peut-être votre description. Vous ne pourrez plus cacher à votre mari vos petites activités clandestines. Il aura le droit de vous faire enfermer, exactement comme mon client a tenté de le faire avec sa mère. Sauf qu'il n'y aura pas de Whitcox pour vous sauver. À votre place, j'aurais peur.

— Vraiment, maître Lodoun ?

— Oui, répondit-il, le cœur battant et le souffle court.

Elle chercha à accrocher son regard, comme si c'était elle l'avocat et lui le témoin de la partie adverse.

— Qu'y a-t-il de plus effrayant que de vivre sans amour ?

Rien, pensa Jack. Il n'y avait rien de plus effrayant. Mais il ne pouvait pas le dire.

— Selon vous, votre mari vous aime, repartit-il.

Elle s'assombrit brusquement.

— La première fois que j'ai vu mon mari, dit-elle, je surveillais mes deux petits frères. Ils avaient neuf et onze ans à l'époque. Je les ai emmenés dans le parc. Ils étaient plutôt turbulents. Lorsque je leur ai dit de ne pas aller jouer au cerceau dans la rue, ils m'ont ri au nez. Ils se seraient fait renverser par un fiacre si Jonathan n'avait pas été là.

Jack ne s'était pas attendu à de telles confidences.

— Rien ne vous oblige à me dire tout ça.

— Mais j'en ai envie, répondit Rose Clarring. Il les a attrapés, un garnement sous chaque bras, et il les a fait tournoyer. Leurs rires retentissaient dans tout le parc.

— Le procès est fini, madame Clarring. Rentrez chez vous.

Mais Rose Clarring, perdue dans ses souvenirs, ne l'entendit pas.

— Moi aussi, j'ai éclaté de rire, poursuivit-elle tandis que ses jolis yeux pervenche s'emplissaient de nostalgie. J'étais toujours heureuse auprès de Jonathan.

Ce qui ne l'empêchait pas d'envisager le divorce.

— Rien ne vous oblige à me dire tout ça, répéta-t-il d'un ton brusque. Et rien ne m'oblige à vous écouter.

— Moi, j'ai besoin de vous parler, rétorqua-t-elle.

Dans ses yeux, le chagrin remplaça la nostalgie.

Un énorme omnibus passa dans la rue, dans un concert de craquements et de couinements.

Jack ne put s'empêcher de remarquer qu'elle respirait laborieusement. Il avait réussi à lui faire perdre contenance. En tant qu'avocat, il aurait peut-être éprouvé un sentiment de victoire. Mais, en tant qu'homme, il voyait surtout la généreuse poitrine qui se soulevait sous l'étoffe du chemisier.

Stoïquement, il se força à la regarder dans les yeux.

— J'ai besoin de vous parler, redit-elle.

On parle toujours trop, pensa Jack.

Mais, cela non plus, il ne le dit pas.

— Après avoir reposé les garçons par terre, Jonathan m'a regardée et il a dit : « Je veux que vous me donniez une douzaine de chenapans comme ces deux-là. »

Jack était tout ouïe.

— Et telle était mon intention, maître Lodoun, continua-t-elle. Je voulais lui donner des enfants à choyer. Il me rendait heureuse et je voulais le rendre heureux en retour... Vous m'avez accusée d'avoir rejoint le club des Messieurs et des Dames pour me procurer des moyens de ne pas tomber enceinte...

Ne sachant quoi répondre, Jack fit une moue qui ne voulait rien dire.

— Vous avez même parlé de *prophylaxie,* reprit-elle. Comme si la grossesse était une maladie...

Jack avait effectivement employé le mot, et il en conçut des regrets.

— Mais ce n'est pas des manigances d'avorteuse qui ont privé mon mari de descendance, lança Rose Clarring. C'est les oreillons. Les soirs où nous sommes seuls à la maison, il se saoule à mort. Je voulais faire de lui le plus heureux des hommes, et j'en ai fait le plus malheureux. Et il en sera ainsi tant que nous serons mariés. Quand il me regarde, tout ce qu'il voit, c'est son incapacité à être père.

Jack la considérait avec neutralité. Elle prit une profonde inspiration. Sa poitrine se souleva. Tout à l'heure, pendant le contre-interrogatoire, elle n'avait eu qu'à afficher cet air candide pour s'attirer la sympathie des douze jurés – tous des hommes pourtant, avec femme et enfants.

— J'ai l'obligation morale de mettre fin à cette situation qui nous tue tous les deux, conclut-elle.

Une cloche tinta au loin, mêlant ses vibrations au vacarme de la rue. C'était le carillon de Westminster qui sonnait cinq heures.

Jack contourna Rose Clarring et fit signe à un fiacre, qui s'arrêta. L'odeur aigre du cheval lui fit rejeter la tête en arrière.

— Qui était-ce, la femme que vous avez aimée ? demanda brusquement Mme Clarring.

Il ouvrit la portière du fiacre et monta sur le marchepied, parfaitement conscient que le cocher était témoin de la scène – chacun de ses gestes était observé, chacune de ses paroles risquait d'être répétée. N'était-il pas membre du Parlement ? La chose avait ses grandeurs mais aussi ses servitudes.

Pivotant, il accrocha le regard de Rose Clarring et prononça ces mots d'une voix claire et distincte :

— Cynthia Herries Whitcox.

La fille du premier lord du Trésor et l'épouse de James Whitcox, avocat à la cour, membre du conseil de la reine.

Elle écarquilla les yeux. Et puis, elle comprit.

Il avait défendu les intérêts d'un homme dans le seul but d'en détruire un autre. Peu importe s'il détruisait les membres du club des Messieurs et des Dames par la même occasion.

Pour ce qui était des membres de ce club, il avait pleinement réussi. Leurs vies ne seraient plus jamais les mêmes. À l'audience, il avait saccagé leurs réputations. Dès demain, les journaux allaient les livrer en pâture à un public avide de scandale.

Contre toute attente, il ne distingua aucun reproche dans les beaux yeux pervenche de Rose Clarring. Au lieu de cela, elle posa la question qui l'empêchait si souvent de dormir :

— Dites-moi, maître Lodoun, si elle n'était pas morte, croyez-vous qu'elle aurait divorcé ?

2

Un claquement de portière, un grincement de roues, et le fiacre disparut dans les encombrements de la ville.

Rose étreignit son parapluie.

Elle avait eu besoin de lui, et il lui avait tourné le dos. Comme si elle lui déplaisait.

Elle avait pourtant eu l'impression de lui plaire.

Mais elle s'était peut-être imaginé des choses.

Ses yeux s'emplirent de larmes.

Que savait-elle du désir des hommes, elle qui n'inspirait que de la souffrance à son mari ?

— Je vais vous chercher un fiacre, ma petite dame ? lança derrière elle une grosse voix vulgaire et éraillée.

Rose se retourna et vit un clochard, guère plus grand qu'elle et plutôt rondouillard.

— Querelle d'amoureux, pas vrai ? ajouta-t-il en souriant.

Il lui manquait presque toutes ses dents. Mais ses yeux étaient pleins de compassion.

Rose ravala son chagrin.

— Je veux bien un fiacre, dit-elle.

Dès qu'elle eut sorti un penny de son réticule, un fiacre se rangea le long du trottoir.

Rose glissa la piécette dans la main calleuse et sale du clochard.

— Que Dieu vous bénisse, m'dame.

Tout doucement, elle se hissa dans le fiacre.

— Où ça, madame ? demanda le cocher d'un ton las.

Elle ne pouvait pas aller chez Jonathan, dans cette grande maison sans berceau. Mais elle ne pouvait pas espérer lui cacher indéfiniment le procès d'aujourd'hui.

— À l'angle de Langham et de Great Portland Street, je vous prie.

Le fiacre empestait le cigare et le parfum de femme. Machinalement, elle referma la portière et regarda par la vitre constellée de taches.

Qu'allait-elle pouvoir dire à sa famille ? La vérité ?

Quelle vérité ?

Qu'elle avait discuté de sexualité avec des hommes ? Qu'elle avait lu des livres considérés comme contraires aux bonnes mœurs ?

Cela avait paru bien innocent à l'époque, ces réunions dans une salle d'un musée de Londres, un coup de maillet frappé sur un socle indiquant le début de chaque séance.

Le procès d'aujourd'hui avait également commencé par un coup de marteau. L'écho s'en était propagé jusqu'à la petite pièce sans fenêtre dans laquelle elle attendait son tour.

La roue gauche du fiacre passa dans un nid-de-poule. Rose fut soulevée par une ruade de la banquette.

Elle s'agrippa à la poignée de la portière. Le fiacre continua imperturbablement sa route.

À travers la vitre sale, les boutiques cédèrent la place à de solides bâtisses de briques. Chaque pâté de maisons était comme un village.

Dans chaque maison, une famille. Dans chaque famille, des femmes, chacune à sa place : épouse, mère, fille.

Le fiacre ralentit et finit par s'arrêter après quelques à-coups.

Rose leva les yeux vers le ciel bleu strié de nuages gris.

Le vent avait chassé la pluie. Mais, à présent, il n'y avait plus de vent.

Rose ne savait toujours pas ce qu'elle allait dire à sa famille.

À contrecœur, elle ouvrit la portière du fiacre.

Un rayon de soleil éclairait la façade de la grande maison où elle avait habité pendant vingt-deux ans, jusqu'à son mariage. La porte peinte en blanc brillait comme de l'émail.

Sa chambre avait donné sur la rue. Le store était maintenant baissé derrière la fenêtre carrée.

Rose paya le cocher.

La porte s'ouvrit.

— Madame Clarring…

Le vieux majordome, aussi imposant que la maison, s'inclina légèrement.

— Hello, Giles, dit Rose en lui tendant son parapluie.

Giles s'en empara et le fit promptement disparaître.

Elle ôta ses gants. Le majordome la débarrassa de sa cape.

Rose s'avança dans la maison, mais un toussotement l'empêcha d'aller plus loin. Compris ! Elle s'essuya les pieds sur le paillasson. Tête baissée, elle vérifia l'état de ses semelles… Convenable.

— Mère est-elle là ?

— M. et Mme Davis sont dans le salon.

Elle se redressa et prit un air résolu.

— Merci, Giles.

Ses parents étaient assis de part et d'autre du somptueux guéridon en noyer qui, du plus loin qu'elle se souvienne, avait toujours trôné au milieu du salon. Ils affichaient tous les deux un certain embonpoint. Les cheveux de son père se raréfiaient, ceux de sa mère grisonnaient.

Ils n'étaient pas en train de prendre le thé, ni de jouer aux échecs, ni de faire une réussite. Sur le guéridon était étalé le journal le *Globe.*

Rose s'arrêta près de la table et resta là sans oser respirer.

Le jugement n'attendrait pas demain.

Son père la regarda fixement – c'est de lui qu'elle tenait ses yeux mauve pâle.

— C'est toute l'estime que tu as pour nous, Rose ? demanda-t-il d'une voix qui trahissait son chagrin. Comment se fait-il que nous devions compter sur les journaux pour avoir de tes nouvelles ?

Rose regarda le guéridon. Sa mère lui avait appris à servir le thé sur cette table, pensa-t-elle avec un serrement de cœur. Et son père lui avait appris à jouer aux échecs.

Maintenant le *Globe* y était déployé, des mots imprimés noir sur blanc qui suffisaient à détruire trente-trois ans de confiance et de respect.

Jack Lodoun avait dit qu'elle était une très jolie femme. Rose n'avait pas l'air jolie du tout dans le journal.

Au-dessus de son portrait, dessiné avec un certain talent, on lisait : *Rose Clarring, en quête d'absolu ou saisie par la débauche ?*

— Et toi, papa, c'est toute l'estime que tu as pour moi ? parvint-elle à articuler. Tu penses que je pourrais avoir trompé Jonathan ?

— Ce n'est pas ce que j'ai dit, protesta le vieil homme.

— Mais c'est ce que tu penses, persista Rose.

Son père rougit de honte et détourna les yeux.

— Pourquoi ne nous as-tu rien dit, Rose ? lui demanda sa mère.

— Vous dire quoi, maman ?

— Que c'était toi qui ne voulais pas d'enfants. Nous avons toujours cru que c'était...

Mme Davis ne put se résoudre à achever sa phrase : « Nous avons toujours cru que c'était Jonathan qui ne pouvait pas avoir d'enfants. »

Rose se rendit compte qu'il était un peu tard pour livrer les secrets qu'elle avait si bien gardés pendant des années.

Cela ne servirait à rien.

L'avenir – désormais, c'était tout ce qui comptait.

Rose prit une profonde inspiration.

— C'est ce qu'ils disent dans le journal ? Que j'ai adhéré au club des Messieurs et des Dames pour m'informer sur les moyens d'éviter la conception ?

Le visage de Mme Davis devint rouge sombre.

— Papa, maman, poursuivit Rose qui commençait à se sentir à l'étroit dans son corset, si je ne vous ai pas parlé du club des Messieurs et des Dames, c'est parce que je craignais votre réaction…

Ou alors, elle n'avait rien dit parce qu'elle avait estimé que cela ne regardait personne. Elle avait juste eu envie de préserver… comment dire ? son *jardin secret.*

— Et Jonathan ? s'exclama M. Davis d'une voix horrifiée. Ne me dis pas qu'il va apprendre tout ça par les journaux, lui aussi !

Le regard de ses parents l'embarrassait davantage que celui de tous ces gens dans la salle du tribunal – des hommes et des femmes occupés à juger sa robe, sa figure, sa voix, son mariage, à estimer sa valeur en tant qu'être humain.

— J'ai parlé du club à Jonathan.

C'était une demi-vérité. Ou un demi-mensonge. Jonathan était ivre mort lorsqu'elle en avait parlé.

— Et du procès ? insista son père.

— Non.

M. Davis pâlit. Rose rassembla son courage. Elle n'avait pas flanché quand Jack Lodoun l'avait mise sur la sellette. Elle pouvait répondre franchement à son père.

— Non, redit-elle. Je ne lui ai pas parlé du procès.

— Oh, Rose ! hoqueta Mme Davis.

Le visage de M. Davis devint grisâtre et vieillit de vingt ans en une seconde.

À cause d'elle !

La vue de Rose se brouilla, comme si la nuit était tombée d'un seul coup.

Le majordome survint très opportunément.

— Madame, monsieur, dit-il, j'ai préparé un plateau. Mme Clarring aura sans doute manqué l'heure du thé.

Rose lui coula un sourire plein de reconnaissance. Elle adorait ce personnage bourru et tendre qui autrefois lui faisait les gros yeux lorsqu'elle salissait ses parquets avec ses semelles crottées, mais qui lui apportait tous les soirs un verre de lait chaud et une assiette de biscuits en cachette de ses parents.

— Merci, Giles.

Le majordome enleva prestement le *Globe* avant de déposer son plateau sur le guéridon.

Ses mains, gantées de blanc, ne tremblaient pas. Au contraire de celles de Rose quand elle souleva la théière.

— Vous pouvez disposer, Giles, dit sèchement M. Davis.

Rose versa le thé dans les fines tasses de porcelaine. Elle fit une tache sur le napperon qui garnissait le fond du plateau.

La tache s'étala lentement.

Comme celle qu'elle était en train de faire sur la réputation de son mari et qui allait grandir à chaque parution d'un journal.

Rose reposa la théière. Au même moment, les portes coulissantes du salon se refermèrent.

— Pourquoi as-tu témoigné ? questionna sa mère.

Rose, perdue dans la contemplation de la tache qui ne cessait de s'étendre, tarda à répondre.

— Rose ? insista sa mère.

— J'ai été citée à comparaître...

Par l'avocat à qui elle avait demandé de lui obtenir le divorce !

Un homme qui l'avait accusée d'avoir adhéré au club des Messieurs et des Dames afin d'apprendre à forniquer sans tomber enceinte !

Un homme qui, tout en aimant la femme d'un autre, avait prétendu qu'elle fréquentait ce club dans l'espoir de trouver un amant qui la satisferait mieux que son mari !

Mais où avait-elle la tête ? Il fallait qu'elle soit folle pour croire qu'il allait l'aider !

— Tu aurais pu trouver une excuse pour ne pas te présenter, dit sa mère, qui ne semblait pas bien connaître les lois anglaises. C'est facile, pour une femme.

— Non, répliqua Rose en se raidissant. Je n'aurais pas pu.

— Pourquoi donc ? demanda son père.

Elle aurait voulu répondre « Parce que ce sont mes amis », mais les mots refusèrent de franchir ses lèvres.

En deux ans, elle ne s'était pas fait un seul ami parmi les membres du club, les Messieurs et les Dames ne se fréquentant pas en dehors des réunions.

— Un homme prétendait faire enfermer une femme dans un asile de fous, papa ! Simplement parce qu'il n'approuvait pas le sujet de nos discussions.

— Si j'ai bien compris ce que j'ai lu dans le journal, il s'agit du fils de la dame en question, objecta son père.

— Fils ou pas, il avait tort.

— Qu'un homme veuille faire enfermer une femme sur laquelle il a autorité, ça ne te regarde pas, dit sa mère d'un ton sans réplique.

Rose ne se laissa pas démonter.

— Si papa te faisait enfermer, dirais-tu encore que je n'ai pas à m'en mêler ?

Mme Davis devint livide.

— Ton père ne ferait jamais ça !

— Mais il en aurait le droit.

Que les femmes soient en danger dans la société, c'était évident pour tous ceux qui avaient assisté au procès d'aujourd'hui.

Rose se tourna vers M. Davis.

— N'est-ce pas que tu en aurais le droit, papa ?

Il parut dérouté par la question.

— Tu penses que je n'aime pas ta mère, Rose ?

Rose se souvint de toutes les fois où elle avait pleuré par amour.

— La question n'est pas là, répondit-elle fermement.

Sa mère la regarda avec son habituelle tendresse – une tendresse dont Rose avait tiré tant de réconfort lorsqu'elle était petite fille, mais qui ne lui servait à rien maintenant qu'elle était une femme.

— Ton père et moi, nous t'aimons. Tu le sais, n'est-ce pas, Rose ?

Oui. Tout le monde aimait tout le monde dans la famille.

Mais l'amour ne suffisait plus.

— Je vais divorcer, jeta Rose.

Un grondement se faufila dans le silence qui suivit. C'était les roues d'une voiture sur les pavés de la rue.

La nuit, le passage d'une voiture était beaucoup plus bruyant. Un vrai vacarme.

Rose se souvenait qu'elle l'avait parfois trouvé insupportable.

— Je ne te comprends pas, Rose, fit son père.

Un sourire étira les lèvres de Rose. Un sourire pâle et triste.

— Moi non plus, je ne me comprends pas.

— Est-ce que tu fais ça à cause de ce club ? demanda sa mère avec un tremblement de colère dans la voix.

C'est ce que les gens allaient penser. Comme ils pensaient qu'elle avait trompé son mari.

— Non, répondit Rose. Ça n'a rien à voir avec le club.

Pour impossible que cela paraisse, une étincelle d'espoir s'alluma dans le cœur de Rose.

— Je vous aime, reprit-elle, mais le club des Messieurs et des Dames, le procès, mon divorce, tout cela n'a rien à voir avec vous. J'espère que vous comprenez.

Elle regarda les photographies disposées sur les meubles du salon ou accrochées aux murs, enchâssées dans des cadres de bronze ou d'argent. Elle avait cinq frères, le plus jeune ayant vingt-trois ans et le plus âgé trente et un. Chacune de ces photos éternisait un moment de leurs vies : enfance, collège, mariage.

Les appareils photo avaient fait des progrès en quelques années.

Un petit garçon souriait à l'objectif – le fils de son plus jeune frère. Un autre garçon tâchait de tenir en équilibre sur des patins à roulettes – le fils aîné de son frère aîné.

Deux yeux d'obsidienne avaient l'air de l'observer – ceux du cheval à bascule exilé dans un coin. Sa crinière en étoupe de lin était ébouriffée, sa peinture était couverte de craquelures : il avait beaucoup servi.

Ses frères et elle s'étaient balancés sur ce petit cheval ; maintenant, c'étaient les enfants de ses frères.

Dans cette pièce se trouvait réuni tout ce que son mari avait souhaité.

Rose se retourna vers ses parents, promenant de l'un à l'autre un regard qui ne cillait pas.

— J'espère que vous approuvez ma décision.

Elle sortit de son réticule un bristol. D'un côté, il y avait, imprimé en caractères antiques, l'adresse de Jonathan. De l'autre côté, elle avait écrit quelque chose à la plume.

— J'ai loué une maison en ville. Voici ma nouvelle adresse. Lorsque j'aurai fini de m'installer et que tout sera en ordre, vous pourrez me rendre visite.

M. et Mme Davis parurent sidérés.

— Je vous laisse savourer votre thé, conclut-elle.

Qu'aurait-elle pu ajouter ?

L'épais tapis absorba le bruit de ses pas quand elle s'en alla. En revanche, dans le couloir, ses talons claquèrent sur le parquet.

— Votre cape, madame Clarring, fit Giles dans son dos.

Elle sursauta. Giles avait toujours eu le chic pour arriver en catimini.

Elle resta immobile le temps qu'il lui pose sa cape sur les épaules. Puis elle enfila machinalement ses gants et récupéra son parapluie.

Giles lui glissa un rouleau de papier dans sa main libre. Rose reconnut le *Globe.*

— Le dessin n'est pas très ressemblant, madame Clarring.

Elle sourit, mais des larmes vinrent lui brouiller la vue.

— Vous le pensez vraiment ?

Au lieu de répondre, le majordome demanda :

— Est-ce que Mme Hart a obtenu gain de cause ?

Rose avait témoigné à deux heures de l'après-midi. Le procès s'était achevé vers cinq heures. Trop tard pour imprimer le verdict, mais pas trop tard pour ruiner des réputations.

— Oui. Son fils a été débouté.

Le regard du majordome ne trahit aucune émotion particulière.

— J'ai demandé au marmiton d'aller vous appeler un fiacre.

Rose battit des paupières pour chasser ses larmes. Il ne lui restait plus qu'à s'en aller.

Lorsqu'elle se retrouva dans la rue, le ciel s'assombrissait. Les toits s'ornaient d'un liseré rose.

Un attelage attendait le long du trottoir, le fiacre et le cheval aussi noirs l'un que l'autre.

Rose donna sa destination au cocher, monta dans le fiacre et s'assit sur la banquette au cuir fatigué. Un gamin descendait la rue, allumant les réverbères. La lueur des flammèches était trop faible pour disperser les ombres.

Le fiacre finit par s'arrêter. Rose ordonna au cocher de l'attendre un moment.

Le crépuscule était en train d'avaler la maison brique par brique, badigeonnant de gris toutes les vives couleurs de la façade. Par une fenêtre à meneaux, elle aperçut Emily, la femme de chambre, en train d'allumer la lumière dans le salon.

Le majordome resta bouche bée en la voyant paraître dans le vestibule.

— Madame Clarring, dit-il en s'inclinant légèrement.

— Bonsoir Justin, répondit Rose.

En un clin d'œil, le majordome s'était ressaisi. Il affichait désormais un masque impassible.

Mais il avait manifestement lu le journal. Il était tout en raideur et en hostilité.

Rose s'interdit de pleurer.

— Monsieur est-il rentré ? demanda-t-elle en étreignant sa clé.

— Non, madame.

Rose poussa un soupir de soulagement.

Elle affronterait Jonathan. Mais plus tard. Aujourd'hui, elle n'en aurait pas eu le courage.

— Un fiacre attend dehors, dit-elle. Faites-y porter la malle qui est dans ma chambre.

Justin acquiesça d'un signe de tête, pivota et s'éloigna, les basques de sa veste flottant derrière lui.

Au-delà de l'escalier, il y avait cinq portes. Closes.

Elle avait trahi son mari, elle n'avait plus sa place dans cette maison : voilà ce que semblaient dire ces cinq portes.

Cette maison où elle avait tant de bons et de mauvais souvenirs.

La bouche de Rose s'emplit d'amertume.

Détournant la tête, elle fut éblouie par un reflet. Un plateau d'argent, posé sur une table d'angle, brillait dans la clarté des lampes.

Sur le plateau, bien rangées, des lettres, et un unique journal, qui ne pouvait être que le *Globe.*

Rose prit alors une décision.

Rangeant sa clé dans son réticule, elle s'approcha de la petite table. Le premier tiroir contenait des cartes de visite, un porte-plume et de l'encre. Le second tiroir contenait du papier et des enveloppes.

Lorsqu'elle enleva ses gants, son alliance lança une étincelle de lumière.

Pourquoi la garder ?

Elle la fit coulisser le long de son annulaire humecté d'un peu de salive et l'enveloppa dans un mouchoir, avant de la jeter dans son réticule.

Puis elle prit la plume, la trempa dans l'encre… et regarda longuement la feuille de papier, sans rien écrire. Comment expliquer à Jonathan qu'elle ne pouvait plus se contenter de souvenirs ?

3

— C'est diantrement dommage que vous ayez perdu, Lodoun.

Le bruit des pieds de fauteuils frottant sur le parquet se mêlait à celui des conversations – rien que des voix d'hommes. La fumée des cigares empêchait de voir très loin.

— C'est un déni de justice, si vous voulez mon avis. Un club de libertins et de libertines ! Des hommes, passe encore ! Je dirais même : sacrés veinards, tant mieux pour eux. Mais l'idée même que nos femmes… Mais bon ! Nos femmes à nous ne feraient jamais ça, pas vrai ? Je plains Clarring. Le pauvre bougre ! Marié à cette espèce de putain…

Le mot « putain » traversa les vapeurs d'alcool.

Jack avait dit à Rose Clarring qu'elle serait dans tous les journaux de demain.

Il s'était trompé : elle se retrouvait dans les journaux du soir.

Le verdict était tombé trop tard pour être dans la presse, mais il n'y avait pas de secrets entre le tribunal et le Parlement. Tous les députés savaient qu'il avait perdu.

Jack regarda froidement le gros homme assis en face de lui : Blair Stromwell, député depuis vingt ou trente ans et président du groupe conservateur au Parlement.

— Vous connaissez Jonathan Clarring ? demanda Stromwell en reposant le *Globe* sur la table.

Jack le connaissait de réputation. Il connaissait surtout les désirs de sa femme.

Elle voulait divorcer. *Une obligation morale,* avait-elle dit.

Jack leva son verre – niché au creux de sa main comme un sein de femme – et le vida d'un trait. Puis il le reposa. Le choc du cristal contre le bois massif se répercuta dans la grande salle du club St. Stephen. À côté de son verre vide, il y avait une carafe au fond de laquelle brillait un reste de cognac.

Les soirs où nous sommes seuls à la maison, il se saoule à mort, avait-elle dit aussi.

— Pourquoi devrais-je connaître Jonathan Clarring ? demanda Jack au gros bonhomme. C'est sa femme que j'ai interrogée, pas lui.

— C'est le meilleur agent de change de la ville, et peut-être du pays. Il a gagné une fortune.

Blair Stromwell tira sur son cigare avant d'ajouter :

— Allez le voir. Dites-lui que vous venez de ma part. Il aura de bons placements à vous recommander.

Jack recula son fauteuil, car l'odeur du cigare lui était pénible.

— Je laisse cela à mon homme d'affaires.

— Dommage que vous ayez perdu, Lodoun, lança une voix derrière lui. Des mères qui attaquent leurs fils en justice ! Et qui gagnent ! C'est affligeant. Tout bonnement affligeant. Consolez-vous en pensant que c'est vous qui étiez dans le vrai.

Jack pivota doucement.

— Vous le croyez vraiment ? dit-il au vieillard qui lui tapotait familièrement l'épaule d'une main parcheminée et presque transparente.

C'était sir Paul Skeat. Il regardait Jack Lodoun avec compassion… ou alors, c'était la lumière tremblotante des lampes qui lui donnait cet air compatissant.

Sir Paul était le doyen du Parlement et le président du comité des privilèges. Il avait quatre-vingt-cinq ans, et s'il avait appris quelque chose au fil de ses trois quarts de siècle d'existence, c'était qu'on peut toujours compter sur l'ambition des jeunes gens.

— Stromwell vous a-t-il dit que nous avons parlé de vous cet après-midi en commission ?

Cet après-midi ? Pendant qu'il était occupé à détruire la réputation d'une honnête femme !

— Oui, confirma Stromwell. J'ai dit au doyen qu'un homme comme vous aurait tout à fait sa place à la Cour suprême.

Un juge à la Cour suprême siégeait à la Chambre des lords. Si Jack était nommé, la reine l'élèverait au titre de baron.

Ce serait le couronnement de sa carrière.

Mais toute promotion a un prix.

Jack l'avait appris à ses dépens lorsqu'il était procureur général.

— Je ne savais pas qu'il y avait un fauteuil libre à la Cour suprême, commenta-t-il.

— Il n'y en a pas…

Le doyen prit l'avant-bras de Jack et le serra ; il y avait encore de la force dans ces vieux doigts.

— Enfin, pas encore, ajouta-t-il sur le ton de la confidence. Mais ça ne saurait tarder.

Un siège à la Chambre des lords. Un titre de baron… Et ça ne coûterait rien… à part quelques mensonges, quelques silences coupables, et beaucoup de compromission.

Jack promit d'y réfléchir et partit vers la sortie.

Sur son passage, ce fut un concert de « Dommage que vous ayez perdu ».

Ils connaissaient tous la vérité mais aucun n'osait la dire : « Dommage que tu aies perdu contre le pauvre type que tu as abondamment cocufié, espèce de saligaud ! »

Jack récupéra son manteau, son chapeau et son parapluie au vestiaire. Un homme en uniforme blanc et noir lui ouvrit la porte.

Avec une pointe d'ironie, Jack songea qu'une inscription au club St. Stephen – celui où aimaient à se retrouver les députés conservateurs – coûtait plus cher que le salaire annuel de ce portier dont ils avaient tous juré de protéger les libertés.

Il descendit les marches du perron. Le portier, arrivé avant lui sur le trottoir, faisait déjà signe à un fiacre, qui s'arrêta.

Jack était saoul. Mais pas assez pour avoir oublié certains yeux pervenche.

Il donna un florin au portier et monta dans le fiacre.

— Où ? demanda le cocher d'une voix étouffée par l'écharpe qui lui couvrait le nez et la bouche.

Des cloches retentirent, leur assourdissant carillon terminé par trois coups mats. Il était neuf heures moins le quart.

Jack leva les yeux. L'imposante silhouette du palais de Westminster, découpée sur le ciel gris, brillait comme de l'or.

Où avait-il envie d'aller ?

— Dans le quartier du palais de justice, dit-il au cocher en prenant le pari que la librairie Bailey serait ouverte.

Elle l'était.

Un grelot au son aigre annonça son entrée.

La boutique baignait dans la lumière de nombreuses lampes à gaz. Des dames en chapeau à aigrette et manteau noir tournaient autour de tables chargées de livres. Des messieurs en manteau sombre et chapeau melon parcouraient les allées.

Quand Jack referma la porte, le grelot émit de nouveau sa déplaisante musiquette.

Personne ne s'intéressa à lui.

Personne, sauf un vieux vendeur en costume de tweed.

Il reconnut Jack et s'aperçut tout de suite qu'il était saoul.

Il connaissait l'existence du club des Messieurs et des Dames – un groupe d'hommes et de femmes qui s'était réuni ici une fois, quelques semaines plus tôt – et il devinait pourquoi Jack était venu.

Jack le rejoignit et dit seulement :

— Montrez-moi ça !

Sans demander d'explication, le vendeur ouvrit une porte ornée d'une plaque sur laquelle on lisait : *Littérature ancienne.*

Jack se retrouva confronté à un mur de livres avec des titres en grec et en latin – certains qu'il connaissait, d'autres pas. D'énormes fauteuils étaient retranchés dans un coin.

Il se trouvait dans une salle de lecture.

Ses doigts se crispèrent autour de la poignée de son parapluie.

Il n'y avait aucun livre pornographique pour exciter l'imagination. Aucun instrument pour stimuler le corps.

Aucun espoir de satisfaction sexuelle.

— Où est-ce ? questionna Jack d'une voix rauque.

Rauque d'avoir trop bu, se dit-il. Mais il savait que ce n'était pas vrai.

— Derrière ceci, monsieur, répondit le vieux vendeur au costume de tweed en appuyant sur un panneau, qui pivota à grand bruit, révélant un escalier.

Un escalier de pierre, sans rampe.

Une femme qui se serait pris les pieds dans sa robe n'aurait eu nulle part où se rattraper. Mais cet escalier n'avait pas été conçu en pensant aux femmes.

— Quand vous serez prêt à partir, dit le vendeur, quelqu'un vous montrera la sortie.

Jack s'avança dans la pénombre. Derrière lui, le panneau se referma avec un bruit sourd. Devant lui, des allées se glissaient entre des tables.

Trop étroites, sans doute, pour un fauteuil roulant, pensa Jack. Pourtant, l'un des membres du club des Messieurs et des Dames se déplaçait en fauteuil roulant, et ça ne l'avait pas empêché de hanter ces lieux.

Jack parvint au bas de l'escalier. L'atmosphère était légèrement plus fraîche qu'au rez-de-chaussée.

Ce n'était pas la première fois qu'il s'aventurait dans ce genre de boutique, mais c'était la première fois qu'il venait dans celle-ci. Elle ne différait guère des autres, ni par l'allure ni par l'ambiance.

Les tables étaient couvertes de traces de doigts. L'air sentait l'homme en rut.

Jack se faufila entre des messieurs en gros manteaux et chapeaux de feutre, et choisit une carte postale illustrée.

On y voyait deux jeunes femmes nues, souriant d'un air coquin. L'une offrait son postérieur aux regards tandis que l'autre lui administrait un lavement.

Le sexe de Jack tressaillit dans son caleçon.

Il se demanda ce que Rose Clarring penserait de cette image. Peut-être même l'avait-elle vue. Avait-elle éprouvé du désir ou du dégoût ?

Et Cynthia Whitcox, la femme qu'il avait aimée, qu'aurait-elle dit de cette situation, somme toute banale sur les photographies pornographiques ?

Elle avait aimé qu'il la prenne... par le petit trou du guichet, comme elle disait joliment.

Aurait-elle été horrifiée s'il y avait glissé la canule d'une poire à lavement et avait envoyé en elle un jet d'eau chaude ? Ou bien aurait-elle été émoustillée – comme il l'était lui-même tout à coup à cette idée ?

Vaguement honteux d'éprouver du désir pour une morte, il reposa la carte sur la table.

Mais il ne pouvait se résoudre à partir.

Une question le hantait.

Serait-elle encore en vie si elle avait demandé le divorce ?

Jack tourna le dos à la table qui semblait près de crouler sous le poids des boîtes de cartes postales.

Une grande vitrine occupait tout le mur du fond. Jack en étudia froidement le contenu.

— Puis-je vous aider ? demanda une voix d'homme.

Jack savait que Rose Clarring était venue ici. Mais il ne savait pas ce qu'elle avait acheté. Il ne savait pas ce qui l'avait excitée.

Il ne savait pas non plus si la douleur qui se reflétait dans ses beaux yeux mauves était guérissable.

— Étalez ça sur le comptoir, dit-il.

Le vendeur parut consterné.

— Tout, monsieur ?

Jack regarda le jeune homme avec cet air d'autorité qui s'acquiert naturellement lorsqu'on siège à la Chambre des communes.

— Seulement les objets pour femmes.

Le vendeur étala prestement tous les ustensiles demandés, puis s'éclipsa.

Ayant accroché son parapluie à son avant-bras, Jack prit une pince à sein en or et la mit au bout de son petit doigt. Ça faisait mal.

Il avait admiré les seins de Rose Clarring à travers son corsage. À présent, il essaya d'imaginer ses tétons. Étaient-ils plus gros que le bout de son doigt ? Ou plus petits ?

Est-ce qu'ils seraient doux ?

Aussi doux que ceux de Cynthia ?... Qu'il ne pourrait plus jamais caresser, lécher, téter...

La douleur au bout de son doigt se mit à irradier, remonta le long de son bras.

Jack retira la pince. Un godemiché attira son attention.

Il le prit dans sa main. Un godemiché gainé de cuir.

Rose Clarring en avait-elle un pour se donner du plaisir la nuit, seule dans son lit, en imaginant que c'était quelqu'un d'autre que son mari ? L'enfonçait-elle profondément quand elle jouissait ?

Il repensa à l'amour avec Cynthia…

Les parois chaudes et humides de son sexe…

Non !

Cynthia était morte. C'était odieux de repenser à elle comme ça.

Jack reposa le godemiché, empoigna son parapluie et pivota.

Malgré lui, les souvenirs l'assaillaient.

Le va-et-vient de la main de Cynthia sur son sexe, la langue de Cynthia sur son gland.

Et puis, l'odeur âcre du désir… les cris de plaisir.

Il s'approcha d'une table ronde sur laquelle étaient disposés des flacons de cristal.

Il reconnut la marque et le produit : l'huile de Margot, un lubrifiant intime qu'il avait acheté naguère encore… pour Cynthia.

Pas moyen d'y échapper…

4

Rose se réveilla en sursaut.

Elle avait rêvé. Ce n'était pas la barre des témoins qu'elle agrippait, mais son drap trempé de sueur. Ce vacarme, ce n'était pas le maillet du juge sur son socle, mais le heurtoir de bronze contre la porte.

Les paroles de Me Lodoun lui revinrent en mémoire.

À votre place, j'aurais peur.

Elle rouvrit les yeux. Dans la pénombre, ses pupilles se dilatèrent lentement.

Son mari pouvait la faire enfermer.

À la lumière du jour, l'hypothèse avait paru improbable. Maintenant, au cœur de la nuit, le heurtoir avait l'air de dire : « Mettez-vous ça dans la tête ! »

Pour la première fois de sa vie, elle était vraiment seule. Elle pourrait toujours appeler, personne ne viendrait à son secours. Personne.

Ce fut la raison qui vint à son secours.

Elle avait laissé un mot à Jonathan pour l'informer de sa nouvelle adresse... Mais seulement en fin d'après-midi... Trop tard pour qu'il ait déjà obtenu un ordre d'internement.

D'autre part, un criminel n'annoncerait pas sa venue en faisant autant de tapage.

Rose repoussa les couvertures et se leva. Le sol lui parut froid sous ses pieds nus. À tâtons, elle ouvrit le premier tiroir de la table de chevet et prit la boîte d'allumettes.

Une étincelle bleue… puis une flamme jaune.

Elle souleva le verre de la lampe et alluma la mèche. De la lumière jaillit, la pièce avec ses murs nus surgit de l'obscurité.

Lorsqu'elle souffla sur l'allumette pour l'éteindre, un nuage de buée sortit de sa bouche.

Elle récupéra la bougie dont elle s'était servie pour s'éclairer dans l'escalier et l'alluma à la flamme de la lampe.

Des coups de plus en plus violents retentissaient contre la porte du rez-de-chaussée.

Le visiteur, quel qu'il soit, s'impatientait.

La bougie projeta sa lueur orange et vacillante dans le couloir… dans l'escalier… sur la porte blanche environnée d'ombre.

— Qui est là ? demanda Rose, le cœur battant.

Un autre coup fit trembler la porte.

Ce ne pouvait être que Jonathan.

Ils allaient avoir maintenant la discussion qu'ils auraient dû avoir douze ans auparavant.

Elle ôta le verrou et ouvrit la porte.

— Jonathan…

Un chapeau trempé de pluie dégoulinait sur un visage connu.

— Bonsoir, madame Clarring. Apparemment, ce n'est pas moi que vous attendiez.

Il sentait si fort l'alcool que Rose rejeta la tête en arrière.

— Vous êtes pris de boisson, dit-elle.

— Mais pas ivre mort, répondit-il.

Sous-entendu : « à la différence de votre mari ».

Rose se sentit pour ainsi dire trahie. Ç'aurait dû être Jonathan sur son seuil, pas cet homme.

Elle agrippa le bois de la porte, froid et humide.

— Il est tard, maître Lodoun.

— Il n'y a pas d'heure pour les braves, repartit Jack Lodoun en la regardant droit dans les yeux.

— Que venez-vous faire ici ?

— Parler de votre divorce.

Elle aurait dû manifester de la joie. Au lieu de cela, elle resta de marbre. Avait-elle bien compris ?

— Tout ce que je fais a des répercussions sur ma carrière, ajouta-t-il. Et cependant, je suis ici, prêt à vous aider. Ne laissez pas passer votre chance…

— Je vous remercie de votre sollicitude, répondit Rose d'un ton déterminé. Mais je n'ai pas besoin de vos services.

Les favoris de Jack semblaient pailletés d'or sous la lumière de la bougie.

— Vous ne voulez plus divorcer ?

— Peu importe ce que je veux, répliqua Rose avec une pointe d'amertume dans la voix. Vous avez lu le *Globe*. À cause de vous, monsieur, je passe désormais pour une femme adultère.

Jack esquissa un sourire dédaigneux.

— Et maintenant, vous allez pleurnicher sur l'épaule de votre mari ?

Cette méchanceté lui fit mal.

— J'ai écrit à mon mari que je ne m'opposerai pas au divorce, rétorqua sèchement Rose.

— Mais, pour obtenir le divorce à son profit, il devra commencer par prouver l'adultère. Avez-vous commis l'adultère avec l'un des membres de votre fichu club ?

La question était d'une injustice révoltante.

— Vous savez bien que non.

— N'oubliez pas, madame Clarring, que j'ai été l'amant d'une femme mariée, dit Jack très posément. Qu'est-ce qui vous permet de penser que vous êtes capable de résister mieux qu'elle à la tentation ?

Rose le dévisagea dans la pénombre. Il avait l'air impassible. Pourtant, il devait être ému.

Il avait aimé la femme d'un autre. Il avait chèrement payé cet amour.

— Rien, répondit-elle à mi-voix.

Rose n'avait jamais pensé qu'elle était meilleure qu'une autre.

Au loin, Big Ben sonna onze heures. Un courant d'air froid et humide se glissa sous la chemise de nuit de Rose et remonta le long de ses jambes.

Elle fit un pas en arrière.

— Vous n'avez aucune raison d'avoir peur, dit-il en faisant un pas en avant.

Rose était certaine du contraire. Elle était nue sous sa chemise de nuit, et elle avait en face d'elle un homme qui empestait l'alcool et donnait l'impression de ne pas se contrôler tout à fait.

La porte se referma en faisant un bruit sourd et sinistre.

— Comment m'avez-vous retrouvée ?

Elle n'avait donné sa nouvelle adresse qu'à ses parents et son mari...

— Un greffier m'a fait part de votre changement d'adresse.

À ses parents, son mari... ainsi qu'à un greffier du tribunal, en arrivant, se souvint Rose.

Dans la lueur vacillante de la bougie, elle partit vers le salon. Ses pieds nus sur le parquet ne faisaient aucun bruit. Derrière elle, les talons de Jack Lodoun claquaient.

Rose alluma les lampes à gaz, qui se mirent à siffler. Le salon était encombré de meubles hideux, ceux des anciens occupants, qu'il faudrait changer. La forme d'une cheminée se distinguait le long du mur du fond.

— Comment se fait-il que vous soyez venue ouvrir, et non votre majordome ? demanda Jack.

— J'ai loué cette maison hier. Je n'ai pas encore eu le temps d'embaucher du personnel.

Un peu partout dans la maison, des craquements retentissaient, audibles dans le calme de la nuit.

— Certains pourraient penser, madame Clarring, que vous vous êtes aménagé là un petit nid d'amour.

En disant cela, il contemplait les seins de Rose, faciles à deviner sous la fine étoffe de la chemise de nuit. Il les caressait littéralement du regard.

— On ne peut pas empêcher les gens de penser, rétorqua-t-elle en se forçant à garder les bras le long du corps alors qu'elle avait envie de les croiser sur sa poitrine. Mais, puisque mon mari et mes parents connaissent cette adresse, mes idylles seraient exposées à de fréquentes interruptions.

Jack la contemplait toujours avec le même intérêt. Sous ses paupières à demi baissées, le noir de ses pupilles dévorait le bleu de ses iris.

— Cependant, je suis ici... et il n'y a personne pour nous interrompre.

Rose ne détourna pas les yeux. Elle était sûre d'une chose :

— La femme que vous désirez, ce n'est pas moi, maître Lodoun.

Dans le silence qui suivit, les moindres couinements de la vieille bâtisse parurent assourdissants.

— Si vous voulez divorcer, dit-il soudain, tout ce que vous avez à faire, c'est de prouver que votre mari ne peut pas vous faire d'enfant.

— Non, fit Rose avec détermination.

Pauvre Jonathan ! Ne l'avait-elle pas déjà assez trahi ?

— C'est bien ce que je disais : vous ne voulez pas divorcer.

Oui, elle le voulait. Mais pas à ce prix.

— Mon mari n'a déjà que trop souffert. Je ne veux pas l'humilier publiquement.

— Parce que vous pensez qu'un divorce n'aura rien d'humiliant pour lui ?

Rose se demanda s'il faisait exprès de ne pas comprendre.

— Des enfants, voilà tout ce que mon mari a toujours voulu, dit-elle en détachant les mots pour leur donner plus de force. Je ne veux pas que les gens se moquent de lui parce qu'il est stérile.

Jack regarda avec insistance la main gauche de Rose, le cercle de peau moins bronzée que le reste de l'annulaire, seule trace visible d'un mariage de douze ans.

Il releva brusquement les yeux.

— Comment savez-vous que c'est lui qui est stérile ?

Le Jack Lodoun qui posait la question, c'était l'avocat qui s'intéressait à sa cause, et non l'homme qui avait admiré ses seins.

Rose prit une profonde inspiration.

— Je vous ai dit que Jonathan avait eu les oreillons.

Elle le lui avait dit quelques heures plus tôt. Mais elle avait l'impression qu'un siècle s'était écoulé depuis qu'elle avait trotté derrière Jack Lodoun en sortant d'Old Bailey.

— Les oreillons ne rendent pas nécessairement stérile, corrigea-t-il.

Il s'était remis à fixer les renflements de la chemise de nuit… sans dissimuler son admiration.

— Après sa guérison, reprit-il, votre mari a-t-il de nouveau partagé votre couche ?

— Nous faisions chambre à part, dit Rose, éludant la question.

Mais il voulait une réponse.

— Vous refusiez d'accomplir le devoir conjugal ?

— Ces détails ne vous regardent pas.

— Ces détails intéresseront les parlementaires si je devais leur demander de statuer sur votre cas, rétorqua Jack. C'est pourquoi je vais répéter ma question : avez-vous refusé, oui ou non, d'accomplir le devoir conjugal ?

La gorge de Rose se serra.

— Non.

— Avez-vous eu recours à certains moyens ou à certaines pratiques afin d'éviter la conception ?

— Non.

Peu importe que le *Globe* ait imprimé le contraire.

— Et votre mari ?

— Évidemment non ! répondit Rose tandis que le froid du sol se répandait dans tout son corps.

— Les oreillons l'avaient-ils rendu impuissant ?

Cet interrogatoire était presque plus pénible que celui de l'après-midi. Rose se contraignit à répondre.

— Non.

— Était-il capable de maintenir une érection ?

— Oui.

— Est-ce qu'il éjaculait en vous ?

Rose ravala sa salive.

— Oui.

— Et vous n'avez jamais été enceinte ?

— Non.

Elle avait eu beau prier, elle avait eu beau passer des nuits à pleurer, elle n'était jamais tombée enceinte.

— Quand était-ce, la dernière fois ?

Il la regardait sans ciller mais, *non,* elle ne baisserait pas les yeux.

— Le 24 décembre 1875.

Le clocher de Westminster sonna une fois.

— Pourquoi maintenant, madame Clarring ? questionna sèchement Jack Lodoun.

L'espace d'une seconde, Rose eut l'impression qu'elle était toujours à la barre des témoins.

— Pourquoi maintenant… quoi, maître Lodoun ? répliqua-t-elle d'un ton sucré.

— Pourquoi, après douze ans d'abstinence, demander tout à coup le divorce ?

— Je vous l'ai déjà dit.

— Je ne comprends pas toujours tout du premier coup. Redites-le-moi, s'il vous plaît.

— J'ai vu les regards qu'échangeaient Mme Hart et Me Whitcox.

Jack Lodoun ne parut pas convaincu par cette explication.

— Vos seins sont durs.

La remarque était brutale et choquante. Rose en eut le souffle coupé. Jack Lodoun ôta son manteau et le lui tendit. Dans la lumière des lampes à gaz, elle remarqua qu'il avait un duvet cuivré sur les poignets.

— Tenez, dit-il.

Le manteau sentait la laine mouillée et le musc.

— Non merci.

— Prenez-le, madame Clarring, insista-t-il. Sinon, je vais penser que vos seins sont durs pour un autre motif que le froid.

Alors, bon gré, mal gré, elle accepta le manteau.

Jack Lodoun ôta son chapeau et le jeta sur un canapé. La lumière jeta des paillettes d'or et de cuivre dans ses cheveux et dans ses épais favoris.

Rose se souvint qu'au tribunal il avait porté une perruque grise. Et, dans la rue, un chapeau. C'était la première fois qu'elle voyait ses cheveux. Ils étaient auburn.

Maintenant que le haut de son visage n'était plus dans l'ombre, elle découvrit enfin la vraie couleur de ses yeux. Jusqu'ici, ils avaient paru noirs : ils étaient verts... bien assortis à ses cheveux.

Jack, traversant la pièce à grands pas, alla s'accroupir devant la cheminée.

Rose avait allumé un feu un peu plus tôt dans la soirée, mais à présent les charbons étaient refroidis et couverts d'une cendre blanche.

Jack Lodoun tisonna les braises ; le feu redémarra. Une lumière rougeoyante se répandit dans la pièce, mais Rose ne sentit pas la chaleur.

— Donc, fit-il en se retournant, vous reconnaissez que vous voulez divorcer pour pouvoir prendre un amant.

— Je n'ai jamais rien dit de tel ! protesta Rose.

Jack la considéra d'un œil implacable.

— Vous espérez vraiment que le Parlement va croire que vous n'avez pas d'autres motifs que d'épargner à votre mari les désagréments de votre présence ?

Le cynisme de Jack Lodoun était plus blessant que tout.

— Oui, riposta-t-elle d'une voix blanche.

Elle était outrée. Le Parlement devait absolument leur octroyer ce divorce. Pour le bien de Jonathan. Et pour son bien à elle aussi.

— Si je dois vous représenter, madame Clarring, dit Jack Lodoun en la regardant froidement, je veux toute la vérité.

— Je ne vous ai jamais menti.

Ce qui était un mensonge de plus.

— J'ai remarqué que vous ne portez plus votre alliance, déclara-t-il.

Rose passa machinalement le bout de son pouce le long de son annulaire, palpa l'empreinte laissée par l'anneau…

— Il y a longtemps que notre mariage n'a plus aucune réalité, expliqua-t-elle.

— Mais vous ne voulez pas d'amant ?

— Non.

Silencieusement, il soupesa sa réponse, comme tout à l'heure il avait soupesé ses seins du regard.

Le cœur battant, elle attendit la suite. La doublure de soie du manteau de Jack lui caressait les épaules, comme pour la rassurer.

— Je pense que vous mentez.

Rose se crispa.

— Pensez ce que vous voulez, maître Lodoun.

— Je pense que vous avez envie d'un amant, madame Clarring, dit-il avec un air indéchiffrable.

Rose se troubla ; le mot « amant » lui avait fait un drôle d'effet.

— Soyons raisonnables, répliqua-t-elle. Vous êtes bien placé pour savoir qu'une femme mariée n'a pas besoin de divorcer pour mettre un autre homme dans son lit.

Mais Jack Lodoun n'avait pas envie d'être raisonnable.

— Je pense que vous avez envie d'un homme pour vous donner les enfants que votre mari n'a pas pu vous donner, insista-t-il sur un ton presque accusateur. Vous croyez qu'il faut être mère pour être femme. Et, selon moi, c'est précisément pour ça que vous voulez divorcer.

5

La journée avait été longue et éprouvante. Malgré tout, Rose réussit à faire bonne figure.

— Vous vous trompez du tout au tout, dit-elle. Je ne veux pas avoir d'enfant, ni de mon mari ni d'aucun autre homme. Et, voyez-vous, c'est précisément pour ça que je veux divorcer.

Le silence qui suivit ne fut troublé que par le crépitement des braises et le souffle légèrement sifflant des lampes à gaz.

— Vous m'avez dit que vous vouliez lui donner des enfants, rappela Jack. Des enfants à choyer, selon vos propres termes.

— C'est vrai, confirma Rose. Je voulais lui donner des enfants... puisqu'il y tenait tant ! Une nombreuse famille, c'était son rêve, pas le mien. Moi, tout ce que je souhaitais, c'était d'être aimée pour moi-même.

— Et ce n'était pas le cas ?

— Visiblement non. Avant les oreillons, Jonathan était tendre avec moi, dit Rose d'une voix étranglée. Après les oreillons, il ne m'a plus jamais regardée une seule fois dans les yeux. Il regardait sans cesse mon ventre... ce maudit ventre qui s'obstinait à ne pas s'arrondir !

Jack Lodoun écoutait, tout à fait immobile, tandis que des reflets dorés dansaient dans ses cheveux.

— Je suis une femme, reprit-elle, de la détresse dans la voix. Une femme veut être aimée pour ce qu'elle est, pas parce qu'elle a un utérus !

Jack hocha la tête. Il avait l'air de la croire.

Mais Rose n'en était plus à se demander s'il la croyait ou non.

Elle avait enfin quelqu'un à qui se confier, et c'était tout ce qui comptait.

— Oui, poursuivit-elle, j'aurais voulu un homme qui pense à me rendre heureuse *avant* de me rendre mère !

Jack Lodoun était toujours aussi immobile qu'une statue de pierre. Mais les statues de pierre n'ont pas les cheveux qui projettent des reflets flamboyants. Elles n'ont pas des yeux émeraude qui brillent comme des escarboucles. Elles ne sentent pas l'alcool. Ni le chien mouillé.

D'un ton calme et décidé, Rose conclut :

— Je ne veux plus vivre avec un homme qui n'a jamais vu en moi autre chose qu'un animal reproducteur, voilà !

S'ensuivit un autre moment de silence. Un silence pesant. Le feu pétillait dans l'âtre, les lampes à gaz modulaient toujours le même air.

— Oui, fit Jack. C'est une curieuse manie de vouloir à tout prix une progéniture.

Rose parut sur le point de se fâcher, croyant à une moquerie.

— Les hommes ne l'ont-ils pas tous, cette manie ?

— Oh, non ! repartit-il sur un ton amusé. La plupart des hommes n'ont pas l'obsession de faire souche, voyez-vous. Ils se contentent du plaisir, du *magnifique* plaisir, du *miraculeux* plaisir qu'un corps de femme peut procurer.

— Vous êtes comme cela, vous ?

— Oui.

— Oui ?

Franchement, Rose peinait à le croire, son mari ayant cessé de la rejoindre dans son lit dès lors qu'il n'avait plus été capable de la féconder !

Douze ans de solitude... douze ans de frustration... douze ans de tourments... voilà ce qu'il en avait résulté.

— Oui, répéta Jack. J'ai été amant, ne l'oubliez pas. J'aime faire l'amour pour le plaisir de faire l'amour.

Soudain, Rose alla ouvrir la malle qu'elle avait apportée et fouilla jusqu'à ce qu'elle trouve ce qu'elle cherchait : les *Sonnets* de Shakespeare, somptueusement reliés, que sa mère lui avait offerts à la fin de ses études.

Elle prit la carte postale illustrée qui semblait servir de marque-page et la tendit à bout de bras.

— Regardez-moi ça, cher maître.

Elle l'observa soigneusement tandis qu'il examinait la photographie.

— Qu'est-ce que vous voyez ? demanda-t-elle avec rudesse.

Elle attendit une réponse. Il resta sans réaction un long moment. Le silence s'éternisa. Enfin, il releva les yeux. L'extrémité de ses longs cils était colorée en rouge par les lampes.

— Eh bien, je vois un homme qui se masturbe.

— Ça ne vous dégoûte pas ?

— Non, pourquoi ?

En effet, pourquoi ?

Le cœur de Rose se mit à battre très fort.

— Ça vous arrive de le faire ?

— Oui, reconnut-il sans la moindre hésitation.

— Seulement quand vous n'avez pas de femme ? demanda Rose sur un ton de défi.

— Non, pas seulement.

— Alors, quand ?

— Quand j'en ai envie.

Sur le visage de Jack Lodoun, les ombres et les lumières semblaient s'affronter, remodelant ses traits.

— Et ce n'est pas l'idée d'engrosser une femme qui vous en donne envie ?

La question lui sembla tellement absurde qu'il ne répondit pas, se contentant de secouer la tête.

— Vous le feriez maintenant, devant moi ? dit Rose sans réfléchir.

Douze ans de solitude... douze ans de frustration... douze ans de tourments...

Et puis, cette demande extraordinaire !

Comme Jack Lodoun la regardait avec des yeux ronds, elle chercha à se justifier.

— S'il vous plaît, touchez-vous ! Caressez-vous ! Montrez-moi ce que c'est qu'un homme qui n'a en tête que de jouir et qui se moque de procréer. C'est quelque chose que je n'ai encore jamais vu. Je voudrais être sûre que ça existe.

Et maintenant, qu'allait-il se passer s'il refusait ?

Et qu'allait-il se passer s'il acceptait ?

6

La cloche de Westminster sonna encore un coup. Les sabots d'un cheval résonnèrent sur le pavé de la rue. Mais ils ne les entendirent pas. Le monde extérieur, tout ce qui se trouvait en dehors des quatre murs du salon, avait cessé d'exister.

Doucement, tandis que le noir de ses pupilles mangeait le vert de ses iris, Jack Lodoun commença à déboutonner sa braguette.

Puisqu'il acceptait, Rose s'enhardit.

— Tout, dit elle. Enlevez tout. Je veux vous voir entièrement nu.

Comme l'homme de la carte postale.

Il ôta sa veste. Les contours de ses joues étaient devenus rouge sombre.

Un gilet de soie à rayures grises contrastait avec la blancheur immaculée de la chemise et débordait sur un pantalon noir.

Le corps qui se laissait deviner sous les vêtements était indéniablement viril.

Rose n'avait encore jamais vu un homme se déshabiller. Elle observait attentivement ses moindres gestes.

Il ôta un à un les quatre boutons de nacre du gilet. Le gilet glissa le long de ses bras. Les bretelles noires suivirent le même chemin. Il desserra sa cravate et la fit passer par-dessus sa tête. Il déboutonna sa chemise. Un maillot couleur chair apparut dans l'encolure.

Il n'y avait pas la moindre hésitation, pas le moindre embarras dans ses gestes.

La chemise atterrit sur le sol. Et, aussitôt après, le maillot de corps.

Ses poils cuivrés brillèrent dans la lumière. Sur sa poitrine. Sous ses bras.

Rose cessa de respirer.

La lumière et les ombres dansaient sur ses épaules larges et musclées. Ses mamelons perçaient à travers une mousse de poils dorés.

Rose prit conscience que Jack Lodoun était un très bel homme.

Les braises pétillaient dans l'âtre.

— Vous permettez que je m'asseye pour ôter mes chaussures et mes chaussettes ?

La voix de Jack Lodoun était neutre, mais un feu étrange brûlait dans ses yeux émeraude.

Rose avala sa salive.

— Faites donc.

Les ressorts couinèrent, comme si le fauteuil protestait contre le fardeau qu'on lui imposait.

Les paupières mi-closes, il se pencha.

Des boucles châtaines, plus sombres que le duvet de sa poitrine, ornaient sa nuque. Les muscles de ses épaules et de ses bras frémissaient sous la peau.

Il retroussa son pantalon pour ôter ses supports-chaussettes.

Rose avait l'impression qu'un air brûlant circulait dans ses bronches. Elle n'aurait jamais cru possible de partager un tel moment d'intimité avec un homme qu'elle ne connaissait que depuis quelques heures – elle qui n'en avait pas connu de tel avec son mari en douze ans !

Les ressorts du fauteuil couinèrent à nouveau lorsque Jack Lodoun se releva. Il ouvrit lentement sa braguette, un bouton après l'autre, cinq en tout.

Rose le regardait faire, incapable de respirer.

Le pantalon de Jack et son caleçon dégringolèrent ensemble jusqu'au sol. Ses cuisses et ses mollets apparurent dorés dans la lumière du feu.

Rose regarda fixement le membre dressé au milieu d'un buisson de boucles brunes. Les boucles étaient plus drues que celles de l'homme sur la carte postale, et le membre était plus long.

Le cœur de la jeune femme se mit à battre très fort. Son sang était proche du point d'ébullition.

Aux yeux de Rose, le sexe de Jack Lodoun avait tout de beau : le bulbe satiné, les irisations sur la couronne à la base du gland, le réseau de veines bleutées qui lui donnaient un air de vigueur extraordinaire. Le sexe de l'homme sur la photo ne supportait pas la comparaison.

De longues secondes passèrent. Il n'avait aucune honte à s'exhiber. Et elle n'avait aucune honte à l'admirer.

Il prit son sexe dans la main gauche et caressa le gland avec l'index de la main droite après l'avoir humecté de salive. Lorsqu'il écarta les jambes – longues, musclées, couvertes de poils dorés – la lumière des lampes enveloppa ses testicules.

Empoignant solidement son membre, sa main gauche entama un mouvement de va-et-vient. Les avancées et retraits se faisaient au rythme des battements de son cœur.

Rose aurait voulu lui dire qu'il était beau, mais les mots lui manquaient pour décrire ce qu'elle avait sous les yeux.

Tous les hommes nus qu'elle avait vus jusqu'ici, c'était sous la forme de statues, dans des tableaux ou en photo. Rien qui puisse se comparer à un homme en chair et en os. Au bout d'un moment, Jack glissa la main droite entre ses cuisses et se pétrit délicatement les testicules. L'entrejambe de Rose se mit à frémir à l'unisson. Quelque chose était en train de se passer, quelque chose qui accélérait sa respiration et lui donnait chaud.

Jack Lodoun renversa la tête en arrière. Il avait l'air extatique. Rose supposa qu'il était en train de penser à son ancienne maîtresse, Cynthia Herries Whitcox.

Un homme et une femme qui avaient connu une intimité à laquelle Rose n'avait fait que rêver.

Soudain, Jack Lodoun rouvrit les yeux tandis que sa semence fusait en plusieurs jets.

Les ombres et les lumières lui sculptaient un masque.

Il grogna.

Redescendu sur terre, il était en train de se rendre compte que cela n'avait été qu'une illusion.

Rose n'était pas la femme qu'il aimait.

La femme qu'il aimait était morte.

En silence, Rose quitta la pièce, le laissant seul avec son chagrin.

7

— Messieurs, veuillez vous découvrir !

L'ordre se répercuta dans la vaste salle, rebondit sur le marbre blanc, les vitraux et le carrelage luisant.

Jack ne s'intéressait pas à la procession par laquelle s'ouvrait chaque session de la Chambre des communes. Il préférait regarder les gens, l'émerveillement qui se peignait sur leur visage au passage du sergent d'armes qui portait sur son épaule la masse dorée.

Le président avait revêtu le traditionnel manteau de soie noire dont deux pages tenaient la longue traîne.

Une rumeur d'impatience se répandit dans le hall.

La procession – le sergent d'armes, le président, l'aumônier, le greffier, le greffier adjoint, le greffier des comités, les pages – disparut derrière une double porte en bois massif.

Trois minutes allaient passer avant que les portes ne se rouvrent.

À l'intérieur, le sergent d'armes déposait la masse sur un piédestal placé devant la table du greffier, où elle allait demeurer tout au long de la séance, symbole de l'autorité de l'Assemblée législative. Pendant ce temps, le président et l'aumônier s'agenouillaient pour les prières.

Jack pensait à Rose Clarring.

Au désespoir qui l'avait poussée à l'aborder devant le tribunal d'Old Bailey.

Au désir qui avait assombri ses superbes yeux mauves tandis qu'elle le regardait se déshabiller.

À sa détermination de divorcer, alors que tout divorce était exclu.

Devant la porte nord, les spectateurs comptaient les minutes.

Adossé à un mur, Jack laissait errer son regard sur les statues des rois et des reines. Pour la énième fois, il relut la citation biblique inscrite sur le carrelage : *Si l'Éternel ne bâtit la maison, ceux qui la bâtissent travaillent en vain.*

— Les prières sont finies ! proclama un huissier.

Simultanément, d'autres huissiers poussèrent les portes.

Les trois minutes étaient écoulées. La séance était ouverte.

Des talons de toute sorte résonnèrent sur le carrelage et dans l'escalier.

Une image passa devant les yeux de Jack, celle de six femmes et cinq hommes.

En attendant le verdict dans l'affaire Frances Hart, Rose Clarring s'était tenue au fond de la salle du tribunal, entre John Nickols – l'homme cloué sur un fauteuil roulant – et un gaillard moustachu, Joseph Manning, le fondateur du club des Messieurs et des Dames.

Marie Hoppleworth, une petite dame à lunettes, avait posé sa main sur l'épaule de John Nickols. Joseph Manning avait tenu le bras d'Ardelle Dennison, une femme à la beauté évidente mais froide. Le minuscule et timide George Addimore s'était serré contre l'immense Sarah Burns. La très digne Esther Palmer avait trouvé refuge auprès du très digne Thomas Pierce.

Ils avaient fait corps.

Au Parlement, les hommes et les femmes étaient séparés, pensa Jack. Les hommes sur la galerie, les femmes retranchées derrière un treillis de cuivre.

Il se décolla du mur, son chapeau et son parapluie dans sa main droite.

— Non, madame, je n'accepterai pas un sou de moins.

Rose regarda une fois de plus la lettre qu'elle tenait à la main.

Le vieux majordome avait les meilleures références du monde.

Elle reconnut le nom de son ancien patron… Elle savait qu'il avait de bonnes et légitimes raisons de quitter son emploi.

Ses patrons avaient loué leur maison de ville et avaient acheté un manoir à la campagne. Le majordome tenait à rester à Londres, où se trouvait toute sa famille.

Par ailleurs, elle était une femme dont l'inconduite était notoire et qui faisait partie d'un club scandaleux. Aucun domestique respectable n'aurait envie de travailler pour elle – à moins d'y trouver son compte. Mais les exigences de celui-là étaient extravagantes.

— Dans ce cas, mon bon monsieur, j'ai bien peur que nous ne puissions faire affaire, dit Rose en repliant soigneusement sa lettre de recommandation et en la lui rendant d'une main qui ne tremblait pas. Merci d'être venu.

En faisant la moue, l'homme récupéra la lettre.

Cette moue voulait dire qu'il n'aurait aucun problème pour trouver du travail.

C'était le quatrième candidat que Rose voyait, tous du même acabit.

Avec un petit reniflement de dédain, l'homme s'en alla.

Restée seule dans le salon, Rose se laissa choir dans le fauteuil trop mou et fixa le mur, sur lequel il n'y avait rien à voir, à part les taches et les traces d'usure sur la vieille tenture.

Elle repensa aux yeux de Me Lodoun lorsqu'il l'avait interrogée au tribunal.

— Votre mari est-il là ?

Elle ferma les paupières, mais cela ne suffit pas car les images étaient dans sa tête.

Jack Lodoun l'avait poursuivie implacablement.

— Veuillez regarder dans la salle, madame Clarring. Dites-moi si vous voyez votre mari.

— Non.

— Pourquoi ?

— Parce qu'il n'est pas ici.

— Attend-il dehors ? Je pourrais demander à un greffier de l'appeler.

— Non, il n'attend pas dehors.

— Comment se fait-il que votre mari ne soit pas ici avec vous, un jour comme aujourd'hui, madame Clarring ?

La réponse aurait été : « Parce que, aux yeux de mon mari, je n'existe pas vraiment. »

Mais elle n'avait pas réussi à le dire, avec tous ces étrangers qui l'observaient : le juge, les jurés, les témoins, les avocats...

Elle n'avait pas réussi à dire qu'elle n'avait personne vers qui se tourner, à part les autres membres du club des Messieurs et des Dames. Mais ils n'avaient pas besoin d'elle non plus. Ils s'étaient suffi à eux-mêmes, un homme par femme, une femme par homme.

Rose avait été la femme en trop.

D'autres images se formèrent devant ses yeux.

Des poils cuivrés qui brillaient dans la lumière des lampes. Une colonne de chair terminée par un bulbe violet qui miroitait comme du satin.

Rose ne s'était jamais doutée qu'un sexe d'homme pouvait littéralement s'enflammer de désir.

Maintenant, elle savait.

Elle savait comment Jack Lodoun avait envie d'être caressé. Elle savait où Jack Lodoun avait envie d'être caressé.

Elle savait ce que sa défunte maîtresse avait admiré, caressé, pris en elle.

Ressentir de la jalousie envers une morte, il n'y avait pas de sentiment plus amer !

Non loin, un carrosse passa sur les pavés.

Rose se leva.

Son estomac gronda. Elle se souvint qu'elle n'avait rien avalé depuis une tasse de café et un petit gâteau avant de se rendre à l'agence de placement.

Le soleil éclairait le parquet.

Le bronze et le cuivre brillaient dans la pénombre.

La cloche de Westminster sonna quatre fois. Quatre heures de l'après-midi. Rose se souvint que c'était l'heure à laquelle le Parlement se réunissait.

Dans le vestibule, il y avait sa cape et son chapeau.

Mais pas la moindre trace de l'homme à qui elle avait ouvert sa porte la veille au soir, à qui elle avait demandé de se mettre entièrement nu, à qui elle avait demandé de se masturber devant elle !

C'était comme si la soirée d'hier n'avait jamais eu lieu.

Rose jeta sa cape sur ses épaules et posa son chapeau sur ses cheveux en désordre.

Pendant de longues secondes, elle examina son reflet dans le miroir ovale accroché au mur, au-dessus de la table.

Le soleil dorait ses cheveux et rosissait ses joues.

Elle se trouvait jolie… et digne d'être aimée.

Cette idée ne suffit pas à la réjouir.

Elle voulut attraper son sac dans le tiroir du haut. Sa main tomba sur l'édition du *Globe* rapportée de chez ses parents.

Le graveur l'avait représentée avec les paupières à demi baissées, ce qui lui donnait des airs de sainte-nitouche. Les gens penseraient : « Non seulement perverse, mais hypocrite. »

Elle se demanda si son mari avait vu l'image dans le journal. S'était-il souvenu de l'innocente jeune fille qu'elle avait été ?

Rose repensa à l'homme à la robe noire et à la perruque grise qui avait détruit sa réputation. Elle repensa au même homme, en costume de ville et tête nue, qui avait refusé de se laisser émouvoir par ses souffrances. Et puis au même homme encore, entièrement nu, la lumière dansant sur ses clavicules, les ombres donnant l'impression de lui pincer les tétons, et qui avait fait jaillir son sperme devant elle.

Jack Lodoun ne lui avait pas reproché de préférer être une femme qu'une mère.

Elle froissa furieusement le journal – mais le journal ne rendit pas un bruit de papier froissé.

Étonnée, elle le lissa.

Des miettes de biscuit tombèrent sur la table.

Rose sourit.

Giles, le vieux majordome, ne l'avait pas abandonnée.

Cela lui fit chaud au cœur.

Plus tard, elle nettoierait. Pour l'heure, le soleil invitait à la promenade.

Rose fit tomber quelques miettes dans le creux de sa main, laissa le journal sur la table, attrapa son sac et sortit.

Une fois sur le perron, elle mit les miettes dans sa bouche. La pâte était toujours moelleuse, les grains de raisin toujours humides.

Elle pivota pour fermer la porte. De l'arbre voisin, des oiseaux s'envolèrent.

— Coucou, Rose ! s'écria une voix dans son dos.

Rose n'eut qu'à l'entendre pour qu'aussitôt sa bonne humeur disparaisse.

En mâchonnant – le raisin avait pris brusquement la consistance du liège –, elle ferma la porte à clé et se retourna, le sourire aux lèvres.

Une jeune femme surmontée d'un petit bonnet bleu se tenait au bas des marches. Le soleil qui se reflétait sur ses cheveux noirs les faisait paraître presque roux. Elle attendait un bébé.

— Coucou, Lucy, répondit Rose. Ton mari ne serait peut-être pas content s'il savait que tu sillonnes les rues si proche de ton terme.

— Derek sait que je suis ici.

Lucy était la femme du frère aîné de Rose, et elle avait déjà trois fils.

— Mon bébé avait envie de voir sa tante, ajouta-t-elle en se caressant le ventre.

Rose fit une petite grimace. Les quelques miettes de biscuit qu'elle avait mangées s'étaient mises à lui peser sur l'estomac.

— Ce n'est pas seulement pour ça que tu es venue ? demanda-t-elle, pressentant une mauvaise nouvelle.

— Nous nous faisons du souci pour toi, Rose.

Rose serra les poings sans presque s'en rendre compte.

— Écoute, Lucy, c'est très gentil de votre part, ça me touche beaucoup, vraiment, mais je peux t'assurer que je vais bien.

Lucy n'avait jamais été du genre à mâcher ses mots.

— Rose, il y a des femmes à qui l'accouchement fait peur et j'admets que ce n'est pas toujours une partie de plaisir, mais ce n'est pas trop cher payer pour les joies que l'on a ensuite.

Quand donc la vie des femmes cesserait-elle de tourner autour de la maternité et des enfants ?

— Tu es heureuse avec mon frère ? demanda Rose sans réfléchir, tandis que la clé qu'elle serrait dans une main lui labourait la paume.

— J'aime Derek, répondit Lucy.

À voir sa figure, elle ne mentait pas.

— Et tu aimes ce qu'il te fait ? insista Rose.

— De quoi parles-tu ?

— Eh bien, de ce qu'il te fait pour... pour que tu te retrouves enceinte.

Lucy écarquilla les yeux. Elle était tellement estomaquée qu'elle ne trouva rien à répliquer.

— Écoute, enchaîna Rose après avoir pris une profonde inspiration, je vais te répondre ce que j'ai répondu à mes parents : je t'aime bien, mais ce que je fais ne te regarde pas. Ça ne regarde pas non plus mes frères... Je suis en train de m'installer. Je n'ai ni domestiques ni meubles. J'aimerais vous recevoir, mais ce n'est pas possible pour l'instant... S'il te plaît, ne reviens pas avant que je ne t'invite.

Lucy parut meurtrie.

— Que veux-tu que je dise à Derek ?

— Dis-lui que je l'aime beaucoup.

Pour se racheter, Rose descendit les marches et posa la main sur le ventre de sa belle-sœur. Elle eut l'impression de sentir un petit pied bouger.

— Et dis-lui aussi, ajouta-t-elle en se contraignant à ne pas retirer sa main, ce que tous ses instincts lui ordonnaient de faire, dis-lui aussi que, si c'est une fille, j'espère que vous l'appellerez comme moi.

— C'est peu probable, après trois garçons, répliqua Lucy en plissant son joli petit nez couvert de taches de rousseur. Mais si c'est le cas, Derek tient à ce qu'elle s'appelle comme moi.

— Lucy Rose, ça sonne bien, qu'en dis-tu ? proposa Rose.

Lucy retrouva le sourire aussi vite qu'elle l'avait perdu.

— Va pour Lucy Rose !

Rose glissa sa clé dans son sac et prit Lucy par la main.

— Maintenant, je te raccompagne. Si tu veux, on pourra même s'arrêter en route pour manger une glace...

Lucy pressa la main de Rose dans la sienne.

— Derek a parlé avec ton mari.

À deux pâtés de maisons de là se trouvait un carrefour où elles pourraient prendre un fiacre ou un omnibus.

Rose se dit qu'à force de mettre un pied devant l'autre, elle finirait bien par y arriver.

— Qu'est-ce qu'ils se sont dit ? demanda-t-elle d'un ton faussement indifférent.

8

Les lourdes portes de chêne massif se refermèrent derrière Jack. L'obscurité commençait à s'entasser au pied des murs. Au-dessus des têtes, la lumière des lustres tremblotait.

Deux cent dix-neuf autres hommes s'avançaient dans le couloir – échangeant des plaisanteries et des considérations politiques.

En revanche, ils ne discutaient pas de la requête sur laquelle ils avaient été appelés à voter. Leur décision – ainsi que celle de Jack – était prise.

Tandis qu'ils défilaient en rang par deux, les portes à l'autre bout du couloir s'ouvrirent.

Un homme cria d'une voix de stentor : « Edward Limpton », aussitôt suivi par une autre voix, moins tonitruante : « Brian Dougby. »

Chaque député, en sortant, donnait son nom.

Il n'en fallait pas davantage pour voter « non » et détruire les rêves d'une femme.

Son tour venu, Jack dit son nom et sortit. Rose Clarring allait les maudire, lui et le Parlement, pour cette journée.

— Lodoun ? lança quelqu'un dans son dos. Viendrez-vous souper avec nous ?

— Je suis déjà pris, répondit-il sans ralentir le pas.

— Alors, une autre fois, vieux frère…

Mais Jack était déjà loin.

Au vestiaire, il récupéra son manteau et son chapeau. Dans le hall central, des députés se laissaient volontiers arrêter par les journalistes accrédités.

Les voix se répercutaient sous le dôme.

— Monsieur Lodoun !

Soudain, un homme à cheveux gominés et costume à carreaux se planta devant lui. Jack reconnut le correspondant de la *Pall Mall Gazette.*

— Hier, vous avez perdu un procès au civil contre Jack Whitcox. Qu'avez-vous à dire à ce sujet ?

— Rien, répondit Jack.

Il partit. Le journaliste le suivit.

— Y a-t-il une rivalité entre vous et Whitcox ?

— Je n'ai rien à dire, trancha Jack en regardant droit devant lui.

— Comment avez-vous voté concernant la requête de Mme Greffen ?

Son vote paraîtrait au journal officiel ; il n'avait aucune raison de faire le mystérieux.

— J'ai voté contre.

Le journaliste était toujours sur ses talons.

— Pourquoi ?

— Tout bonnement parce que ladite requête est contraire à la loi.

Quelqu'un annonça l'arrivée du Premier ministre.

Jack sortit par une porte latérale. Le journaliste de la *Pall Mall Gazette* ne le suivit pas : il avait mieux à se mettre sous la dent.

Rose Clarring était là, appuyée contre un lampadaire, le visage tourné vers le soleil.

Jack s'immobilisa.

Un grincement de rouages et des claquements annoncèrent que Big Ben n'allait pas tarder à sonner. Quand elle sonna, Rose leva les yeux vers le sommet de la tour, l'air extatique.

Le cœur de Jack se serra. Elle était jolie, et elle avait envie de connaître la passion. Mais le Parlement ne reconnaissait pas le droit à la passion.

Jack avança vers elle, humant le frais parfum des roses, faisant s'envoler des pigeons. Les cloches de Westminster recouvraient le bruit de ses talons sur le trottoir. Elle ne l'entendit pas venir. Elle ne se rendit compte de sa présence que lorsqu'il la prit par le bras.

Elle se tourna vers lui.

— C'est un beau quartier, n'est-ce pas ? dit-elle.

— Oui.

Autrefois, il l'avait pensé aussi ; aujourd'hui, il était un peu blasé.

— Vous aviez bu hier soir, avant de…

Elle laissa sa phrase en suspens.

— Oui, un petit peu…

— Vous souvenez-vous de quelque chose ?

Jack sentit ses joues devenir brûlantes. La bouffée de chaleur se répandit jusqu'à son bas-ventre.

— Oui.

Il se souvenait de chaque mot qu'elle avait dit. De la moindre étincelle dans ses merveilleux yeux pervenche, rendu outremer par la pénombre, de chacune des expressions de son visage tandis qu'il se déshabillait… et de la suite…

L'écho du carillon de Westminster finit par se dissiper.

— C'est le seul endroit où j'étais à peu près sûre de vous retrouver, dit Rose timidement. Mais le moment est peut-être mal choisi…

Aucune femme n'était jamais venue attendre Jack devant le Parlement. Curieusement, il éprouvait le même sentiment de vulnérabilité qu'hier soir, quand il s'était retrouvé nu au milieu de son salon.

— En général, nous faisons une pause vers huit heures.

Les trottoirs furent peu à peu envahis. Des parlementaires et des spectateurs, qui s'en allaient dîner.

— Elle vous aimait, Mme Whitcox ? demanda Rose tout à trac.

— C'est pour ça que vous êtes venue jusqu'ici ? répliqua Jack d'un ton qui ne trahissait aucune émotion particulière. Pour m'interroger sur mon ancienne maîtresse ?

Elle baissa les yeux.

— Non, c'est pour parler de mon divorce.

— Si je me souviens bien, nous en avons déjà parlé hier.

— Et, si je me souviens bien, rétorqua Rose, nous ne sommes pas arrivés à grand-chose. Tout ce que je veux savoir, maître Lodoun, c'est si vous acceptez de me soutenir…

En fait, Jack n'en savait toujours rien. Il repensa à la requête individuelle contre laquelle il venait de voter. Il songea aux journalistes qui risquaient de sortir à tout moment et de l'apercevoir en conversation privée avec la scandaleuse Rose Clarring.

Il pensa à sir Paul et à Stromwell, et au poste de juge à la Cour suprême qu'ils lui avaient agité sous le nez telle une carotte sous le nez d'un âne.

Comme il ne répondait toujours pas, Rose se rembrunit.

— Je vois, dit-elle. J'imagine que votre temps est précieux. Pardon de vous avoir dérangé.

Elle chercha à dégager son bras, qu'il tenait toujours, mais il la retint.

— Vous avez dit que vous auriez voulu un homme qui pense à vous rendre heureuse *avant* de vous rendre mère, rappela-t-il. Que vous ne vouliez plus vivre une seconde de plus avec votre mari parce qu'il n'avait jamais vu en vous autre chose qu'un animal reproducteur…

Elle le regarda longuement, comme si elle cherchait au fond de ses yeux l'homme qui s'était exhibé devant elle moins de vingt-quatre heures auparavant.

— C'est vrai, j'ai dit cela.

— Votre mari vous a-t-il jamais fait jouir ? demanda Jack, connaissant d'avance la réponse.

Rose se crispa.

— Nous étions des gosses sans expérience, murmura-t-elle.

— Ça veut dire non ?

— Mais quelle femme a besoin de son mari pour jouir ? repartit Rose d'un ton pincé. Elle peut se faire jouir toute seule.

— En se caressant ?

— Oui.

— Et vous voulez divorcer ?

— Oui.

— Pour vous épanouir librement ?

— Oui.

— Sans bien savoir ce que cela veut dire ?

— Tout ce que je sais, c'est que ça n'a rien à voir avec le fait d'être mère.

— Vous dites cela parce que vous n'avez pas aimé baiser avec votre mari ?

— Je n'ai pas dit cela.

— Que vous n'aimiez pas ?

— Que mon mari me *baisait,* comme vous dites.

— Mais c'est ce que vous auriez voulu qu'il fasse ?

— Non.

— C'est pourtant ce que vous avez dit.

— J'ai juste dit que je voulais un homme qui m'aime et qui y prenne autant de plaisir que moi.

— Vous avez dit que vous vouliez vous épanouir, rappela Jack. Comment savez-vous que ce n'est pas en baisant comme des bêtes qu'on s'épanouit, madame Clarring ?

À la barre des témoins, elle n'avait pas refusé une seule fois de répondre. Elle n'allait pas commencer maintenant.

— Je n'en sais rien, admit-elle.

À vrai dire, Jack non plus.

D'une main ferme, il la décolla du lampadaire sur lequel elle s'appuyait et l'entraîna vers la rue.

— Où allons-nous ? demanda Rose.

— Chercher l'épanouissement.

Un fiacre en passant le frôla, faisant voleter les pans de son pardessus. D'un même pas, hanche contre hanche, ils traversèrent la rue.

Elle tressaillit en voyant la boutique vers laquelle il l'entraînait – une librairie.

Lorsqu'il poussa la porte, une clochette tinta. Une vague de lumière orangée se répandit dehors. Rose resta en arrière. Elle était livide.

— Allons, n'est-ce pas pour ça que vous êtes venue ici ce soir ? s'exclama narquoisement Jack. Pour chercher une forme d'épanouissement ?

Rose Clarring devint brusquement toute rouge.

— Ce n'est certainement pas dans une librairie que je trouverai ça.

— Vous êtes pourtant bien placée pour savoir qu'avec les librairies, il ne faut pas se fier aux apparences, répliqua Jack. L'arrière-boutique est quelquefois moins innocente que la devanture. Vous avez peur ? ajouta-t-il car elle hésitait toujours sur le seuil.

— Pourquoi aurais-je peur ? rétorqua-t-elle en faisant un pas en avant. C'est un endroit public.

— Alors, en route !

Big Ben sonna huit heures : un carillon aux sonorités claires suivi de huit *dong !* Le soleil allait bientôt se coucher. Le jour finirait. Quant à savoir de quoi la nuit serait faite...

Un homme sobrement habillé de noir vint à leur rencontre et leur barra le passage, comme pour leur interdire l'accès à l'arrière-boutique. Il s'écarta lorsque Jack le fusilla du regard.

La porte de l'arrière-boutique se ferma derrière eux avec un bruit sec.

Jack observa la réaction de Rose devant cet endroit dont tous les parlementaires connaissaient l'existence mais dont nul ne parlait.

Un jeune homme tourna la tête et écarquilla les yeux en voyant une femme. C'était Thomas Sayreville, un parlementaire – conservateur comme lui.

Aussitôt, Jack attrapa son regard.
Ils se toisèrent pendant de longues secondes.
Jack le connaissait. Il connaissait aussi sa femme.
Sayreville baissa les yeux.
Les joues de Rose Clarring se colorèrent. Mais elle ne pencha pas la tête pour se cacher derrière le rebord de son chapeau.
Jack ne put s'empêcher de l'admirer.
Il la guida dans les allées mal éclairées. Lui lâchant le bras, il la prit par la taille. Le dos était aussi rigide que le bras.
Dans une vitrine se trouvait tout un assortiment d'accessoires dont certains avaient été inventés pour faire souffrir et certainement pas pour faire jouir : des anneaux de métal, des pinces, des menottes…
— Puis-je faire quelque chose pour vous ? s'enquit un vendeur qui paraissait intimidé.
Le vendeur regardait Jack.
Jack regardait Rose Clarring.
Rose Clarring regardait la vitrine.
Sans cesser d'admirer le nez et les joues de la jeune femme – tout ce qui était visible entre le rebord de son chapeau et le col écharpe de sa cape –, Jack répondit :
— Nous voudrions voir les godemichés.
Avec des mains qui tremblaient un peu et en évitant soigneusement de jeter un regard à la femme qui se tenait près de Jack, le vendeur étala sur une table une douzaine de phallus artificiels : en cuir, en velours, en verre, petits, gros, monstrueux…
— Laissez-nous, dit Jack.
Le vendeur se fit une joie d'obéir.
Rose Clarring contempla ces instruments qui, malgré leurs différences, avaient tous la même destination.
— Vous en voulez un ? demanda Jack.
La poitrine de Rose se souleva sous sa cape.
— Oui, répondit-elle d'une voix blanche.
— Alors, choisissez.

9

Il régnait dans l'arrière-boutique un silence de bibliothèque. Un toussotement se fit entendre, comme pour leur rappeler qu'ils n'étaient pas seuls.

Des hommes les observaient.

D'un geste un peu raide, Rose Clarring tendit le bras vers un godemiché de cuir.

— Les mains nues, recommanda Jack. Vous le sentirez mieux.

Elle ôta ses gants et les fourra dans sa poche.

Rose Clarring avait des doigts fins et fuselés.

Prudemment, comme si c'était un pistolet chargé, elle prit le godemiché, qui n'était guère plus grand que son index.

— C'est pour un anus de femme, expliqua Jack. Ou d'homme.

Aussitôt, elle releva les yeux vers lui.

— Avez-vous déjà...

— Sodomisé une femme avec un de ces petits engins ? proposa-t-il.

— ... été vous-même sodomisé avec l'un de ces petits engins ? rectifia-t-elle.

— Oui, avoua Jack à contrecœur tandis que des souvenirs lui revenaient en mémoire.

Une maîtresse inventive l'avait autrefois initié à des sensations diverses et variées.

Dont certaines qu'il avait partagées avec Cynthia Whitcox.

Rose plissa les yeux. Il eut l'impression qu'il éprouvait de la surprise, de la curiosité, mais certainement pas du dégoût.

Jack s'empara d'un godemiché de verre, gros et long.

— Essayez celui-là, dit-il en lui ôtant des mains celui qu'elle tenait.

Rose prit le godemiché de verre : il débordait largement de sa main.

Jack se colla à elle pour que personne d'autre ne puisse voir ce qu'elle faisait.

Elle passa le doigt dessus.

Au même moment, Jack eut l'impression qu'un doigt courait pareillement sur son membre.

— Me Whitcox, lorsqu'il en a parlé, les a appelés « consolateurs de veuves », dit Rose à voix basse.

Jack éprouva du déplaisir à l'entendre prononcer le nom du mari de sa maîtresse. Si une réponse lui monta aux lèvres, il la ravala.

Il n'avait pas envie de parler de James Whitcox. Il avait juste envie de parler de Rose Clarring.

Sans le regarder, elle ajouta :

— Vous avez accusé Mme Hart et Me Whitcox d'avoir fait leur éducation en lisant des livres sur les perversions sexuelles… En fait, maître Lodoun, au club des Messieurs et des Dames, nous avions commencé à étudier les perversions sexuelles bien avant que Mme Hart nous rejoigne. C'était scientifique, pas graveleux. Nous apprenions des choses intéressantes… Savez-vous, par exemple, que dans l'Antiquité grecque, la spécialité locale à Milet était les godemichés en cuir, et que le commerce était florissant ?

Jack le savait… mais seulement parce qu'il l'avait lu dans le dossier du club des Messieurs et des Dames.

— Les phallus artificiels, ce n'est donc pas nouveau, poursuivit Rose en caressant machinalement le bout du godemiché. Même la Bible en parle. Mais notre savoir restait théorique, et nous parlions poliment des choses les plus délicates. Jusqu'au jour où Mᵉ Whitcox a apporté des cartes postales illustrées.

C'était le jour où Frances Hart avait été officiellement reçue dans le club.

La secrétaire avait noté la séance du 16 avril mais n'avait pas éprouvé le besoin de décrire les illustrations.

— C'était évident pour tout le monde qu'il les avait apportées pour Mme Hart, dit encore Rose en passant le doigt sur le frein du gland. Pour qu'elle voie les choses qui l'excitaient.

Jack se souvint de la carte postale qu'il avait vue à la librairie Bailey – celles avec les deux filles nues, dont l'une s'exhibait tandis que l'autre jouait avec une poire à lavement.

L'idée de partager des goûts avec James Whitcox, après avoir partagé la même femme, le révulsait.

— Sur l'une des photos, continua Rose, une femme tenait un godemiché. C'est la première fois que j'en voyais un. Si je n'avais pas su à quoi cela pouvait servir, je l'aurais deviné facilement en voyant ses jambes écartées. Je me souviens que j'ai trouvé drôle qu'un homme puisse prendre du plaisir à regarder une femme s'en servir.

Une main invisible étreignit le sexe de Jack.

— Vous avez déjà vu une femme faire ça, maître Lodoun ? demanda Rose, les yeux baissés, comme si elle s'adressait au godemiché.

Il aurait préféré ne pas avoir à répondre à cette question.

— Oui.

— Ça vous a plu ?

Des images lui revinrent en mémoire, accompagnées d'aucune émotion.

Un corps de femme. Mais il ne se souvenait pas de ses traits. Ni de la couleur de ses cheveux. Ni de l'odeur de sa peau.

— Oui, ça m'a plu.

— Il est gros, dit Rose en fixant le godemiché. Mais quand même moins gros que votre membre...

Jack ne répondit rien. Elle connaissait aussi bien que lui la taille de son sexe.

Elle posa le godemiché de verre et en prit un en cuir, de presque vingt centimètres de long.

Tandis qu'elle le soupesait, Jack eut l'impression que son sexe devenait plus gros et plus lourd.

— Mlle Palmer en a acheté un comme ça quand nous sommes allés tous ensemble à la librairie Bailey.

Jack se souvint de cette femme d'une trentaine d'années, qui était devenue rouge comme un kilo de poudre de cochenille lorsqu'il l'avait interrogée, mais qui avait répondu à toutes ses questions sans se démonter.

Elle avait été professeur dans une institution de jeunes filles très réputée. La veille du procès, elle avait informé la directrice de son implication dans l'affaire du club des Messieurs et des Dames et avait été renvoyée séance tenante. Mais cela n'avait pas suffi à préserver la réputation de l'école, dont le nom avait été cité par plusieurs journaux.

Rose continuait de manipuler les godemichés de cuir en réfléchissant tout haut.

— Celui-là est trop gros, dit-elle. Ce n'est pas un godemiché, c'est un pal !... Celui-là, par contre, me plaît bien. Il a à peu près la même taille que votre membre.

Elle releva son chapeau. Son aigrette trembla.

— Je crois que je vais le prendre.

— Vous avez envie d'avoir ça en vous ?

Il n'y avait pas d'incertitude dans sa voix lorsqu'elle répondit :

— Oui.

Mais il n'y avait non plus de désir dans ses yeux.

— Êtes-vous mouillée entre les cuisses ?

— Oui.

— Avez-vous peur ?

— De quoi ?

Elle avait bien répondu ; il n'y avait aucune raison d'avoir peur.

Il lui prit le godemiché.

— Attendez-moi près de la sortie.

Elle se rebiffa.

— J'ai pour habitude de payer moi-même ce que j'achète, monsieur Lodoun.

— Et, naturellement, vous avez aussi pour habitude d'acheter des godemichés ? Tous les jours ? Treize à la douzaine ?

Elle ouvrit des yeux ronds.

— Vous avez vraiment envie qu'on vous dévisage à la caisse ? expliqua Jack. Ou que le vendeur fasse une attaque d'apoplexie ?

Rose éclata de rire.

Jack eut l'impression de voir Rose Clarring telle qu'elle avait été douze ans plus tôt, mariée à un homme qui la rendait heureuse.

Mais la bonne humeur de la jeune femme fut de courte durée.

Tête baissée, dissimulée par le noir du chapeau et le blanc de l'aigrette, elle fouilla dans son sac et en sortit trois florins, qu'elle lui donna.

— Si c'est plus cher, vous me le direz.

Tous les hommes la suivirent des yeux lorsqu'elle s'en alla. La démarche fière, les ondulations de la cape : elle était majestueuse.

Jack était sidéré.

Pendant deux ans, il avait fréquenté une femme en cachette ; et maintenant, celle-ci s'affichait avec lui dans un commerce de pornographie !

— Avec ceci, monsieur ? demanda le vendeur, beaucoup moins intimidé maintenant que la femme était partie. Vous faut-il autre chose ?

— Oui, répondit Jack en suivant des yeux un gros homme qui sortait avec un volumineux paquet sous le bras. Donnez-moi un flacon d'huile de Margot.

— Dites-moi, vieux frère... ?

Jack se retourna pour voir qui lui parlait sur ce ton exaspérant. C'était le jeune député qu'il avait aperçu en arrivant, Sayreville.

— Quoi ?

— Ce ne serait pas la femme qui était dans le journal ? Celle qui faisait partie de ce club un peu spécial contre lequel vous avez plaidé hier ?

Sayreville était tout rouge d'excitation. Lui aussi avait suivi des yeux Rose quand elle était sortie.

— Mon cher collège, dit Jack d'un ton glacial, je ne vois pas de qui vous voulez parler.

Sayreville parut déconcerté.

— Mais enfin, la femme qui vient de sortir...

— Il n'y a jamais eu la moindre femme ici, dit Jack en le toisant. D'ailleurs, cette pièce n'existe même pas et n'a jamais existé. Si par malheur elle existait un jour, eh bien, certaines choses deviendraient publiques, nécessairement.

Songeant à son épouse, Sayreville, qui était rouge d'excitation, devint rouge d'embarras.

Jack prit le paquet des mains du vendeur et sortit.

Comparée à la pénombre de l'arrière-boutique, la lumière dans la boutique était éblouissante. Une clochette suraiguë écorchait les tympans à intervalles réguliers : quelqu'un entrait, quelqu'un sortait.

Dans la boutique, des messieurs d'allure respectable et des dames élégantes passaient entre des tables sur lesquelles étaient empilés des livres.

Personne n'aurait deviné l'existence de l'arrière-boutique.

Rose Clarring l'attendait en feuilletant un livre. Il la prit par le bras et ils sortirent. La nuit était fraîche. Big Ben sonna neuf heures.

Tout en marchant, Jack tournait régulièrement les yeux vers Rose. Le chapeau, l'aigrette, le col de la cape... À part ça, il ne voyait que quelques mèches blondes qui flottaient dans la brise, fines comme des cheveux de bébé.

Il fit signe à plusieurs fiacres, jusqu'à ce qu'il y en ait un qui consente à s'arrêter.

Rose y monta. Sous la lumière d'un lampadaire, ses yeux brillèrent, rivalisant d'éclat avec les perles de ses boucles d'oreilles.

L'heure était venue pour Jack de prendre une décision.

Soit la laisser partir seule.

Soit la suivre jusqu'au bout du chemin.

Le godemiché sous le bras, Jack grimpa dans le fiacre.

10

Le fiacre tanguait en traversant un pont.

Rose Clarring ne parlait pas. Jack non plus.

Elle ne savait pas comment faire pour éviter que leurs hanches ne se touchent. À chaque tour de roues, ils étaient projetés l'un contre l'autre, tandis que le godemiché dans son papier d'emballage était toujours coincé sous le bras de Jack.

Après le pont, une rue pavée. Les secousses se multiplièrent.

— Au fait, est-ce que je vous dois de l'argent ? demanda Rose.

— Non.

— Vous ne risquez pas d'être en retard, quand la séance reprendra ?

— Cela se pourrait bien.

— Je n'ai toujours pas trouvé de majordome.

Jack tourna la tête et observa Rose Clarring dans la pénombre.

La faible lumière d'un réverbère illumina l'aigrette blanche du chapeau et précisa les contours de son visage.

Disait-elle cela pour entretenir la conversation, ou afin qu'il sache qu'il n'y aurait aucun serviteur chez elle pour les déranger, si jamais…

Il répondit seulement :

— Ah bon ?

— Oui, confirma-t-elle. Pourtant j'en ai vu quatre, aujourd'hui.

— Et aucun qui vous convienne ?

— C'est plutôt moi qui ne leur convenais pas.

Jack se demanda si elle lirait la *Pall Mall Gazette* du lendemain.

C'était un journal qu'elle était obligée de connaître. L'un des membres du club des Messieurs et des Dames y tenait une rubrique.

— Ma belle-sœur est venue me voir aujourd'hui, reprit Rose en forçant la voix pour couvrir les couinements des roues du fiacre.

Rose avait cinq frères, tous mariés, et par conséquent cinq belles-sœurs. Ses cinq belles-sœurs étaient toutes plus jeunes qu'elle.

— Quand ?

— En milieu d'après-midi.

Il cala son pied contre la portière du fiacre.

— C'est pour cela que vous êtes venue m'attendre ce soir ?

Rose Clarring ne répondit pas directement à la question.

— Elle est enceinte. J'ai mis la main sur son ventre et j'ai senti son bébé bouger.

— Elle sait que votre mari est stérile ? demanda Jack d'une voix neutre.

— Non.

— Elle croit que c'est à cause de vous que votre mariage est resté sans enfant.

— Oui.

Pendant douze ans, Rose Clarring avait gardé le secret.

Par amour.

Le fiacre fit un bond, une roue passant dans un nid-de-poule.

Rose eut beau s'agripper à une poignée, elle ne put s'empêcher de glisser et leurs cuisses se touchèrent.

À la seconde suivante, le fiacre se redressa et elle fut repoussée de l'autre côté. Jack ne la sentit plus, mais la douce impression persista.

Elle regardait par la fenêtre.

À chaque lampadaire, son visage s'éclairait avant de disparaître de nouveau dans la pénombre.

Soudain, elle se retourna vers lui, le blanc de ses yeux étrangement lumineux.

— Avez-vous déjà présenté une requête en divorce devant le Parlement ?

N'osant plus la regarder, Jack se tourna vers sa fenêtre.

— Non, répondit-il sans autre commentaire.

— Lorsqu'elle est venue cet après-midi, ma belle-sœur avait un message de la part de mon mari.

Jack pivota brusquement vers elle.

— Qu'est-ce que c'était ?

Il n'aurait su dire s'il posait la question en tant qu'avocat, en tant que membre du Parlement… ou en tant qu'homme, tout simplement.

— Jonathan m'a fait dire qu'il me pardonnait.

La main invisible autour du cœur de Jack resserra son étreinte d'un cran.

— Quand vous jouirez tout à l'heure, madame Clarring, demanda-t-il d'une voix rude, vous penserez à qui ?

— À vous, maître Lodoun.

Le fiacre s'arrêta enfin.

— Oui, je penserai à vous, assura-t-elle.

Rose lui prit des mains le godemiché, descendit du fiacre sans l'attendre, grimpa sur le marchepied pour payer le cocher et courut jusqu'à la porte de sa maison.

Il descendit du fiacre à son tour et la rejoignit au sommet du perron au moment où elle tournait la clé dans la serrure.

Elle donna l'impression de ne pas remarquer sa présence à son côté, pas même lorsqu'il franchit le seuil derrière elle.

C'est lui qui referma la porte et tira le verrou.

L'obscurité les enveloppa.

Jack craqua une allumette. Une flamme blanche jaillit.

Il alluma le bougeoir qui se trouvait sur la table réservée au courrier.

Il se demanda si elle avait déjà fait son changement d'adresse.

Ou si, dès demain matin, elle retournerait chez son mari, qui acceptait de la reprendre.

Jack, avec des gestes lents et précis, ôta son chapeau et son manteau et les accrocha à la patère de cuivre près de la porte.

Quand il se retourna, Rose était là, pâle mais tranquille. Elle posa le godemiché sur la table, puis lui donna son chapeau et sa cape pour qu'il les accroche également à la patère. Le manteau et le chapeau de Jack étaient gris ; la cape et le chapeau de Rose étaient noirs. Le manque de couleurs dans leurs vies se reflétait dans leurs garde-robes.

— Y a-t-il du charbon dans la cheminée ? demanda-t-il en récupérant le godemiché.

C'était le printemps, mais les journées étaient fraîches et les nuits davantage encore.

Elle rangea son sac dans le tiroir de la table.

— Oui. J'ai nettoyé les cendres ce matin et j'ai mis du charbon. Il n'y a plus qu'à l'allumer…

Ç'aurait été la tâche du majordome. Mais aucun majordome digne de ce nom ne voulait travailler pour une femme perdue de réputation.

Jack récupéra le godemiché et, bougeoir dans une main, godemiché dans l'autre, il s'engagea dans le couloir. Il était nerveux. Les talons de Rose Clarring sur le parquet faisaient un bruit insupportable.

Dans le salon, il alluma une à une les lampes à gaz. Rose le suivait des yeux.

Après avoir posé le godemiché par terre à côté de lui, il s'occupa du feu. Le charbon dans l'âtre se mit peu à peu à rougeoyer. Lorsque Jack ouvrit la trappe pour avoir plus de tirage, l'écho du choc métallique se répercuta jusqu'au toit par le conduit de la cheminée.

Il se redressa, épousseta ses doigts, posa la boîte d'allumettes sur le manteau de la cheminée et ramassa le godemiché.

Puis il se retourna.

Depuis qu'il avait posé le pied dans la maison, il savait ce qui allait se passer. Mais il ne savait pas comment.

Rose Clarring commença à déboutonner son corsage. Jack la regarda faire sans pouvoir respirer. Le corsage tomba. Elle releva les yeux.

— Quand vous me regarderez, j'espère que c'est moi que vous verrez… et pas quelqu'un d'autre.

— C'est vous que je vois, madame Clarring, n'ayez crainte, dit Jack tranquillement. Vous, et personne d'autre.

Il lisait de la douleur dans ses yeux mauves, plus fixes qu'à l'ordinaire. De la douleur et du désir…

Il comprit à quel point elle était seule.

La tête baissée, elle dénoua la ceinture de sa jupe.

— J'étais naïve, comme la plupart des jeunes filles, quand je me suis mariée.

Sa jupe tomba silencieusement.

Jack regardait les longs cils de Rose Clarring, qui projetaient leurs ombres sur ses joues.

— Je croyais que l'amour suffisait à faire les bébés, ajouta-t-elle.

Un bruit sourd : c'était sa tournure qui atterrissait sur le parquet.

— Enfin, pas littéralement, corrigea-t-elle. J'étais naïve, d'accord, mais quand même pas à ce point-là !

Un sourire d'autodérision effaça provisoirement sa tristesse.

Un léger froufroutement se fit entendre par-dessus le pétillement des braises : c'était le jupon de soie qui suivait le faux-cul…

— Mais je croyais sincèrement que lorsqu'un homme éjaculait dans une femme, c'était un cadeau qu'il lui faisait, sa façon de prouver qu'il l'aimait. Et j'étais heureuse.

Les lueurs tremblantes des lampes à gaz avaient l'air de participer à l'émotion du moment.

— Jonathan ne m'a jamais fait jouir, mais j'aimais le sentir entre mes cuisses, poursuivit-elle en commençant à délacer son corset. J'aimais quand nos deux corps semblaient ne faire qu'un. J'aimais sentir sa semence jaillir en moi.

Tout en parlant, elle continuait de délacer son corset.

— Un soir de Noël, alors que nous étions couchés côte à côte, je lui ai demandé pourquoi il ne m'aimait plus. Il m'a répondu qu'il ne pouvait plus accomplir le devoir conjugal – il n'aurait jamais employé le mot « baiser » ! – parce qu'il avait désormais l'impression de commettre un acte immoral. Un homme s'unit à son épouse pour lui faire des enfants, sinon, c'est presque un viol – c'est du moins comme ça qu'il voyait les choses... Ne pouvant pas me faire d'enfant, il n'avait plus rien à m'offrir. Il m'a prise dans ses bras et il a pleuré. Nous nous sommes endormis dans cette position... et, le lendemain matin, lorsque je me suis réveillée, il n'était plus là.

Jack se souvint de ses grognements d'homme satisfait, des cris de jouissance de Cynthia Whitcox. De leurs baisers et de leurs rires.

Après un après-midi de voluptés partagées, elle lui avait dit au revoir.

Comme d'habitude.

Et il ne l'avait plus jamais revue.

Ni vivante. Ni morte.

Rose fit passer sa chemise par-dessus sa tête. Le coton murmura en glissant sur la peau soyeuse, chercha à se retenir à la poitrine gonflée, s'accrochant au passage à une épingle à cheveux.

Elle avait des seins plutôt petits, élégants et fermes comme l'arrondi d'un verre à cognac. Ses aréoles rose foncé étaient dures et se dressaient, comme avait été dur et dressé le membre de Jack la veille au soir.

Elle ne portait plus que ses pantalons de dentelle, ses bas et ses souliers. Il n'éprouva aucun sentiment de triomphe à la voir aussi vulnérable.

— J'ai senti bouger le bébé de ma belle-sœur et j'ai eu besoin de vous voir.

— Pourquoi ?

Les paroles rebondissaient sur les murs, qui semblaient revêtus d'ombre.

— Parce que vous aimez une autre femme, répondit-elle en se tenant bien droite. Et moi, j'aime un autre homme. Ils sont morts pour nous, l'un comme l'autre. À part vous, je n'ai personne avec qui partager mon chagrin...

Il était député au Parlement et, pas plus tard que cet après-midi, il l'avait trahie, d'une certaine façon.

Elle était une faible femme qui s'exposait totalement.

Il aurait dû partir maintenant, mais c'était au-dessus de ses forces.

— Ôtez tous vos vêtements, madame Clarring, dit-il d'une voix âpre. Ce soir, vous et moi, nous avons des découvertes à faire.

11

Lorsque Rose s'apprêta à s'asseoir pour ôter ses chaussures et ses bas, elle tremblait en pensant que dans quelques secondes elle serait entièrement nue.

Jack se retourna, comme pour ménager sa pudeur.

Il entendit le coussin du fauteuil pousser un soupir quand elle s'assit, puis le choc sourd d'un soulier tombant sur le parquet.

Il regarda autour de lui le salon pauvrement décoré, pas très grand, typique de ces maisons qui surgissaient de terre quotidiennement pour abriter la nouvelle classe moyenne.

Un autre choc sourd : le second soulier venait de tomber.

La maison de Jonathan Clarring, se dit Jack – essayant de penser à autre chose qu'à ce qui se passait dans son dos –, était située dans les quartiers chics. Mais Rose, séparée de son mari, n'aurait plus les moyens de s'offrir le luxe auquel elle était habituée.

Le coussin du fauteuil poussa un autre soupir lorsqu'elle se releva.

En entendant le léger murmure des pantalons de soie glissant sur les cuisses de Rose, Jack sentit se hérisser les petits cheveux sur sa nuque.

Le godemiché sous son bras donnait l'impression de le brûler à travers sa chemise et sa veste.

Il se retourna.

Il vit une femme à la peau blanche, entièrement nue, en train de s'asseoir sur le canapé de velours bleu.

Jack eut chaud aux joues, et son sexe tressaillit dans son caleçon.

Tout doucement, elle s'allongea sur le canapé.

Ses jolis petits seins pointaient.

Elle posa une jambe sur le dossier du canapé, laissant pendre l'autre.

Un triangle de poils blond foncé moussait entre ses cuisses.

La respiration de Jack devint haletante. Big Ben sonna, le bruit du carillon assourdi par la distance.

Rose Clarring exhibait son sexe comme Jack Lodoun avait exhibé le sien.

Sa fente dessinait un trait plus sombre entre les replis de ses petites lèvres, d'un rose luisant.

Elle planta dans les yeux de Jack un regard qui n'avait rien d'innocent.

Les perles à ses oreilles jetaient des flammèches argentées.

Un cadeau de son mari. Ou de son père, qui sait ?

Les perles les plus pures pour une virginale épouse.

Déchirant le papier d'emballage, Jack tint le godemiché dans sa main gauche, tandis que de sa main droite il débouchait le flacon d'huile de Margot.

Prudemment, il fit couler un filet d'huile sur le bulbe du godemiché et posa le flacon sur une table.

Puis il s'approcha de Rose et, se gardant de la toucher, il lui tendit le godemiché.

Elle le regarda pendant de longues secondes. Une goutte de lubrifiant, brillante et dorée, coula le long de la hampe… comme si le gland de cuir était vivant et pleurait de désir.

Lentement, Rose tendit la main vers le godemiché.

Dans ses yeux écarquillés, Jack lut de l'appréhension.

— J'ai toujours rêvé que ce serait Jonathan qui ferait mon éducation, qu'il m'initierait aux délices de l'amour, dit-elle avec une moue amère. Mais vous avez raison, maître Lodoun. Comment les femmes peuvent-elles attendre qu'un homme les rende heureuses alors qu'elles ne savent pas ce qu'elles veulent ? Alors qu'elles ne savent même pas si elles sont capables de prendre du plaisir ?

Une larme roula sur la joue de Rose.

— Peut-être qu'une femme n'a besoin de rien d'autre que ça, reprit-elle en étreignant le phallus de cuir jusqu'à ce que ses phalanges deviennent blanches. Un bon gros godemiché bien docile ! Peut-être que la passion n'a jamais existé ailleurs que dans l'imagination des femmes privées d'amour.

Peut-être... Ou peut-être pas...

Ils étaient là tous les deux pour essayer de trouver une réponse.

Les yeux mi-clos, Rose plaça l'engin de cuir entre ses cuisses.

Le cylindre se fraya un passage parmi ses fins poils blonds... fut aspiré par les petites lèvres rosées...

Jack, à reculons, alla s'asseoir dans un fauteuil.

Il était idéalement placé pour voir le gland, luisant d'huile, en train de se faufiler dans l'étroite fente – intouchée pendant douze ans !

Du cuir marron entaillait de la chair rose.

Le gland.

La couronne.

Il entrait, centimètre par centimètre.

Le sexe de Rose se dilatait pour lui livrer passage... jusqu'à ce qu'il soit impossible d'aller plus loin.

Jack s'agrippa aux accoudoirs de son fauteuil.

Il ne pouvait plus voir grand-chose. La main et le poignet de Rose lui cachaient l'essentiel.

Mais il imaginait le clitoris tout dur.

Il imaginait l'étroit pertuis envahi par un cylindre de cuir et non par le sexe de son mari, l'homme qu'elle aimait.

Elle s'avançait seule vers l'inconnu.

Le sexe de Jack devenait plus long et plus lourd à chaque seconde.

Il pensa qu'elle devait avoir un peu mal, après une si longue abstinence.

Le cylindre de cuir ressortit comme il était entré, lentement, centimètre par centimètre.

Peu à peu, les chairs de Rose se détendirent.

Enfin, le gland reparut.

Cette fois, ce n'était pas seulement le lubrifiant qui le faisait briller.

Rose commença à faire aller et venir le godemiché selon le rythme qui lui convenait.

Des petits coups peu profonds… Des plongées… Des mouvements doux et d'autres plus vifs…

Davantage que le plaisir charnel, il y avait le plaisir de la découverte.

Elle posa sa main libre sur son ventre, comme si elle cherchait à sentir le va-et-vient du godemiché à travers sa paroi abdominale.

Jack attrapa son sexe à travers son pantalon et commença à le pétrir.

Ils se mirent à haleter tous les deux au même rythme, comme s'ils n'avaient plus qu'un seul souffle.

Rose poussa un gémissement.

Jack écarquilla les yeux.

Le visage de Rose était crispé, partagé entre la douleur et le plaisir – un plaisir si intense que c'était presque de la douleur. Elle avait les joues rouges et la couleur commençait à se répandre sur son menton et sa gorge.

Jonathan Clarring n'avait pas été à ses côtés par le passé lorsqu'elle avait eu besoin de lui. Jack espéra qu'il était là maintenant. Il espéra que c'était Jonathan Clarring que Rose accueillait en elle. Il espéra que c'était le sexe de Jonathan Clarring qui lui donnait du plaisir.

Il voulait qu'elle atteigne l'orgasme que son mari ne lui avait jamais donné. Il voulait qu'elle crie le nom de Jonathan Clarring quand elle jouirait.

Elle avait dit qu'elle penserait à Jack. Mais, pour penser à quelqu'un, il faut de la matière, une histoire commune. Et elle n'avait aucun souvenir avec lui !

Il ne voulait pas qu'elle soit seule – pas dans ce moment de bascule.

Elle poussa un cri.

Sa respiration laborieuse recouvrait tous les autres bruits.

Jack attendit, le cœur battant, son sexe vibrant au même rythme.

Rose rouvrit les yeux et vit Jack.

Il se rendit compte qu'il n'était pas content de lui.

Il n'avait pas obtenu ce qu'il voulait. Et Rose Clarring non plus.

Elle avait la main mollement posée sur son mont de Vénus. Le godemiché était toujours planté dans son sexe. Une goutte de liquide tomba sur le canapé.

Jack se leva et partit vers la porte, prêt à s'en aller.

— Pourquoi m'avez-vous répondu ? demanda-t-elle de la voix de quelqu'un qui se retient de sangloter.

Il s'arrêta net.

— Quand ?

— Lorsque je vous ai demandé le nom de votre maîtresse, l'autre jour. Pourquoi m'avez-vous répondu, alors que rien ne vous y obligeait ?

— Parce que moi aussi, répliqua Jack, j'ai quelquefois besoin de quelqu'un avec qui partager mon chagrin…

12

Rose, à genoux devant l'âtre, s'activait. Avec une petite pelle, elle repoussait les cendres dans la trappe du vidoir.

Elle avait mal à tous les muscles.

Son poignet droit. Son bras droit.

Et à l'intérieur de son sexe, où elle s'était enfoncé un godemiché.

Ou plus exactement : où elle s'était masturbée avec un godemiché pendant que Jack Lodoun regardait.

Les cendres refroidies dégageaient une odeur âcre qui lui piquait les narines.

Le bruit du heurtoir de la porte se fit entendre. Elle avait de la visite.

Elle espéra que c'était l'agence de placement qui lui envoyait un candidat un peu moins difficile que les autres.

Elle rabattit le couvercle de la trappe – un nuage de poussière grise monta dans la cheminée – et accrocha la pelle à côté des tisonniers.

Ses mains étaient noires de suie. Ainsi que sa robe.

Elle s'essuya les mains sur sa jupe et ouvrit la porte.

Son cœur cessa de battre. Puis il se remit en marche à coups redoublés.

L'homme sur le seuil était aussi grand et carré que Jack Lodoun, mais ce n'était pas Jack Lodoun.

Ce n'était pas non plus un candidat au poste de majordome.

C'était son frère Derek, sanglé dans un beau manteau bleu marine.

— Tu as du noir sur la figure.

Instinctivement, Rose se passa la main sur la joue. Une lueur malicieuse s'alluma dans les yeux de Derek.

— Tu n'as fait qu'aggraver les choses.

Rose se dépêcha de rabaisser sa main.

— Derek, quelle surprise !

Il cessa brusquement de sourire.

— Merci d'avoir raccompagné Lucy.

— Dans son état, elle n'aurait jamais dû venir, dit Rose.

Son frère lui ressemblait beaucoup. Même teint, même cheveux blonds. La seule différence, c'était qu'il avait les yeux dorés de leur mère, alors qu'elle avait les yeux mauves de leur père.

— Toi non plus, tu n'aurais pas dû venir, ajouta-t-elle.

Il se rembrunit.

— Je ne te comprends pas, Rose. Tu as toujours été si heureuse…

— Qu'en sais-tu ? rétorqua-t-elle.

Les cendres qu'elle avait avalées la firent toussoter.

— Un divorce, ce n'est pas facile à obtenir, dit Derek. Et ça coûte une fortune.

— J'ai ma dot.

Jonathan lui avait ouvert un compte à son nom le lendemain de leur mariage ; il y avait déposé le montant de la dot et la somme était restée inentamée.

— Tu devrais peut-être en parler à mon avocat, suggéra Derek.

« Afin qu'il essaye de me dissuader », compléta Rose.

— J'ai déjà un avocat, dit-elle. Il va déposer une requête au Parlement.

Derek devint de plus en plus sombre.

— Je vois.

— Je t'inviterais bien à entrer prendre une tasse de thé, reprit poliment Rose, mais je n'ai pas ce qu'il faut.

— D'après Lucy, tu n'as même pas de domestiques.

« À cause de ta conduite », avait-il l'air de dire. Qui voudrait travailler pour une femme déshonorée ?

Mais Jonathan Clarring était prêt à lui pardonner ses fautes.

Pourquoi s'entêtait-elle dans son projet de divorce, au lieu de retourner vivre avec un mari indulgent et manifestement amoureux d'elle ?

— À ce sujet, j'attends une visite, précisa-t-elle.

C'était vrai. D'un instant à l'autre, un homme allait se présenter de la part de l'agence de placement.

Derek lui tendit un journal.

— Je suis venu pour t'apporter ça.

Il baissait les yeux, passant d'un pied sur l'autre. C'était le genre d'homme à l'aise partout. Et avec elle, sa petite sœur, il avait l'air gêné !

Rose ne fit pas le geste de prendre le journal.

— J'ai assez lu de choses sur le procès, Derek.

Il ouvrit le journal à la page du milieu.

— Il faut à tout prix que tu lises ça.

— Derek…

Se penchant, il l'embrassa sur la joue.

Rose perdit contenance.

Quand était-ce, la dernière fois que Derek lui avait témoigné de l'affection ?

Elle remarqua à peine qu'il était en train de lui mettre le journal dans la main.

— Lis ça, Rose…

Il sortit de sa poche un mouchoir blanc et entreprit de la débarbouiller. Docilement, Rose inclina la tête d'un côté puis de l'autre pour lui faciliter la tâche. Le mouchoir de lin était rêche, mais les doigts étaient doux.

— Lis-le, répéta-t-il. *S'il te plaît.*

Après quoi, il s'en alla, ses talons claquant sur le trottoir, sa chevelure blonde brillant comme de l'or au soleil. Rose le vit disparaître dans un fiacre.

Elle rentra. L'intérieur de la maison lui parut sombre, après la lumière du matin printanier.

Elle s'assit sur le canapé bleu.

Elle se souvint du cylindre de cuir froid et dur.

Elle se souvint de ce que Jack avait dit :

Parce que moi aussi, j'ai quelquefois besoin de quelqu'un avec qui partager mon chagrin...

À travers ses larmes, Rose remarqua un défaut dans le velours du canapé.

Son cœur se serra lorsqu'elle se rendit compte que ce n'était pas un défaut, mais une tache de lubrifiant.

Le godemiché qui était responsable de la tache avait coûté quatre shillings et six pence. En partant, Jack Lodoun avait laissé la monnaie – un shilling et six pence – sur la table de l'entrée.

Rassemblant son courage, Rose regarda le journal que Derek lui avait mis dans la main. Elle survola les gros titres.

Le Parlement révise la loi sur les grains.

Westminster prépare le jubilé de la reine.

Un juré soupçonné de corruption.

Soudain, le nom de Jack Lodoun lui sauta au visage.

L'article – un court texte intitulé *Requête rejetée* – occupait un coin de la page, en bas à droite.

Rose eut un mauvais pressentiment.

Elle lut :

La requête en divorce présentée par Mme Harriet Maria Greffen a été rejetée par le Parlement.

Mme Greffen demandait la dissolution de son union et le droit de se remarier. Dans sa requête, elle faisait valoir que son mari, M. Justin Dwight Greffen, buvait, avait une conduite désordonnée, l'insultait et la battait, et que le désaccord entre les époux était trop important pour envisager une réconciliation. Le conseil de la reine ayant requis le rejet, une immense majorité de députés, parmi lesquels le conservateur Jack Lodoun, a voté contre. Lodoun expliqua : « Tout bonnement parce que ladite requête est contraire à la loi. »

Rose n'en croyait pas ses yeux.
Elle relut l'article, en soupesa chaque mot.
Son cœur battait si fort qu'elle n'entendit pas tout de suite que quelqu'un frappait à sa porte.

13

Le bruit que fit la porte en se refermant informa Jack qu'il n'était plus seul dans son bureau. Dorsey, son secrétaire, venait d'entrer.

— Installez M. Walden dans la salle de conférences. Dites-lui que je le rejoins dans cinq minutes.

— Ce n'est pas M. Walden qui vient d'arriver, répondit le secrétaire. Il a télégraphié pour dire qu'il serait en retard. C'est M. Stromwell qui demande à vous voir.

Blair Stromwell, le président du groupe conservateur au Parlement, l'homme qui lui avait fait miroiter un poste de juge à la Cour suprême.

Jack resta impassible.

— Que veut-il ?

— Je ne sais pas, monsieur. Il n'a rien dit.

Le soleil tombait dans la pièce par les croisées et faisait briller les cheveux châtains de Dorsey comme du bronze. Derrière lui, la porte de chêne semblait pailletée d'or.

— Voulez-vous que je dise à M. Stromwell que vous êtes occupé ? proposa le secrétaire.

Jack pensa à Rose Clarring, seule dans sa maison, sans domestiques. Blair Stromwell l'avait traitée de putain.

— Non. Faites-le entrer.

— J'apporte le cognac, monsieur ?

Jonathan Clarring s'était-il saoulé à mort hier soir pendant que sa femme se masturbait avec un godemiché ?

— Oui, fit Jack en refermant le livre de jurisprudence sur lequel il travaillait. Ce brave vieux Stromwell n'a jamais craché sur un bon cognac.

Le secrétaire lui tendit un paquet d'enveloppes.

— J'ai trié le courrier, dit-il. Celle du dessus est de Me Seaton.

Me Seaton était l'avocat qui lui avait recommandé le fils de Frances Hart.

— Je suppose qu'il n'est pas près de m'envoyer un nouveau client, commenta Jack.

— Au contraire, répondit le secrétaire. Il vous demande de plaider une affaire devant la petite cour de justice.

Un procès sans jury.

Le juge dans l'affaire Hart avait été conservateur. Sans jury, Jack aurait gagné.

— Quel genre de cas ?

— M. Justin Greffen veut obtenir une décision de justice pour contraindre sa femme à accomplir de nouveau le devoir conjugal.

Le mari de la femme à qui Jack et deux cent dix-neuf autres députés avaient refusé le bénéfice d'un divorce.

Jack regarda son secrétaire. Il avait embauché Nathan Dorsey trois ans plus tôt.

Dorsey donnait l'impression de n'avoir jamais entendu parler de Cynthia Whitcox. Il n'avait jamais fait le moindre commentaire à propos des procès que Jack avait perdus contre James Whitcox. Mais, le jour de la mort de Cynthia Whitcox, il avait annulé tous les rendez-vous de Jack avant même que celui-ci ne soit au courant de la nouvelle.

Et maintenant, Jack était attiré par Rose Clarring – encore une fois la femme d'un autre homme.

Le secrétaire tenait les enveloppes d'une main ferme.

Nathan Dorsey travaillait comme il vivait : avec dignité et discrétion.

— Si vous étiez mon client, monsieur Dorsey, fit Jack, je dirais que le fait que votre main ne tremble pas prouve que vous êtes un honnête homme.

Le secrétaire ne tira aucun orgueil de ce jugement.

— Si je plaidais contre vous, continua Jack, je dirais que le fait que votre main ne tremble pas prouve que vous êtes un fieffé coquin.

Le secrétaire ne se vexa pas davantage qu'il ne s'était enorgueilli.

— Dites-moi, monsieur Dorsey, comment plaideriez-vous la cause d'un client qui serait un menteur, un ivrogne, un débauché qui bat sa femme ?

Justin Greffen.

— Je n'en sais rien, monsieur, répondit franchement le secrétaire. C'est pour ça que je ne suis pas avocat.

Pourtant, Nathan Dorsey – qui était inscrit au barreau – connaissait la loi mieux que la plupart des avocats. C'est pourquoi Jack l'avait embauché.

— Et comment plaideriez-vous un cas, enchaîna Jack, dans lequel le seul tort du mari est de ne pas pouvoir faire d'enfant à sa femme ?

Dorsey comprit que son patron parlait de Jonathan Clarring.

Il avait travaillé sur le dossier du club des Messieurs et des Dames, il avait assisté à l'audition de Rose Clarring.

— Une femme peut obtenir l'annulation du mariage si le mari est impuissant depuis au moins trois ans.

Aux yeux de la loi, la stérilité et l'impuissance étaient souvent considérées comme une seule et même chose.

— Elle ne veut en aucun cas dénigrer son mari, précisa Jack.

— Est-ce qu'au moins il accomplit le devoir conjugal ? demanda Dorsey.

Jack éprouva de la gêne à évoquer la sexualité de Rose Clarring avec un autre homme.

— Non.

— Ce pourrait être un motif de séparation, suggéra le secrétaire.

— Je ne crois pas, répondit Jack. L'abandon du domicile conjugal, oui. L'abandon du *lit* conjugal, non.

— Un juge pourrait peut-être se laisser convaincre du contraire, déclara Dorsey avec calme, s'il est amené à croire que la femme ne demanderait pas mieux que d'avoir des enfants et que le mari l'en prive délibérément.

— Aux dernières nouvelles, elle a quitté le domicile conjugal, dit Jack.

Or, la loi exigeait qu'une femme qui requiert une séparation réside sous le même toit que son mari.

— Ça pourrait encore s'arranger si elle habitait dans une maison louée par son mari, répliqua Dorsey.

Jack hocha la tête. L'idée méritait d'être creusée.

— Peut-être, murmura-t-il en prenant enfin le courrier que lui tendait son secrétaire. Maintenant, faites entrer Stromwell.

L'instant d'après, le gros homme fit son apparition. Ses cheveux étaient de plus en plus gris et de plus en plus rares. Sans son col dur pour le retenir, nul ne sait jusqu'où son triple menton aurait dégouliné.

Dorsey s'en alla, les laissant seuls.

— Lodoun, vieux frère ! s'exclama Blair Stromwell en posant deux journaux sur le bureau de Jack, déjà passablement encombré.

Il se laissa choir dans un fauteuil et sortit de sa poche un cigare.

— Vous en voulez un ?

Jack réussit à dissimuler son dégoût.

— Non merci.

Stromwell craqua une allumette.

L'instant d'après, son visage disparut derrière un nuage de fumée.

— Si j'ai bien compté, dit-il, cela fait le cinquième procès en trois ans que vous perdez contre James Whitcox, n'est-ce pas ?

Blair Stromwell avait bien compté.

— Et, sauf erreur de ma part, poursuivit-il, ce sont les seuls procès que vous avez perdus ?

Jack n'était pas censé répondre, et il ne répondit donc pas.

Stromwell éteignit son allumette en soufflant dessus et se pencha pour la jeter dans le cendrier en cristal qui se trouvait sur le bureau.

— Ça vous fait quand même un joli palmarès, reprit-il. Vous pouvez être fier.

Jack commençait à avoir la migraine.

— Êtes-vous venu me consoler de mes échecs, monsieur le président, ou me féliciter de mes succès ? demanda-t-il.

— Vous n'êtes pas comme Whitcox, vieux frère, dit Stromwell en rejetant de la fumée par ses deux énormes narines. Il est avocat, vous êtes politicien. Les gens comme Whitcox se moquent du bien commun...

Jack l'interrompit.

— Qu'aviez-vous à me dire de tellement urgent ?

Sous-entendu : « Tellement urgent que ça ne pouvait pas attendre la séance de cet après-midi au Parlement ? »

Le regard de Blair Stromwell devint dur, presque hostile.

Il y eut un léger coup contre la porte.

Jack et Stromwell continuèrent de se toiser.

La porte s'ouvrit. Dorsey entra et avec lui un courant d'air frais.

— J'apporte le cognac.

Le secrétaire laissa la carafe et les deux verres sur le bureau puis se retira. Jack fit le service.

— Vous n'êtes pas revenu en séance hier soir, dit Stromwell en humant le verre que Jack venait de lui donner. Sinon, vous auriez entendu le discours du Premier ministre à propos de certaines vieilles excitées qui, à l'instar des Françaises de la Société du Suffrage des femmes, réclament le droit de vote. Un texte à ce sujet va venir ce soir en seconde lecture. En tant que président de groupe, il est de mon devoir de m'assurer que tous les membres du parti conservateur seront là pour faire barrage à cette folie. Nous ne sommes pas pour le vote des femmes, n'est-ce pas ?

Jack dorlota son verre à cognac, qui lui fit penser aux seins de Rose Clarring…

— Ai-je jamais trahi le parti ?

Stromwell savoura lentement son cognac et reposa son verre.

— Nous ne sommes pas sans accorder un peu de liberté aux membres du parti, tant qu'ils sont discrets, déclara-t-il en agitant la main devant son visage pour disperser l'âcre fumée de son cigare qui commençait à lui piquer les yeux. Vous serez d'accord avec moi si je dis que certaines femmes mariées ne demandent que ça…

La migraine de Jack s'aggrava brusquement.

— Mais, reprit Stromwell en scrutant sa réaction à travers un voile de fumée grise, vous savez ce qu'on dit : « Vilain oiseau, celui qui salit son nid. » L'essence de ce pays, c'est le patriarcat. L'institution du mariage est sacrée, elle a été instituée par Dieu. Qu'il soit riche ou pauvre, un homme a droit à une femme et des enfants à lui. C'est la famille qui cimente la société, et c'est le père qui est le garant de la famille.

Stromwell poussa un journal vers Jack.

— Celui qui conteste le pouvoir du père de famille, c'est tout l'édifice de la société qu'il met en péril. Où irions-nous si les femmes avaient les mêmes droits que les hommes ? Avant peu, elles exigeraient de siéger au Parlement. Quelle absurdité ! Elles ne sont pas comme nous, mon vieux. Aux hommes, la raison ; aux femmes, les sentiments.

Jack se contenta de se masser les tempes, sans faire de commentaire.

— Ça ne veut pas dire que les femmes n'ont pas droit à la justice, reprit Stromwell. C'est simplement qu'on ne peut pas se fier à elles pour agir raisonnablement. Or, c'est la raison qui inspire les lois. C'est pourquoi, poursuivit-il en brandissant la *Pall Mall Gazette,* voilà ce que j'attends de vous à l'avenir. Et certainement pas ça, conclut-il en brandissant le *Standard.*

Le reporter de la *Pall Mall Gazette* avait reproduit la réponse de Jack à propos de la requête de Mme Greffen, selon laquelle il avait voté contre parce que ladite requête était contraire à la loi. D'un autre côté, le reporter du *Standard* laissait entendre qu'il existait des motifs autres que professionnels à la rivalité entre Jack Lodoun et James Whitcox.

Jack s'était fait des amis au Parlement, mais aussi des ennemis.

Si un journaliste décidait de creuser, il risquait de déterrer des secrets.

— Vous voyez ce que je veux dire, Lodoun ?

Dans ses yeux se lisait une sévère mise en garde. Le parti conservateur ne tolérerait plus le moindre écart.

Ni sale affaire. Ni controverse.

Ni défaite.

Jack regarda tour à tour les deux journaux et acquiesça d'un hochement de tête.

Sa migraine passa comme par enchantement.

Il voyait parfaitement ce qu'il lui restait à faire.

14

La maison sentait le savon noir et la cire d'abeille.

— Madame Clarring, je vais m'en aller maintenant.

L'agence de placement avait envoyé cette fois-ci une gouvernante, à la place des impossibles majordomes. Elle et Rose avaient nettoyé jusqu'à ce qu'il n'y ait plus rien de sale.

— Très bien, madame Dobkins, répondit Rose en finissant de border le lit. À demain.

De l'autre côté de la fenêtre de la chambre, des moineaux se chamaillaient.

Rose s'assit sur un coin du lit.

Le couinement du sommier ne l'empêcha pas d'entendre des pas dans l'escalier.

Des pas lourds. Ce n'était pas Mme Dobkins qui remontait.

Rose ferma les yeux, car la lumière rebondissait sur les murs nus de la chambre en éclairs éblouissants.

Un craquement : la dernière marche de l'escalier.

Puis des claquements de talons sur le parquet du petit couloir.

Rose rouvrit les yeux. Jack Lodoun se tenait dans l'encadrement de la porte de la chambre.

Comme elle restait sans voix, il parla.

— Jack Whitcox n'a jamais perdu un procès, dit-il sans préambule. Et, jusqu'à ce que je me retrouve face à lui, moi non plus je n'avais jamais perdu un procès. C'est pourquoi j'ai voulu le connaître mieux… en commençant par sa femme.

Rose ne savait rien de Cynthia Whitcox… pas même à quoi elle avait ressemblé.

— Nous fréquentions le même milieu, celui des législateurs et des juristes, poursuivit Jack. Bref, ceux qui votaient la loi et ceux qui en vivaient. Je l'avais souvent aperçue dans des soirées.

Rose ferma de nouveau les yeux et essaya de se la représenter.

— Longtemps, nous n'avons fait que nous croiser, enchaîna Jack. Et puis, j'ai su qu'elle devait assister à une cérémonie à la cour. J'ai obtenu une invitation. Je me souviens qu'elle portait une robe de soie rouge.

Derrière ses paupières baissées, Rose vit passer une robe rouge… mais toujours pas Cynthia Whitcox.

— Elle ne voulait pas de moi au début mais je m'en moquais, continua Jack sans aucune trace de regret ou de remords dans la voix. Je l'avais vue, je la voulais, je lui ai couru après et j'ai fini par l'avoir. Tout comme Jonathan Clarring vous a couru après et a fini par vous avoir.

Rose rouvrit les yeux. La comparaison ne tenait pas – elle était célibataire. Et Jonathan avait voulu davantage que son corps.

— Finalement, je n'ai pas eu trop de mal…

Rose tressaillit, comme si elle avait été piquée par une aiguille. Certaines vérités piquent comme des aiguilles.

— Whitcox ne l'aimait pas. Leur mariage était un mariage arrangé. Vous avez eu plus de chance qu'elle, en un sens. Vous n'avez pas été obligée d'offrir votre virginité à un homme que vous n'aimiez pas…

Rose avait suffisamment de problèmes avec son propre mariage pour ne pas se préoccuper de celui des autres.

— Elle n'avait pas couché avec son mari depuis une douzaine d'années, comme vous… Je lui ai appris tout ce que son mari ne lui avait pas appris…

En un certain sens, elle était ma femme bien plus qu'elle n'avait jamais été la sienne, même si elle lui avait donné deux enfants… et même si, de par la loi anglaise, le mari, c'était lui… Whitcox l'a épousée… Whitcox l'a enterrée… Et je ne la reverrai plus jamais.

Jack resta un instant pensif. Des pensées tristes, sans doute. Mais, comme il se tenait à contre-jour dans l'embrasure de la porte, Rose ne pouvait pas distinguer les expressions de son visage.

— Vous m'avez demandé si Cynthia Whitcox m'aimait, rappela-t-il. Eh bien, je crois que oui.

Rose ne pouvait peut-être pas distinguer les expressions de son visage, mais elle entendit la douleur dans sa voix.

— Cependant, je ne saurai jamais si c'était seulement parce que je la faisais jouir.

Jack s'avança dans le cône de lumière qui tombait de la fenêtre, et Rose le vit mieux.

— De même que vous ne saurez jamais si Jonathan Clarring vous a épousée parce que vous étiez une belle jeune fille, ou parce qu'il y avait des chances que vous soyez aussi féconde que votre mère.

Dans la rue, les sabots d'un seul cheval claquèrent sur les pavés. Le grincement des roues suivait.

Ils étaient soudés l'un à l'autre.

Le cheval au fiacre. Le fiacre au cheval.

Jusqu'à ce qu'ils soient au terme de leur voyage…

Rose se taisait toujours.

Jack la regardait avec ses yeux verts comme des émeraudes, aussi durs et froids que les pierres précieuses.

— Hier soir, dit-il, vous n'avez pas posé la bonne question.

Les petits cheveux sur la nuque de Rose se hérissèrent en signe d'alarme.

— Vous m'avez demandé si j'avais déjà présenté une requête en divorce devant le Parlement, poursuivit Jack. Il aurait mieux valu me demander ce que j'aurais fait si Cynthia Whitcox avait voulu divorcer et si son mari avait refusé.

Rose n'avait pas besoin de poser la question. La réponse était inscrite sur les traits de Jack : ses yeux plissés, ses lèvres pincées.

— *Rien,* dit-il en soulignant le mot. Je n'aurais strictement rien fait. La loi est sans équivoque : une femme ne peut divorcer que si son mari est bigame, ou s'il s'est rendu coupable d'un inceste, ou s'il a abandonné le domicile conjugal. Whitcox n'avait rien commis de tel. Ni votre mari.

Jack était immobile dans son cône de lumière tandis qu'un essaim de fines poussières voletait autour de lui.

— En revanche, reprit-il, pour une séparation de corps, on n'a pas besoin de l'accord du Parlement. Cela peut s'obtenir devant la petite cour de justice.

— Vous n'avez pas obtenu de séparation de corps pour Mme Whitcox, commenta Rose.

— Je n'ai pas proposé de lui en obtenir une, répondit-il carrément.

Et maintenant, il proposait d'en obtenir une pour Rose.

— Je ne pourrai pas me remarier, dit-elle. Et Jonathan non plus. Dès lors, quel est l'intérêt d'une séparation de corps ?

— Vous y gagneriez de ne plus être sous l'autorité de votre époux.

— De sorte que Jonathan n'aurait plus la possibilité de requérir mon placement en asile psychiatrique, compléta Rose. Comme votre client qui a essayé de faire enfermer sa mère…

Jack n'avait pas l'air de regretter son rôle dans ce procès.

— Et vous n'auriez plus à craindre non plus qu'il ne réclame le rétablissement de ses droits maritaux, précisa-t-il.

Rose haussa une épaule.

— Jonathan n'aurait aucun intérêt à demander le rétablissement de ses droits maritaux… pour l'usage qu'il en faisait.

— Mais il aurait le droit de vous forcer à vivre sous le même toit que lui, riposta Jack Lodoun.

Un toit sous lequel n'avait jamais résonné le moindre rire d'enfant !

Dieu que la réalité était amère !

— Si Jonathan s'adressait à vous, vous pourriez lui obtenir le divorce ?

— Oui.

— Parce que dans tout Londres, je passe pour une épouse adultère ? suggéra-t-elle en se redressant.

— Oui.

— Mais, moi, je ne pourrais jamais obtenir le divorce pour le même motif ?

— Non.

— Donc, à moins que Jonathan ne demande le divorce, je suis condamnée à rester seule ?

En serrant les poings, elle se contraignit à ajouter :

— Sauf si je prends un amant ?

Il n'y avait aucune compassion dans les yeux de Jack, rien que l'implacable dureté de la loi.

— Sauf si vous prenez un amant, confirma-t-il.

— Un mari peut attaquer en justice l'amant de sa femme ?

Ce n'était pas une question, même si le ton était interrogatif.

— Si j'étais séparée de corps et si je prenais un amant, continua-t-elle, Jonathan pourrait le traîner en justice ?

Jack éteignit d'un seul mot la faible lueur d'espoir qu'elle avait encore.

— Oui.

Rose se sentit plus seule que jamais.

— Quel homme voudrait de moi en sachant le prix qu'il risquerait de payer ?

— *Moi,* dit brusquement Jack. Moi, je vous veux.

Le cœur de Rose se dilata dans sa poitrine.

— Vous voulez bien de moi, *vous,* monsieur Lodoun ? s'exclama-t-elle tandis que ses joues s'empourpraient.

— Oui, répondit-il. Et, s'il vous plaît, appelez-moi Jack.

— Vous voulez bien de moi parce que vous m'avez vue me masturber ?

— Vous m'avez regardé en faire autant, répliqua-t-il.

Pendant un instant, les mêmes images leur passèrent devant les yeux.

— Vous aviez envie de me voir, Rose, reprit-il, et j'avais envie de me montrer à vous. Je suis un homme, vous êtes belle, j'ai envie de vous... Mais je n'oublie pas que je suis député et que vous n'obtiendrez jamais le divorce.

Il le lui avait dit d'emblée, devant Old Bailey.

Mais elle n'avait pas voulu le croire.

— Le Parlement ne va pas rompre des liens que vous n'avez pas le courage de rompre vous-même, dit Jack sans ménagement. Si vous voulez de la passion, il faut que vous soyez prête à en payer le prix.

Rose aurait voulu protester : elle ne trouva rien à dire.

Elle voulait effectivement que le Parlement la libère pour ne pas avoir à choisir entre la fidélité et la passion.

Le regard de Jack disait : « Vous voulez l'impossible. »

Tout ce que je fais a des répercussions sur ma carrière, avait-il dit.

— Que se passerait-il, demanda Rose, si vous étiez traîné en justice pour avoir couché avec une femme mariée ?

— Je perdrais mon siège au Parlement.

La question suivante fusa sans que Rose ait besoin de réfléchir.

— Pourquoi prendre un tel risque, alors ?

— Je ne veux pas vous laisser jouir seule.

— Cependant, vous ne m'aimez pas, fit Rose avec une naïveté que Jack trouva charmante.

— Et vous ne m'aimez pas non plus, répliqua-t-il.

Dehors, ça gazouillait. Il y avait de l'amour dans l'air.

Un moineau en poursuivait un autre, qui n'avait pas envie de se laisser rattraper.

Soudain, un choc sourd.

Puis des plumes qui s'envolent.

Un oiseau n'avait pas vu la vitre trop propre qui barrait l'espace.

— Si vous pouviez remonter le temps, lança brusquement Rose, est-ce que vous séduiriez quand même Mme Whitcox, sachant les souffrances qui en résulteraient ?

— Et vous ? rétorqua Jack du tac au tac. Si vous pouviez remonter le temps, sachant que votre mari attraperait les oreillons, est-ce que vous l'épouseriez quand même ?

Des souvenirs remontèrent à la mémoire de Rose.

La tendresse de Jonathan. La chaleur de ses baisers. La douceur de ses caresses. Son rire clair et joyeux…

Elle avait eu droit à deux mois d'amour parfait, avant que la maladie ne se glisse entre elle et son mari.

— Oui, dit-elle finalement. Je l'épouserais quand même.

Les yeux verts de Jack semblaient dire la même chose. Lui non plus ne changerait rien.

Mais était-elle prête à payer le prix de la passion ?

Au loin, Big Ben sonna quatre fois. La séance du Parlement allait commencer.

Jack pivota sur ses talons et sortit de la pièce.

Elle l'entendit descendre l'escalier.

C'était à elle de décider. Car elle serait la première à supporter les conséquences de son choix.

La première, mais pas la seule.

Jonathan aussi.

Et Jack Lodoun.

15

La tour de l'horloge brillait dans le soleil couchant.

Les aiguilles noires avançaient de leur pas saccadé.

Rose comptait mentalement les secondes avant que la grande aiguille n'atteigne le point où elle déclencherait le concert des cloches de bronze.

La main de Jack sur son avant-bras lui apportait chaleur et réconfort.

Elle le regarda dans les yeux – ses insondables yeux verts – et y décela de la souffrance et du remords.

Le prix de la passion.

— Moi aussi, j'ai envie de vous, dit Rose.

Jack portait un chapeau melon dont le bord projetait son ombre sur son front. La lumière des lampadaires éclairait crûment ses lèvres et son menton, la lèvre inférieure plus pleine que l'autre, le menton souligné comme sur un dessin au fusain par un gros trait d'ombre.

— J'ai envie de vous, répéta Rose, et je suis prête à en payer le prix.

Le carillon fit trembler l'air.

Au premier coup, le cœur de Rose cessa de battre. Au deuxième, Jack lui caressa la joue. Au troisième coup, le visage de Jack se rapprocha. Au quatrième coup, il l'embrassa.

Il avait des lèvres douces comme des pétales de fleur.

Rose ravala son souffle.

Il y avait si longtemps !

L'odeur d'un homme. Les caresses d'un homme.

La saveur d'un homme.

— J'essaierai de ne pas vous faire de mal, dit Jack sur le dernier coup du carillon de Big Ben.

Rose rouvrit brusquement les yeux… des yeux humides et étincelants.

— Je ne suis pas Cynthia Whitcox.

Cela voulait dire qu'elle n'avait pas besoin de promesses pour être à lui.

Le regard de Jack s'assombrit.

— Et je ne suis pas Jonathan Clarring, répliqua-t-il en lui caressant la joue du bout du doigt.

Cela voulait dire qu'il n'était pas un brave homme.

— J'en suis bien aise, assura Rose.

Jack la prit par le bras.

— Allons dîner, dit-il en l'entraînant vers la rue. Je connais un restaurant qui…

— J'aimerais mieux, coupa Rose, que nous allions chez moi.

Jack posa sur elle un regard sombre et mystérieux, et déclara d'un ton sourd :

— Hier, en rentrant chez moi après vous avoir vue faire ce que vous avez fait, je n'ai pas pu me retenir de me masturber…

Ces quelques mots firent naître dans l'esprit de Rose des images très nettes et émouvantes.

— Quand vous avez joui, demanda-t-elle d'une voix entrecoupée, vous avez pensé à qui ?

— À vous, Rose Clarring. À vous.

Rose battit des paupières, car elle commençait à voir flou à cause des larmes.

— J'ai acheté des préservatifs, dit-elle. Ah, l'apothicaire était plus gêné que moi ! ajouta-t-elle d'un ton faussement jovial.

Jack laissa retomber sa main.

— Je parlais sérieusement, précisa-t-elle. Je ne veux pas d'enfant.

Ils n'avaient pas d'avenir ensemble.

— Moi aussi, je parlais sérieusement, rétorqua Jack en lui reprenant le bras. Depuis que je suis en âge de fréquenter les femmes, des préservatifs, j'en ai toujours sur moi. Dans une petite boîte en argent prévue à cet effet.

Rose esquissa un pâle sourire.

— Je n'attends pas que vous me fassiez une ribambelle de marmots, poursuivit Jack Lodoun. Tout ce que j'attends de vous, c'est le plaisir que votre joli petit corps peut procurer.

Le mot « plaisir » fit frissonner Rose.

Jack laissa passer un fiacre aux roues voilées, tiré par un vieux cheval efflanqué, et fit signe à un autre, en meilleur état et dont le cheval semblait fringant.

Il aida Rose à monter et la rejoignit dans l'habitacle obscur.

— Devez-vous retourner au Parlement ce soir ? questionna-t-elle.

Il regarda fixement les lèvres de Rose, comme s'il s'apprêtait à l'embrasser de nouveau.

— Non.

— Est-ce que tous les députés vont dîner à cette heure-ci ?

Jack baissa les yeux, chercha à deviner les seins de Rose sous son corsage, les caressa du regard.

— Oui, pourquoi ?

— Parce que je n'ai pas vu beaucoup de gens dans la rue.

— Tout le monde ne quitte pas le bâtiment, expliqua Jack. Il y a une salle de restaurant à l'intérieur. Et il y a aussi un souterrain qui conduit au club St. Stephen, pour ceux qui préfèrent dîner là-bas. Quant aux autres, ajouta-t-il en haussant les épaules, eh bien, ils sortent par des portes dérobées.

Rose n'était jamais entrée dans le Parlement. Elle préférait ne pas penser à cet endroit où des hommes décidaient du sort des femmes.

Le fiacre roulait en vibrant sur les pavés. La lumière des lampadaires semblait embraser les cheveux de Jack.

Rose était silencieuse et pensive. Ce qu'elle s'apprêtait à faire aurait forcément des répercussions. Elle ne savait pas si cet homme lui ferait du mal, en dépit de ce qu'il avait promis.

Tout ce qu'elle savait, c'est qu'elle était prête à payer le prix du plaisir.

— Vous avez dit que vous aimiez faire l'amour ? rappela-t-elle.

— Je confirme.

Rose essaya de penser à autre chose qu'au contact de leurs hanches et de leurs cuisses dans la pénombre.

— Qu'est-ce que vous préférez, dans l'amour ?

— Caresser, répondit-il en lui prenant la main.

Rose fut surprise et bouleversée par cette réponse. Malgré son air froid et indifférent, qui intimidait de prime abord, Jack Lodoun avait besoin de chaleur physique.

— Allez-vous passer la nuit avec moi ?

— Oui.

Rose faillit éclater en sanglots.

— J'ai embauché une gouvernante aujourd'hui, dit-elle pour parler d'autre chose que de désir.

— Je sais, c'est elle qui m'a laissé entrer tout à l'heure, répondit Jack. Elle sera là ce soir ?

Rose se souvint du cri que la jouissance lui avait arraché la veille. Si Jack Lodoun imaginait difficilement faire l'amour avec elle tandis que quelqu'un d'autre se trouverait dans la maison, elle aussi.

— Elle a une famille, expliqua Rose. C'est pourquoi elle ne viendra que dans la journée. Elle a dit que demain elle viendrait avec une cuisinière et une bonne.

— A-t-elle des références ?

Cela semblait ridicule de discuter des qualités de la gouvernante, étant donné les circonstances.

— Des références satisfaisantes.

Satisfaisantes, pas parfaites. Mais Rose ne se sentait pas en droit de rechercher la perfection.

— La cuisinière et la bonne seront-elles logées ?

Décidément, Jack Lodoun était du genre à s'inquiéter des oreilles indiscrètes !

— Non, dit Rose en esquissant de nouveau un sourire. Elles aussi ont des familles.

Le fiacre tourna sèchement au coin d'une rue. Rose se cramponna à la poignée. Elle se retrouva coincée entre la cuisse de Jack et la portière.

Il lui tenait toujours fermement la main.

— Voulez-vous que je vous obtienne une séparation de corps ?

Rose se crispa. Une séparation de corps n'était pas un divorce, mais c'était mieux que rien. Dans sa situation, elle serait sans doute obligée de s'en contenter.

— Oui, répondit-elle en s'agrippant à la main de Jack comme à une planche de salut.

Puis elle posa la question qui lui brûlait les lèvres.

— Pourquoi n'avez-vous pas proposé la même chose à Mme Whitcox ?

Le fiacre s'arrêta. Ils étaient arrivés à destination.

Jack demeura immobile. Il regardait devant lui, où il n'y avait qu'obscurité.

Rose crut qu'il ne répondrait jamais.

Puis il finit par répondre – mais seulement après s'être tourné vers elle et avoir placé son visage dans le faisceau de lumière qui tombait d'un réverbère.

— Pour la même raison que je n'ai jamais demandé à James Whitcox s'il était prêt à divorcer.

Jack Lodoun souhaitait visiblement que Rose lise le reste sur ses traits.

16

— Vous aimiez le Parlement davantage que vous n'aimiez Mme Whitcox.

Voilà ce que Rose avait compris.

— Le *pouvoir,* rectifia Jack d'une voix éraillée par l'émotion. Pas le Parlement.

Leurs deux visages se reflétaient dans la vitre. Rose Clarring. Jack Lodoun. Une femme infidèle à son mari. Un homme infidèle au souvenir de sa maîtresse.

— J'ai choisi le pouvoir, conclut-il.

Jack était désormais condamné à vivre avec les conséquences de ses choix. Comme Rose serait bientôt condamnée à vivre avec les conséquences des siens.

Il se leva, son parapluie et sa sacoche dans la main droite, et ouvrit la portière du fiacre. Il sortit un florin de la poche de sa veste et le jeta en l'air.

Le cocher l'attrapa au vol.

Jack pivota et tendit sa main gauche.

Le cocher l'observait d'un œil indifférent.

Il avait vu Rose Clarring. Il connaissait maintenant son adresse.

Certains journalistes seraient prêts à donner une somme rondelette pour de telles informations.

Les doigts blancs de Rose émergèrent de l'obscurité et saisirent la main de Jack.

Le cœur de Jack se serra.

Les mains de Rose étaient si petites.

Elle se leva, ses yeux brillant dans la faible lueur de la lune qui peinait à percer les nuages.

Elle descendit. Il la suivit. Soulagé de son poids, le fiacre oscilla en couinant.

Les maisons bleues paraissaient noires, avec la nuit.

La tête penchée, ses cheveux blonds s'écoulant de son bonnet de laine noire comme de l'or liquide, Rose ouvrit la porte.

Jack entra dans la pénombre et tira le verrou d'un geste décidé.

Elle craqua une allumette et alluma la lampe à gaz du vestibule. Le miroir avec son cadre de bronze et la table en bois de rose surgirent de l'obscurité.

Jack posa sa sacoche sur une chaise et accrocha son parapluie à la patère. Puis il ôta son manteau, qu'il accrocha à la même tête que son parapluie.

Il débarrassa Rose de son manteau et le rangea à côté du sien. Il plaça aussi le bonnet de Rose au sommet de la patère, près de son melon.

Ils montèrent ensemble vers la chambre, Rose éclairant le chemin à la lueur d'une bougie.

— Je n'ai pas d'alcools forts, dit-elle. Ni cognac ni whisky. Mais j'ai du vin, si ça vous chante…

Elle laissa sa phrase en suspens.

— Non merci, répondit-il, pas de vin.

Il n'avait pas envie de vin. Il avait envie qu'elle le touche.

Rose alluma une lampe à la tête du lit, puis elle fit démarrer le feu dans l'âtre. Tandis qu'elle était à genoux, sa robe moulait sa taille fine et ses fesses rondes. Des filets d'or brillaient dans ses cheveux. Jack l'admira en silence. Il s'était trompé en pensant qu'elle était jolie.

Elle était *belle*.

Après avoir allumé le feu, elle ouvrit le lit.

Il attendit qu'elle se retourne vers lui pour commencer à se déshabiller.

Le cérémonial fut le même que lorsqu'elle lui avait demandé de se mettre complètement nu pour se masturber. Il procéda avec des gestes précis, ni lents ni aguicheurs.

Rose le regarda fixement, ne perdant rien du spectacle.

Avant de jeter au loin son gilet, il prit dans une poche la fameuse boîte en argent qui contenait ses préservatifs.

Rose tendit la main.

— Vous permettez ?

Une fois dans la main de Rose, la boîte parut plus grande. La lumière qui se reflétait sur le couvercle donnait l'impression de lui caresser les seins et de plonger dans son décolleté.

Rose ouvrit la boîte. Elle était divisée en six compartiments dont chacun contenait un préservatif.

Elle en choisit un.

— Vous n'avez vraiment jamais voulu d'enfant ? demanda-t-elle timidement.

Jack lui prit des mains la petite boîte et la referma d'un geste brusque.

— Non.

C'était catégorique.

— Pourquoi ?

Jack repensa à ses parents, sa mère épuisée et déformée par les grossesses, son père régnant sur la famille comme un coq sur sa basse-cour.

Esquissant un sourire amer, il jeta la boîte sur le lit.

— Je n'ai jamais eu envie de fournir de nouveaux serviteurs à Dieu ou à la Couronne.

Le sexe de Jack, bien dressé, semblait fier de son inutilité à engendrer !

— Avez-vous au moins des frères pour perpétuer le nom ? questionna Rose.

Du coup, Jack se demanda si par hasard Jonathan Clarring n'était pas le dernier de sa lignée.

— Oui, répondit-il. Tranquillisez-vous. L'avenir des Lodoun est assuré.

Rose s'approcha, s'empara de son sexe et commença à le manipuler. Avec l'ongle de son index, elle suivit le trajet d'une petite veine bleue.

— Dans l'arrière-boutique de la librairie, vous m'avez regardée toucher les godemichés...

Et maintenant, il la regardait toucher son sexe.

Elle le soupesait. Elle en mesurait le tour.

Elle l'appréciait – comme un amateur apprécie un objet d'art.

— Vous sentez ma main, Jack ?

— Oh, oui !

Chaque frôlement, chaque caresse.

— Votre peau est tellement douce, là, dit-elle en frôlant la couronne du gland.

Jack projeta son bassin en avant pour qu'elle puisse le caresser à loisir. Il se souvint de l'expression de solitude sur le visage de Rose lorsqu'elle s'était masturbée avec le godemiché, de la détresse dans son regard. Aurait-elle le même visage, les mêmes yeux, quand il enfoncerait son membre en elle ?

Tout ce qu'il espérait, c'était que le plaisir de cette nuit compenserait les souffrances de demain.

— Hé ! s'exclama-t-il sur un ton qui se voulait plaisant. Je ne suis pas un godemiché.

Seulement un politicien sans conscience.

— Je n'ai pas beaucoup d'expérience, répondit-elle. Mais je ne suis pas non plus une vierge effarouchée. Je sais ce que je veux.

Tête baissée, concentrée, elle enfila le préservatif sur le membre de Jack, qui tressaillait en rythme avec les battements de son cœur.

Le préservatif se mit à lui comprimer le gland.

— Et ce que je veux, c'est vous, reprit-elle. Vous, comme ça. Avec ce beau gros membre tout dur et tendu vers moi.

Savait-elle de quoi elle parlait lorsqu'elle prétendait être prête à payer le prix du plaisir ?

— Je ne suis pas un godemiché, répéta-t-il en lui passant la main dans les cheveux. Quand vous accepterez la présence de mon sexe en vous, vous perdrez du même coup tous vos droits.

— De quels droits parlez-vous, au juste ? rétorqua Rose d'un air sarcastique. Du droit de dormir seule ?

— Lorsqu'une femme est convaincue d'adultère, expliqua Jack de son plus beau ton de juriste, elle n'a plus aucun droit sur ses enfants, et son mari n'a plus aucun devoir envers elle, même celui de la nourrir.

Le préservatif était maintenant en place, enserrant le sexe de Jack depuis le sommet jusqu'à la base.

— Je n'ai pas d'enfant, répondit Rose avec bon sens. Et je n'ai pas besoin de l'argent de mon mari pour manger à ma faim.

Elle lâcha son membre et se mit à lui griffer légèrement les mamelons – le geste trahissait son excitation.

— Je sais qui vous êtes, Jack, dit-elle. Rien ne me fera plus reculer.

Qui il était ? Jack, à une certaine époque, avait cru le savoir. Et il s'était trompé.

Il prit Rose par les cheveux et la força à relever la tête.

Il glissa son regard dans l'ouverture de son corsage, le plus loin possible vers la vallée de ses seins.

— Et qui suis-je donc, Rose ?

Sa jolie bouche ne souriait pas.

— Vous êtes mon amant, répondit-elle. Vous êtes malheureux et je me propose de vous consoler.

Les testicules de Jack le suppliaient d'accepter son offre.

— Et si vous deviez vous apercevoir que mon sexe n'est pas très différent d'un godemiché ?

17

— Dans peu de temps, je serai fixée, répliqua Rose sur un ton qui se voulait léger et qui ne l'était pas du tout.

Jack ignorait ce qui risquait d'être le plus douloureux pour elle : faire l'amour sans plaisir, ou prendre du plaisir dans les bras d'un homme qu'elle n'aimait pas.

— Et si par malheur c'était le cas ? demanda-t-il. Vous iriez retrouver votre mari ?

Rose resta pensive un instant. Jack attendit sa réponse, les nerfs à fleur de peau, tressaillant au moindre pétillement d'une braise dans l'âtre.

Elle était plus belle que jamais, avec l'ovale parfait de son visage qui émergeait seul des ombres environnantes.

— Non, répondit Rose enfin, d'un ton déterminé. Quoi qu'il arrive, je ne retournerai jamais avec Jonathan.

Jack se souvint du silence mortel qui s'abattait sur sa maison chaque fois que Cynthia le quittait pour aller rejoindre son mari.

Mais Rose n'était pas Cynthia.

Se penchant, il l'embrassa.

Pour commencer, il ne fit que l'effleurer.

Puis il glissa la langue entre ses lèvres.

Jack avait tout appris à Cynthia Whitcox. À embrasser. À caresser. À faire l'amour.

Rose ouvrit la bouche, acceptant l'intrusion.

Les yeux fermés, la respiration haletante, il commença à l'explorer.

L'émail des dents, dur et lisse. La langue, douce et moelleuse.

Rose ravala son souffle. Elle n'avait pas l'habitude d'être embrassée de cette façon.

Jack se demanda s'il avait vraiment envie de faire l'éducation d'une autre femme.

Délicieuse Rose. Fragile Rose.

Délicieuse et fragile comme la fleur dont elle portait le nom.

Et parfumée !

Il aspira la langue de la jeune femme dans sa bouche pour mieux la savourer.

Et pour qu'elle l'explore comme il l'avait explorée.

Ce qu'elle fit. En hésitant un peu.

En même temps, elle lui toucha la poitrine.

Le membre de Jack, tendu vers elle, tressaillit.

— Jack, murmura-t-elle, sans décoller ses lèvres des siennes, ou à peine.

Il rouvrit les yeux.

— Oui ?

— Lorsque vous êtes seul dans votre lit, dit-elle en lui donnant à respirer son haleine chaude et humide, est-ce que ça vous arrive d'avoir envie qu'on vous touche ?

Il lui embrassa le bout du nez.

— Oui.

— Et alors, continua-t-elle en lui pinçant doucement un mamelon, ça vous arrive de vous toucher *là* ?

Il prit une profonde inspiration.

— Je vous avouerais que non. Ça ne m'est jamais venu à l'idée.

— Je vous demande ça parce que moi, oui.

Jack ferma les yeux de nouveau. L'image de Rose en train de se caresser les seins se forma sur ses paupières comme sur les plaques de verre d'une lanterne magique.

— Je fais rouler mes mamelons comme ça, poursuivit-elle en triturant celui de Jack entre le pouce et l'index, et j'essaie de me persuader que c'est une bouche.

Tout en l'écoutant, il lui couvrait le visage de petits baisers. Sur les paupières frémissantes. Sur le front. Dans le creux de la tempe, si vulnérable.

— Mais ces doigts ne sont pas la bouche d'un homme, Jack...

La solitude de Rose était palpable.

— Les doigts n'embrassent pas, chuchota-t-elle. Ils n'apprécient pas les saveurs. Ils ne sont pas amoureux...

Elle se pencha en avant – malgré les mains de Jack dans ses cheveux – et lui caressa le téton avec les lèvres.

Le cœur de Jack se serra.

Il la prit par la nuque.

— Dans l'arrière-boutique de la librairie, j'ai senti les caresses de votre regard, murmura-t-elle. Et dans le salon, l'autre jour, lorsque vous vous êtes mis tout nu, j'ai vraiment eu l'impression que ce n'étaient pas vos mains mais les miennes qui vous touchaient.

Pendant ce temps-là, il avait pensé à une autre !

— Je sais que vous ne m'aimez pas, enchaîna Rose, son souffle tiède faisant frémir le téton de Jack. Mais je suis prête à perdre tout ce que j'ai plutôt que d'endurer encore une nuit de solitude.

Jack rouvrit les yeux et regarda les fins sourcils et le bout du nez de Rose – tout ce qu'il pouvait voir de son visage.

Il éprouva pour elle un formidable élan de tendresse – l'envie de lui donner en une seule fois tout l'amour qu'elle n'avait pas connu en douze ans avec son mari.

— Quand je suis seul dans mon lit, dit-il, ce que je touche, c'est mon sexe.

— Hier soir, chez vous, avez-vous pensé à moi comme j'ai pensé à vous lorsque…

Pour toute réponse, il commença à la déshabiller. Le chemisier vola dans l'air et atterrit sur un fauteuil, bientôt rejoint par la jupe, la tournure, la culotte fendue… Tout, il ôta tout, ne laissant que les bas. Elle crut que c'était un oubli, ou parce qu'il était pressé de jouir – trop innocente pour comprendre que ces fourreaux de soie noire gainant ses jambes jusqu'au-dessus des genoux la faisaient paraître encore plus nue !

Devant lui, dans cette tenue insolite pour elle, Rose n'eut aucune réaction de fausse pudeur – elle ne chercha pas à cacher ses appas : ses magnifiques petits seins, son ventre délicatement bombé, le triangle de duvet doré entre ses cuisses…

Jack la prit par les fesses et la souleva – le plus délicatement possible car, avec sa peau si blanche et si douce, un rien devait suffire à lui faire un bleu.

Elle poussa un cri de surprise et s'agrippa à lui.

Une fois qu'il l'eut assise sur le bord de la commode, le sexe de Rose se retrouva à la même hauteur que le sien, exactement comme il l'avait espéré.

Rose haletait. Sur son visage, l'étonnement céda la place au désir lorsque Jack s'installa entre ses jambes.

Il appuya le bulbe de son sexe contre sa fente.

— J'ai pensé à vous hier soir, oui, répondit-il enfin. Mais je n'avais pas envie que vous me touchiez. J'avais envie que vous écartiez vos cuisses pour moi comme vous l'aviez fait pour le godemiché.

Rose enfonça ses ongles dans ses épaules sans s'en rendre compte. Ses yeux mauves étincelaient.

— Votre sexe est de la même couleur que vos lèvres, dit-il pour l'exciter. Quand vous vous êtes masturbée avec le godemiché, il fallait voir comme il s'ouvrait goulûment pour absorber le cuir. Une jolie nuance de rose avalant cette atroce chose marron !... Hier soir, dans mes fantasmes, c'était mon sexe que votre sexe faisait disparaître.

Rose poussa un soupir involontaire, lui soufflant en plein visage son haleine chaude et parfumée telle une brise printanière.

Le sexe d'un homme contre le sexe d'une femme, leurs respirations qui se mêlaient – quel beau moment d'intimité !

— Voulez-vous savoir ce que vous faisiez, Rose, pendant que je vous faisais l'amour ?

Rose lui lécha la joue.

— Dites-moi donc ce que je faisais.

— Eh bien, vous m'avez pris comme vous avez pris le godemiché. Violemment. Profondément. Jusqu'à la garde. Jusqu'à ce que mon gland touche le fond.

En lui caressant les fesses, en les pétrissant doucement pour ne pas les meurtrir, il dit :

— Comme ça.

Et il commença à la pénétrer. Lentement.

Elle garda les yeux ouverts tandis que le phallus de chair remplaçait le phallus de cuir – des yeux qui semblaient plus pâles. Presque délavés.

Il observa ses réactions – d'abord, le remords de devenir adultère... et puis la joie de prendre un amant.

Apparemment, elle se sentait moins coupable de sa faute que fière de son audace.

Quelque chose de chaud coula sur les testicules de Jack. La mouillure de Rose. Elle poussa un râle de plaisir qui ressemblait à un râle d'agonie. Ses joues étaient devenues pourpres. Elle tâchait de dissimuler ses émotions derrière ses paupières.

— Jack, murmura-t-elle en lui enfonçant ses ongles dans les épaules. Oh, Jack !

Rose rouvrit les yeux lorsqu'il la fit tourner pour pouvoir la pénétrer plus profondément.

La commode tanguait sous eux.

Il s'enfonça en elle jusqu'à ce que leurs toisons se mêlent.

La tenant toujours par les fesses, il se mit à aller et venir en elle.

De plus en plus vite.

De plus en plus fort.

Le visage de Rose prit une expression douloureuse. Mais, en même temps, elle se dilatait autour de son membre.

Au moment de l'orgasme, elle ne poussa aucun cri.

Le plaisir illicite se prenait en silence.

Jack enfouit le visage dans les cheveux de Rose au moment où son sperme fusa dans le préservatif.

Il l'embrassa dans le cou. Sous ses lèvres, le pouls de la jeune femme battait follement. Il haletait. La sueur lui brûlait les yeux.

Il glissa la main sous les fesses de Rose et la souleva, empalée sur son sexe dur et frémissant.

Elle laissa pendre mollement ses jambes.

Toujours uni à elle, il lui fit traverser la chambre et la déposa sur le lit.

Les cheveux dorés de Rose se répandirent sur l'oreiller blanc. Des perles de sueur faisaient briller son front et ses tempes.

Un genou sur le matelas, il se retira.

Rose ne rouvrit pas les yeux quand Jack s'écarta et que le matelas donna l'impression de faire une ruade.

Jack ôta le préservatif qui pendait au bout de son membre et le jeta dans l'âtre. L'odeur de caoutchouc brûlé disparut rapidement dans la cheminée.

Lorsqu'il se retourna vers Rose, elle n'avait pas bougé : pantelante, la gorge rougie, les seins épanouis, les mamelons pointant.

Malgré ses yeux clos, elle ne dormait pas.

Jack imaginait facilement ce qu'elle ressentait. Le corps rassasié, et l'esprit coupable. Un mélange d'euphorie et de remords. Il ressentait exactement la même chose.

Il se tint debout au pied du lit, contemplant sa peau blanche sur fond de lin blanc. Malgré cette accumulation de blancheur, elle ne serait plus jamais innocente : elle avait pris du plaisir avec un homme qui n'était pas son mari.

Avec son sexe qui pendait, imprégné de sperme, il se sentait vaguement ridicule.

Soudain, elle releva les paupières.

Tout à l'heure, quand il l'avait pénétrée, ses yeux avaient paru presque incolores. À présent, ils avaient recouvré leur belle nuance mauve.

— Vous savez, Jack, je ne suis pas une petite fille, dit-elle tout de go.

Il songea aux hommes de sa vie – père, frères, mari – qui avaient cru bon de la mettre en garde contre la convoitise de la gent masculine.

— Je sais.

— Vous pensez peut-être que je suis une putain ? suggéra-t-elle d'une voix égale.

— Oh non !

— Que pensez-vous de moi, alors ?

— Que vous êtes une femme malheureuse.

Les yeux mauves se voilèrent.

— Vous croyez pouvoir atténuer mon malheur ?

Le mensonge n'avait pas cours avec Rose.

— Non.

Au loin, Big Ben sonna dix fois. Dix heures. Le Parlement siégeait toujours.

Rose écarta les jambes.

Le triangle de poils blonds, maintenant qu'il était mouillé, était plus sombre.

Les cuisses blanches contrastant avec les bas noirs étaient bouleversantes.

La fente semblait l'appeler.

Elle avait encore envie de lui – tout en sachant quel prix elle risquait de payer.

Jack s'installa entre ses jambes, matelas et sommier ployant sous son poids, et la prit par les hanches.

Il voyait le clitoris rouge sous son capuchon rose. Il en sentait l'odeur, mélange de parfum floral et d'âcre désir.

Vous ne m'aimez pas, avait-elle dit.

Certes, il ne l'aimait pas comme il avait aimé Cynthia Whitcox. Mais il ne pouvait pas ignorer les sentiments qu'elle éveillait en lui.

Il se pencha pour embrasser le sexe de Rose.

Elle lui caressa les cheveux. Elle n'était peut-être pas une petite fille, mais elle avait de petites mains.

Il lécha la fente, de bas en haut. Puis il aspira dans sa bouche le clitoris, aussi cramoisi que son gland.

Elle s'agrippa à ses cheveux.

Jack continua de la lécher jusqu'à ce qu'elle pousse des cris aigus et discordants.

Elle cria le nom de Jack en sanglotant.

Il glissa la langue entre les petites lèvres, le plus loin possible, savourant, humant.

Elle écarta davantage les cuisses, prenant innocemment tout le plaisir qu'il avait à donner.

Innocemment… Oui, même si les lois anglaises étaient d'un autre avis.

Cessant de la lécher, il se coucha sur elle.

Elle se retrouva avec le membre de Jack posé sur son ventre.

— J'ai encore le goût de votre sexe sur les lèvres, dit-il. Voulez-vous le connaître ?

Elle hésita… mais la curiosité fut la plus forte : elle se laissa embrasser sur la bouche. C'était un peu salé.

— Et maintenant, qu'allons-nous faire ? murmura-t-elle d'une voix sans timbre, comme si le bonheur du moment et la crainte de l'avenir se neutralisaient en elle.

La femme qu'elle était aimait un autre homme. L'homme qu'il était aimait une autre femme.

— Ce que nous allons faire ? répéta-t-il d'un ton enjoué. Vous, je ne sais pas, mais moi je vais vous sucer les seins jusqu'à ce que vous n'en puissiez plus.

Les yeux de Rose l'implorèrent de passer à l'acte.

— Ensuite, reprit-il, je vous ferai l'amour jusqu'à ce que nous ne fassions plus qu'un...

Elle esquissa un sourire. Tristesse ? Scepticisme ?

— Oui, insista Jack, je vais vous faire l'amour jusqu'à ce que nous ne sachions plus où l'un finit et où l'autre commence. Et je ne m'arrêterai que lorsque vous pleurerez de plaisir.

D'une main tremblante, elle lui caressa la joue.

— Et quand j'aurai pleuré de plaisir, que ferez-vous ?

Une fois encore, tout mensonge était interdit.

— Ça, je n'en sais rien.

Non, il n'en savait rien.

Il pensait à la femme qu'il avait aimée et qui gisait à présent au fond d'une tombe, incapable de le rappeler à elle.

18

Rose fut réveillée par le pépiement des oiseaux dans les chênes et les platanes de l'avenue.

Sa poitrine était brûlante.

Et son ventre. Et ses cuisses.

Des images lui revinrent en mémoire.

Des cheveux bruns, noirs de sueur. Des yeux émeraude, noirs de désir.

Un lointain coup de cloche interrompit le cours de ses pensées.

Rose ouvrit les yeux. La nuit était finie. L'aube était en train de repeindre le plafond en orange.

Il y avait dans l'atmosphère une odeur musquée – une odeur de mâle.

Elle caressa l'amant endormi près d'elle, ses cheveux doux comme de la soie, ses favoris broussailleux, ses joues rêches de barbe.

Jack Lodoun poussa un soupir. Son haleine chaude s'engouffra dans le sillon entre les seins de Rose.

Il se pelotonna contre elle.

Rose en eut les larmes aux yeux. Désormais, elle était une femme adultère.

Elle commença à repousser les couvertures.

Jack lui passa un bras autour de la taille, comme s'il cherchait à la retenir.

Elle se dégagea doucement et se leva – les ressorts du sommier se détendirent sans bruit. Jack dormait toujours. Elle partit sur la pointe des pieds vers la salle de bains.

Elle craqua une allumette et alluma une lampe à huile. Elle ne se trouva pas très belle dans le mauvais miroir piqué de taches noires, le visage déformé, un sein plus bas que l'autre.

Elle se débarbouilla et se brossa les dents. Elle avait presque fini sa toilette lorsque Jack, arrivant derrière elle, posa une main sur sa hanche.

— C'est le bruit du robinet qui vous a réveillé ? demanda Rose.

Jack secoua la tête.

— Pardonnez-moi, ajouta-t-elle sur un ton d'excuse comme s'ils étaient deux étrangers, habillés de pied en cap, qui se rencontraient dans un lieu public.

— Vous n'y êtes pour rien. Les oiseaux sont particulièrement bruyants dans votre quartier, madame Clarring.

Les yeux de Jack brillaient. Il se pencha pour l'embrasser sur la joue.

— Des regrets ? demanda-t-il.

— Non, répondit-elle en se retournant pour le regarder dans les yeux. Pas le moindre.

— Vous permettez ? dit-il en lui prenant des mains la brosse à dents.

— Je vous en prie.

Elle lui avait prêté son corps, elle pouvait bien lui prêter sa brosse à dents.

Jack mit un peu de poudre dentifrice dans le creux de sa main, la récupéra avec la brosse humide et commença à se brosser vigoureusement les dents, son sexe se balançant en rythme avec les coups de brosse.

Il avait de belles dents, très blanches, régulières, sauf les canines légèrement plus longues que les autres.

Rose éprouva un pincement au cœur. Elle n'avait jamais vu Jonathan en train de se brosser les dents.

De tels moments d'intimité ne se partageaient pas entre époux.

De tels moments d'intimité ne se partageaient qu'entre amants.

Jack se pencha sur le lavabo, se rinça la bouche et ferma le robinet. Puis il ouvrit un tiroir.

— Je cherche un peigne, expliqua-t-il.

Dans le tiroir, il n'y avait pas de peigne mais le flacon d'huile de Margot et, sous un linge, une forme aisément reconnaissable : le godemiché.

— J'ai admiré votre sang-froid l'autre jour dans l'arrière-boutique de la librairie, dit-il. Tous ces hommes qui vous reluquaient, et pas un n'a réussi à vous faire baisser les yeux.

Rose poussa un profond soupir.

— Tandis que vous soupesiez le godemiché de cuir, dit-il encore, on lisait le désir sur votre visage. C'était tentant de vous imaginer en train de...

— Jack ! murmura-t-elle pour l'empêcher de finir sa phrase.

— Mais il n'y avait pas que du désir dans vos yeux, poursuivit-il malgré tout. Il y avait aussi, comment dirais-je ? de la nostalgie...

— Ce que vous appelez « nostalgie » n'était peut-être que des remords, répliqua Rose.

— Ça, je ne sais pas. En tout cas, vous aviez l'air tellement vulnérable !

— Il y avait si longtemps que je me reprochais de faire le malheur de mon mari, vous comprenez ? Il ne m'aimait pas comme j'avais envie d'être aimée et moi, je me figurais que ça devait être de ma faute.

Jack avança la main et lui caressa les cheveux, comme pour la consoler.

— C'est pour ça que j'ai adhéré au club des Messieurs et des Dames, reprit-elle, la gorge serrée. Dans l'espoir d'apprendre des choses qui me permettraient de me rapprocher de Jonathan. Ou au moins de trouver des raisons d'accepter la situation. Et puis, un jour, Mme Hart a interrompu l'une de nos réunions pour prendre la parole. Elle a dit que s'il y avait beaucoup de maris qui étaient incapables de se contenter de ce que leur femme leur apportait, il y avait aussi selon elle beaucoup de femmes qui désiraient davantage que ce que leur mari était capable de leur donner. Que c'était la vie et que personne n'était coupable.

Jack lui caressait toujours les cheveux. Plus elle parlait, moins elle semblait triste.

— Bien sûr, c'est d'abord d'elle-même que Mme Hart parlait. Mais je me suis sentie concernée. C'est ce jour-là que j'ai compris que je n'avais aucune obligation de rester plus longtemps avec Jonathan... en tout cas, aucune obligation *morale*... Et lorsque j'ai reçu votre convocation, je me suis dit : j'irai, je répondrai à toutes les questions, et au diable les conséquences...

Elle était entièrement nue devant Jack – ayant perdu ses bas dans le lit pendant leur dernière étreinte.

Il prit son temps pour l'admirer.

Elle en oublia les cris des moineaux.

Les souvenirs de la nuit accouraient.

Jack lui avait fait l'amour jusqu'à ce que les cris de plaisir recouvrent tous les autres bruits. Jusqu'à ce que leurs deux corps soient si brûlants qu'ils se soudent. Jusqu'à ce que le lit soit complètement défait. Jusqu'à ce qu'elle le supplie de continuer. Jusqu'à ce qu'elle psalmodie des « Oh oui, oh oui ! ». Jusqu'à ce qu'elle crie « Jack ! » en jouissant – Jack, et aucun autre nom.

— Quand vous m'avez sucé les seins, dit-elle d'une voix étranglée, est-ce que vous avez senti les battements de mon cœur ?

— Et vous, demanda-t-il au lieu de répondre, lorsque nous faisions l'amour, avez-vous eu l'impression que nous ne faisions qu'un ?

Elle non plus ne pouvait pas lui mentir.

— Non.

Il cessa brusquement de respirer.

— J'ai surtout senti le préservatif, expliqua-t-elle avec une pointe de dépit. Du caoutchouc trop épais pour qu'on sente grand-chose d'autre !

Jack devint grave.

— Vous auriez envie que je vous prenne sans préservatif ?

— Oh, oui ! répondit Rose sans hésiter. Et j'aimerais vous sentir éjaculer en moi.

Il ferma les yeux. Elle lui caressa le bras. Pour ce qu'elle avait à demander, il n'y avait pas de façon délicate.

Alors, elle décida d'y aller crûment.

— Est-ce que vous accepteriez de me sodomiser ?

Il rouvrit les yeux – des yeux brillants qui disaient oui.

— Mais je risque de vous faire un peu mal.

— Tant pis.

C'était le prix de la passion.

Soudain, la salle de bains donna l'impression de rétrécir. Jack l'emplissait tout entière par sa seule présence.

Son désir se traduisait par un fait simple et indéniable : son sexe était en train de se dresser, lentement, inexorablement.

Il la prit par les hanches, la tourna vers le lavabo, se plaça derrière elle et frotta son sexe contre ses fesses. Il la dépassait de la tête et des épaules. Elle l'observait dans le miroir.

Malgré la solennité de l'instant, il n'avait pas perdu son sang-froid au point d'oublier le flacon d'huile de Margot dans le tiroir resté entrouvert.

Il l'attrapa et le déboucha. Elle tourna la tête pour regarder ce qu'il faisait… et se souvint de sa nuit de noces. Allongée dans la pénombre, le cœur battant. Elle avait ressenti le même genre d'appréhension qu'en ce moment.

L'huile s'écoula en chantant. Il s'en enduisit les mains et le sexe. Lorsqu'il reposa le flacon, le verre résonna sur le marbre de la table de toilette.

Il posa sa main gauche sur son ventre.

Il glissa son index droit entre ses fesses.

D'instinct, elle se pencha en avant.

Dans le mauvais miroir, elle voyait la tête de Jack qui se balançait au-dessus de la sienne.

Il trouva le petit orifice, qui s'ouvrit légèrement lorsqu'il en caressa le pourtour.

Il lui soufflait son haleine brûlante sur la nuque.

Elle s'agrippa au rebord du lavabo.

Il glissa une phalange en elle. Une seule.

Rose avala une grande goulée d'air.

Ça ne faisait pas mal.

— Quand je suis en vous comme ça, Rose, dit Jack, je vous aime.

Une trahison de plus envers la femme qu'il était censé aimer.

Il retira lentement son doigt, l'enfonça de nouveau, un peu plus loin. Le doigt glissait librement.

Bientôt, il faufila un deuxième doigt à côté du premier. Ça ne faisait toujours pas mal.

Après quelques mouvements circulaires, la trouvant suffisamment dilatée, il ôta les deux doigts.

Elle sentit qu'il passait son gland entre ses fesses et le positionnait face au petit orifice.

Elle creusa les reins, offrant sa croupe.

Le gland lisse et souple entra sans heurt.

Ce n'était pas un godemiché de cuir.

Il n'y avait pas non plus de barrière de caoutchouc entre eux, cette fois. C'était Jack, la chair de Jack.

Il s'enfonça en elle, doucement, tout doucement… mais jusqu'à la garde, jusqu'à ce qu'elle sente les poils de ses bourses lui chatouiller les fesses.

Cela fit un peu mal… Elle en eut le souffle coupé.

Mais la douleur passa vite.

Et il ne resta plus qu'une sensation de pure volupté.

Cette fois, elle eut vraiment l'impression qu'ils ne formaient qu'un seul être. Il se mit à aller et venir. Elle découvrit un plaisir extraordinaire, un plaisir qui augmentait à chaque poussée et qui irradiait jusque dans son vagin.

— Quand vous êtes en moi comme ça, murmura-t-elle, je me sens aimée.

Une trahison de plus envers l'homme qu'elle était censée aimer.

C'est alors que Jack ferma les yeux et poussa un grognement animal.

Elle l'avait ardemment souhaité : le sperme de Jack se répandant en elle !

Elle fut secouée du creux des reins jusqu'à la nuque à chaque giclée. Cinq en tout.

19

Jack regardait Rose, qui dormait paisiblement.

Il avait fait sa toilette, s'était rhabillé, prêt à partir.

Lorsqu'elle se réveillerait, elle s'apercevrait qu'elle était seule dans le lit.

Les oiseaux pépiaient de plus belle dans les arbres de l'avenue. Leurs cris avaient quelque chose de moqueur.

Les joues de Rose étaient colorées par le soleil matinal. Par-dessus le drap – un drap froissé, qui sentait la sueur et l'amour – un mamelon pointait.

Jack fut tenté de le caresser... au risque de la réveiller.

Déjà, il avançait la main.

Un coup frappé à la porte d'entrée l'arrêta dans son geste.

Il sortit de la chambre sur la pointe des pieds et referma la porte derrière lui, afin que la nudité de Rose ne soit pas exposée.

Ses pas résonnèrent dans le petit couloir.

Des volutes de vapeur sortaient de la salle de bains.

La première marche de l'escalier couina. Une autre marche vers le milieu, aussi.

Un deuxième coup retentit contre la porte.

Jack l'ouvrit juste à temps pour empêcher le troisième.

Une femme d'âge moyen, de taille moyenne, aux cheveux grisonnants, resta figée, le poing levé.

Jack reconnut la femme qui l'avait laissé entrer la veille.

Elle n'eut pas l'air surprise de le trouver là.

Derrière elle se trouvaient deux autres femmes, une grande maigre et une petite grosse, qui le regardaient avec des yeux ronds de stupeur.

Elles l'avaient sans doute reconnu.

Et, d'après ses cheveux mouillés et ses joues mal rasées, elles comprenaient qu'il avait passé la nuit ici.

— Madame Dobkins, fit Jack en s'écartant pour les laisser entrer. Mesdames.

— Monsieur Lodoun, répondirent-elles.

Preuve qu'elles l'avaient bel et bien reconnu.

— Vous êtes sans doute la cuisinière, dit-il en s'adressant à la petite grosse.

— Non, monsieur, intervint la grande maigre. C'est moi, la cuisinière.

— Et vous vous appelez ?

— Mme Finley.

— Et moi, dit la petite grosse, je suis Mme Brown, la bonne à tout faire.

Les trois femmes étaient propres, mais leurs vêtements étaient usés. Elles avaient besoin de cet emploi.

Jack n'avait pas de temps à perdre en subtilités.

— Vous savez qui je suis ?

Ancien procureur général. Avocat. Membre du Parlement.

— Oui, monsieur.

— Et vous savez qui est Mme Clarring ?

À voir leurs têtes, elles avaient lu les journaux.

— Oui, monsieur, répliquèrent d'une seule voix la cuisinière et la bonne.

— Et nous savons qui nous sommes, monsieur Lodoun, ajouta hardiment la gouvernante.

Jack se tourna vers elle.

— Plus précisément, madame Dobkins ?

— Nous sommes trois femmes contentes de pouvoir travailler.

Jack promena sur les trois femmes un regard direct et franc.

— Par conséquent, vous savez déjà ce qui se passerait si la rumeur devait se répandre que j'ai mes habitudes dans cette maison.

— Si la rumeur se répand, répliqua la gouvernante en le regardant tout aussi franchement, nous n'y serons pour rien.

Jack en accepta l'augure.

— Mme Clarring dort encore, dit-il. Mais je suppose qu'elle aura faim à son réveil.

— Les placards sont vides, répondit la gouvernante. Et elle n'a même pas de vaisselle.

Vrai. Rose n'avait rien, à part le contenu d'une petite malle.

Jack sortit son portefeuille.

— Vous achèterez ce qu'il faut pour lui préparer un bon petit déjeuner, dit-il en tendant à la gouvernante un billet de vingt livres. Quant à la vaisselle et le reste, elle s'en occupera elle-même.

— Oui, monsieur, acquiesça Mme Dobkins en regardant Jack avec respect. Ce sera fait.

— J'y compte bien, conclut-il.

La cuisinière et la bonne suivirent la gouvernante, leurs pas claquant sur le parquet.

Une série de coups de cloche accompagna leur retraite : c'était Big Ben sonnant huit heures.

Jack rappela la gouvernante.

— Madame Dobkins ?

Sa voix résonna dans l'étroit couloir.

Les trois femmes se retournèrent d'un même mouvement, leurs yeux cachés derrière le bord de leurs bonnets noirs.

Rose avait dit qu'elles n'habiteraient pas ici.

— Je ne veux pas que Mme Clarring reste seule dans la journée. Veillez à ne laisser entrer personne sans prendre son avis.

Le majordome de Frances Hart avait commis l'erreur de laisser entrer les médecins de l'asile d'aliénés. Ils avaient failli l'emmener !

— Tout ce que Mme Clarring ne connaît pas, ça reste dehors, ajouta Jack. C'est bien clair ?

— Clair comme de l'eau de roche, répondit la gouvernante avec autorité. Tant que nous serons là, personne n'emmènera Mme Clarring.

Elles ne pourraient pas empêcher l'exécution d'un jugement – et Jack non plus. Mais elles pourraient toujours le retarder.

Les trois femmes pivotèrent. Jack rappela une fois de plus la gouvernante.

— Ah, madame Dobkins ?

La gouvernante se figea.

— Oui ?

Jack s'était lavé avec le savon de Rose et il embaumait comme une boutique de fleuriste. S'avançant à sa rencontre, il glissa un autre billet dans la main de la brave Mme Dobkins.

— Vous achèterez aussi un savon d'Alep...

— Bien, monsieur.

Elle ajouta narquoisement :

— Ce sera tout ?

— Non, tant que vous y êtes, prévoyez aussi une brosse à dents... et tout ce qu'il faut pour se faire la barbe : rasoir coupe-chou, raquette et pâte à affûter, blaireau, savon à raser Truefitt & Hill...

Comme la gouvernante restait sur place à le regarder d'un air interrogatif, il conclut avec un sourire :

— Cette fois, je crois bien que c'est tout.

Les cris d'un groupe de moineaux réveillèrent Rose.

La chambre était vide.

Elle porta la main à sa poitrine, comme pour ralentir les battements de son cœur. Son mamelon durcit lorsqu'elle le toucha.

Un arôme de pain frais vint se mêler à l'odeur âcre qui imprégnait les draps.

Elle eut tôt fait de comprendre.

Jack avait ouvert la porte à la gouvernante, puis il était parti. Son absence était palpable.

Un lointain carillon sonna la demie… Mais la demie de quelle heure ?

Rose repoussa résolument les couvertures et s'assit.

Quelqu'un frappa à la porte de la chambre.

— Madame Clarring ?

La voix de la gouvernante étouffa dans l'œuf le ridicule espoir que c'était Jack qui revenait.

Rose agrippa le drap.

— Oui, madame Dobkins ?

— M. Lodoun a pensé que vous aimeriez un bon petit déjeuner. Il sera bientôt prêt.

D'après le ton de sa voix, on aurait pu croire qu'elle trouvait tout naturel d'obéir aux ordres de l'amant de sa patronne.

— Je vous le sers au lit ? ajouta-t-elle à travers la porte.

Rose se souvint tout à coup du flacon d'huile de Margot, dans la salle de bains.

La gouvernante l'avait-elle vu ?

— Je préfère descendre.

— Très bien, madame.

Rose se dépêcha d'enfiler le corsage et la jupe qu'elle portait la veille. Sans le jupon, la jupe lui chatouillait les cuisses, et sans la tournure, elle était trop longue et lui faisait une traîne.

Elle se rendit dans la salle de bains. Il n'y avait rien sur le marbre de la table de toilette.

Elle ouvrit le tiroir du haut.

Le flacon s'y trouvait.

— Avez-vous besoin de mon aide, madame Clarring ?

Ravalant son souffle, Rose se dépêcha de refermer le tiroir.

— Non merci, madame Dobkins.

Elle se redressa et aperçut son reflet dans le mauvais miroir. Elle était échevelée – comme il convient après une nuit d'amour. Elle fut tentée de se recoiffer avec la main et se retint.

— Avez-vous amené la cuisinière et la bonne à tout faire dont nous avions parlé ?

— Oui, madame.

La gouvernante craqua une allumette.

— La cuisinière finit de préparer votre petit déjeuner, dit-elle en tendant le bras pour allumer la lampe au-dessus du lavabo. Et la bonne est en train de nettoyer les plinthes.

La lumière de la lampe fit briller le marbre des tablettes et le nickel des robinets.

C'est alors que Rose se rendit compte que Mme Dobkins portait un bonnet d'une blancheur immaculée.

— Quelle heure est-il ? demanda-t-elle.

— On va sur dix heures.

La gouvernante se redressa – elle était à peu près aussi grande que Rose – et souffla sur l'allumette pour l'éteindre.

— Voulez-vous que je vous fasse couler l'eau de la douche ?

Rose songea qu'elle était moite et qu'elle sentait la sueur – la sienne et celle de son amant.

— Non merci, répondit-elle. Je m'en occuperai moi-même.

— Comme vous voudrez, madame. La cuisinière va tenir votre petit déjeuner au chaud pendant que vous vous douchez.

Rose tira le verrou derrière la gouvernante. Elle se déshabilla et entra dans la douche. Elle ouvrit les robinets. L'eau sur sa peau lui sembla encore plus rêche que la laine de sa jupe.

Elle essaya de se souvenir de ce qu'elle avait ressenti au lendemain de ses noces. Sa mémoire ne lui fournit aucun renseignement.

Une chose était sûre : elle n'avait pas connu avec Jonathan le même degré d'intimité qu'avec Jack.

Elle s'essuya vigoureusement puis, sans se rhabiller, courut dans la chambre. Mme Dobkins avait ouvert les rideaux et les fenêtres. La pièce était pleine de lumière.

Dans la malle, Rose n'avait que des vêtements noirs.

Durant les premiers temps de son mariage, elle avait porté des couleurs gaies. À quelle époque avait-elle changé ?

Quand Jonathan s'était mis à boire ? Ou quand elle s'était rendu compte qu'il ne buvait que lorsqu'il était à la maison, seul avec elle ?

Rose s'habilla. Elle mit ses boucles d'oreilles – de simples perles, les seuls bijoux qu'elle ait apportés avec elle. S'estimant présentable, elle descendit.

Une petite grosse apparut au bas de l'escalier. Elle aussi était surmontée d'un bonnet blanc, soigneusement repassé et amidonné.

— B'jour m'dame, dit-elle. Voulez-vous votre petit déjeuner maintenant ?

— Très volontiers, fit Rose. Je suppose que vous êtes Mme Brown ?

— Oui, m'dame, pour vous servir, répondit la bonne en rougissant.

De deux choses l'une : ou bien elle rougissait parce qu'elle était timide, ou bien parce qu'elle était au courant des amours illégitimes de sa patronne.

— Je vais chercher votre petit déjeuner, ajouta-t-elle.

— Vous direz à la cuisinière que j'aimerais la voir, précisa Rose avant de la laisser partir.

Elle s'installa dans le salon, qui était froid et sombre.

Les trois domestiques revinrent bientôt. La gouvernante réclama l'aide de la bonne pour faire glisser un coffre jusqu'au milieu de la pièce afin qu'il serve de table. La troisième femme – la cuisinière – apportait un plateau.

— Madame Finley, mettez le plateau ici, ordonna la gouvernante.

Elle approcha le vieux fauteuil de velours et dit à Rose :

— Madame Clarring, si vous voulez bien vous donner la peine...

Rose s'assit sur le fauteuil trop mou et regarda le plateau.

— L'assiette et les couverts sont neufs ? remarqua-t-elle.

— Oui, m'dame, répondit la cuisinière. Je les ai achetés ce matin avec le reste.

— Je vois, dit Rose en goûtant les œufs brouillés, qui lui semblèrent délicieux. C'est très délicat de votre part. Je suppose que vous êtes madame Finley ?

— Oui, m'dame, pour vous servir.

Rose se versa une tasse de thé – la théière et la tasse aussi étaient neuves. Dans un coin du plateau, il y avait un petit pot de crème, un sucrier et une soucoupe remplie de tranches de citron.

— Ce petit déjeuner est tout à fait délicieux, madame Finley, murmura Rose en sucrant son thé. Vous me direz combien je vous dois.

— C'est M. Lodoun qui a payé, m'dame.

Rose s'immobilisa.

— M. Lodoun ? répéta-t-elle en posant délicatement sa cuiller dans sa soucoupe.

— Oui, confirma la gouvernante. Il nous a donné vingt livres pour acheter tout ce qu'il fallait pour vous préparer un petit déjeuner. Et puis, il nous a recommandé de veiller sur vous et de ne laisser entrer personne dans la maison.

Comme si Jonathan pouvait me vouloir du mal ! pensa-t-elle.

Mais, après tout, pourquoi pas ?

Avec l'aide de quelques hommes de loi !

— Il nous a donné un autre billet de vingt, reprit la gouvernante. Pour acheter le nécessaire pour sa toilette. Rasoir, savon à barbe, etc. Et puis, un savon… Il a bien précisé : un savon d'Alep. Je suppose que c'est parce qu'ils sont sans odeur…

— Oui, intervint la bonne. Ce matin, c'est pas pour dire mais il sentait un peu la cocotte…

Rose éclata de rire.

— En effet, ce n'est guère convenable pour un honorable membre du Parlement ! dit-elle.

Et tout à coup, sans raison, son cœur lui donna l'impression de se dilater dans sa poitrine.

Un moment de bonheur inattendu !

Un bonheur à couper le souffle.

Serais-tu amoureuse ? se demanda-t-elle.

20

— Je n'en peux plus, docteur Burns. Élever des enfants, je ne fais que ça depuis que j'ai quinze ans. Je n'aurais jamais la force d'en élever un de plus.

Des larmes coulaient sur les joues de la femme, en suivant un chemin tracé d'avance par les rides – elle avait trente-trois ans et en paraissait dix ou quinze de plus.

Un magnifique soleil glissait ses rayons entre les lamelles des stores mais, dans le cabinet, c'étaient toujours les mêmes histoires de souffrance et de misère.

— On va vous épargner ça, madame Wilkins, assura Sarah Burns.

Par-dessus la petite table qui lui servait de bureau, elle prit les mains rouges et calleuses de Mme Wilkins entre les siennes et répéta :

— On va vous épargner ça.

En signe de gratitude, la femme lui étreignit les mains, si fort que Sarah faillit grimacer de douleur.

— J'aime mes enfants, vous savez, docteur Burns.

Sarah savait depuis longtemps qu'on peut aimer les enfants et ne pas souhaiter en avoir une ribambelle.

— Je suis contente qu'ils soient là, ajouta Mme Wilkins, mais…

— Je n'en doute pas, dit Sarah.

— Mais, répéta Mme Wilkins d'une voix murmurante, j'en ai neuf. Je n'en peux plus…

De nouvelles larmes roulèrent de ses yeux rougis.

Sarah se sentit obligée de poser la question :
— En avez-vous parlé à votre mari ?
— Il ne comprendrait pas.
Peu d'hommes comprenaient ces choses.
— Alors, on ne va pas lui demander plus qu'il ne peut donner, dit Sarah.
— Mais je ne vais pas pouvoir vous payer tout de suite...
Le petit bureau de Sarah, avec ses murs craquelés, ses boiseries ébréchées, ses meubles pauvres et écornés, prouvait que ses patients étaient nombreux à ne pas pouvoir « payer tout de suite ».
— Ne vous inquiétez pas pour ça, madame Wilkins, répliqua Sarah. On trouvera une solution.
Elle était contente que cette pauvre femme se soit adressée à elle, plutôt qu'à une avorteuse qui l'aurait estropiée ou peut-être même tuée.
— Mais, pour votre bien, il va falloir agir vite, reprit-elle.
Les traits de Mme Wilkins se détendirent.
— Lundi ? suggéra-t-elle.
— Lundi, confirma Sarah en lui lâchant les mains.
Mme Wilkins sortit du petit bureau d'un pas raide et referma la porte derrière elle.
Sarah n'était pas sûre qu'elle reviendrait. Parfois, les femmes faisaient leur propre choix : la mort-aux-rats, la Tamise... Tout ce qu'elle pouvait espérer, c'est que la malheureuse Mme Wilkins n'en arriverait pas là.
Elle rangea le dossier dans un casier.
Quelqu'un frappa une fois et entrouvrit la porte sans attendre de réponse.
— Mademoiselle Day, dit Sarah tout en fouillant dans les papiers qui encombraient son bureau, savez-vous ce que j'ai fait de l'ordonnance de Mme Maloney ?
Mais ce ne fut pas sa secrétaire qui répondit.
— Pardonnez-moi de vous déranger, docteur Burns. Mlle Day m'a dit que je pouvais entrer.

Sarah se redressa brusquement.

— Hé, bonjour, madame Clarring !

Devant la jolie Mme Clarring, Sarah s'était toujours sentie laide : trop grande, trop maigre, trop empruntée.

Embarrassée, elle ajouta :

— Que venez-vous faire ici ?

Sans se laisser décourager par la rudesse de cet accueil, Rose referma la porte et s'avança. Les plumes blanches perchées sur son chapeau noir dansèrent. Son délicat parfum boisé se mêla aux odeurs d'éther qui flottaient dans la pièce.

— Je voulais juste vous dire tout le bien que j'ai pensé de votre témoignage au tribunal, répliqua-t-elle. Je crois sincèrement que le jury aurait rendu un autre verdict si vous n'aviez pas été là.

Sarah n'avait pas l'habitude des compliments. Une femme en récoltait peu, dans un métier dominé par les hommes. Tout ce qu'elle trouva à répondre, ce fut :

— Je n'ai pas eu l'impression de faire quelque chose d'extraordinaire.

Rose devint grave.

— Avez-vous perdu beaucoup de patients à cause du procès ?

Toutes deux pensèrent à Esther Palmer et à Thomas Pierce, également membres du club des Messieurs et des Dames.

Les journaux avaient rapporté que l'institutrice et le banquier avaient été l'un comme l'autre chassés de leur emploi à cause de l'affaire. Ils n'avaient rien caché à leurs employeurs, et telle avait été la récompense de leur franchise.

— Non, répondit Sarah d'un ton bougon. Mes patients n'ont pas les moyens d'acheter les journaux, et de toute façon ils n'auraient pas le temps de les lire.

Sarah savait que ce n'était pas le cas des membres de la bonne bourgeoisie à laquelle appartenait Rose Clarring.

Elle avait quelquefois jalousé la jolie petite blonde, mais ce n'était plus le cas.

— Asseyez-vous donc, madame Clarring, dit Sarah.

Elle fit mentalement l'inventaire des gens qui patientaient dans la salle d'attente : aucun cas grave. Ils ne lui reprocheraient sûrement pas d'avoir pris cinq minutes pour se rapprocher d'une femme avec qui elle regrettait de ne pas avoir sympathisé plus tôt.

— Voulez-vous du thé ?

— Non, merci. De toute façon, je ne vais pas vous retarder longtemps.

Sarah ne put s'empêcher de comparer Rose Clarring avec la femme qui venait de sortir de son cabinet. Elles avaient à peu près le même âge, mais il n'y avait aucun lien possible : Rose Clarring n'avait jamais eu d'enfant et son teint resplendissait de jeunesse et de bonne santé.

Cependant, la fringante bourgeoise était-elle tellement plus heureuse que la prolétaire usée par les grossesses ?

— Que puis-je faire pour vous ? demanda Sarah.

Rose ne répondit pas. Au lieu de cela, elle s'assit avec une grâce dont Sarah – gauche, disproportionnée, osseuse – s'était toujours estimée incapable.

— Au fait, avez-vous des nouvelles de M. Addimore ? demanda Rose.

Sarah devint toute rouge au souvenir de cette séance où elle avait dit qu'elle ne s'aimait pas et qu'elle aurait préféré être une jolie petite femme vulnérable – et où George Addimore avait avoué son incapacité à maintenir une érection.

Elle se doutait que Rose Clarring s'en souvenait aussi.

Elle décida de dire la vérité. Elles avaient traversé trop d'épreuves ensemble pour se mentir.

— Si j'ai de ses nouvelles ? répéta-t-elle. Mais nous nous fréquentons… Aussi improbable que cela paraisse, ajouta-t-elle un ton plus bas.

— Tout va bien ?

— De ce côté-là, oui… Mais il a perdu son emploi.

À cause du procès, cela allait sans dire. L'entreprise dans laquelle il travaillait n'avait pas voulu risquer de déplaire à sa respectable clientèle en gardant parmi son personnel un dépravé qui avait fait partie du « club des Noirs Délices », comme le *Times* avait surnommé le club des Messieurs et des Dames.

— Je suis désolée, docteur, dit Rose.

Ces regrets, visiblement sincères, allèrent droit au cœur de Sarah.

En échange, elle fut tentée de demander à Rose si son mari l'avait punie – mais les membres du club ayant toujours eu pour principe de protéger leur vie privée, elle n'osa pas.

— Il a ouvert son propre cabinet d'expertise, dit-elle. Je suis sûre qu'il s'en sortira.

Il n'y avait que trois jours que ce maudit procès avait eu lieu. Sans réfléchir, elle demanda :

— Et vous, madame Clarring, avez-vous eu des nouvelles des uns ou des autres ?

— Non, répondit Rose sur un ton de regret.

Sarah repensa à la vaste et luxueuse salle de conférences du musée où ils avaient eu l'habitude de se retrouver.

— Pensez-vous que nous nous réunirons de nouveau un jour ?

— Je n'en sais rien, répliqua Rose. J'aimerais bien. Mais nous ne sommes plus les mêmes. Tous ces événements nous ont changés. Je ne suis pas certaine que nous aurions encore des choses à échanger.

De l'amitié, pensa Sarah.

Mais les membres du club, qui s'étaient présentés groupés au procès, étaient repartis en couples !

Sauf Rose Clarring, qui était arrivée seule et qui était repartie seule.

Sarah Burns et George Addimore avaient été parmi les derniers à témoigner. Soudain, Sarah eut envie d'en savoir plus sur les témoignages des autres.

— Avez-vous entendu ce qu'a dit Mlle Hopplеworth ? Il paraît que ça valait son pesant d'or.

— Oui, confirma Rose avec une admiration mêlée d'amusement. Elle a dit qu'elle avait toujours préféré être élève que professeur parce qu'elle adorait apprendre. Quand M. Lodoun lui a demandé si elle avait beaucoup appris au club, elle a répondu : « Pour sûr ! » Et elle a ajouté : « Tout comme je suis présentement en train d'apprendre des choses sur le fonctionnement de la justice dans ce beau pays. »

Sarah imagina la sympathique secrétaire en train de tenir la dragée haute au célèbre avocat, ses yeux pétillant de malice derrière ses bésicles.

— Et, poursuivit Rose, lorsque M. Lodoun lui a demandé pourquoi elle avait voté en faveur de l'adhésion de Mme Hart, elle a répondu : « À cause de son honnêteté. » Il lui a dit qu'il en avait fini avec elle, mais elle a insisté : « Vous, peut-être, mais pas moi. » Elle allait ajouter quelque chose mais le juge est intervenu pour déclarer que sa réponse avait satisfait M. Lodoun et que, par conséquent, elle avait satisfait le tribunal. « Considérez ceci comme ma contribution à vos études de droit, mademoiselle Hoppleworth », lui a-t-il dit.

Sarah ne put s'empêcher de sourire.

— Je suis sûre que votre témoignage n'a pas manqué d'intérêt non plus, madame Clarring.

Rose s'assombrit aussitôt.

— Je ne sais pas, docteur Burns. Mais une chose est certaine, c'est qu'à cette occasion nous avons tous découvert qu'il vaut mieux ne jamais avoir son nom imprimé dans les journaux.

Le *Daily Herald* l'avait accusée d'avoir employé des moyens d'éviter la conception et était allé jusqu'à la traiter d'infanticide !

Sarah eut envie de réconforter Rose Clarring. Elle parla avec crudité.

— Jack Lodoun est un fieffé salaud d'avoir suggéré toutes ces choses.

Ces paroles n'eurent pas l'effet escompté.

— Ça ne sert à rien de reprocher à Jack Lodoun ce qu'il a pu dire à l'audience, répliqua Rose en baissant la tête, son chapeau cachant son expression. Comme chacun d'entre nous, il a fait ce qu'il avait à faire.

Sarah ne fut pas convaincue.

— Et si, pour finir, Mme Hart avait été enfermée ? Diriez-vous toujours qu'il n'y a rien à lui reprocher ?

Tout ce que Sarah voyait de Rose Clarring, c'était son chapeau de feutre noir et l'aigrette de plumes blanches.

Puis Rose releva la tête, et Sarah se retrouva tout à coup confrontée à un regard vif et pénétrant.

Rose ne pouvait pas lui révéler que c'était en réalité Jack Lodoun qui avait sauvé Mme Hart – tout bonnement en ne révélant pas que celle-ci et Me Whitcox étaient amants.

Alors, elle répondit à côté de la question.

— À quelque chose malheur est bon. Sans ce procès, vous seriez-vous rapprochée de George Addimore ?

Sans ce procès, George Addimore ne lui aurait jamais offert son bras, et elle n'aurait jamais eu l'aplomb de se promener dans Londres avec un homme plus petit qu'elle d'une bonne douzaine de centimètres.

— Sans doute pas, reconnut Sarah à contrecœur. Maintenant, ajouta-t-elle sur un ton agacé, je suppose que vous ne vous êtes pas aventurée dans ce quartier abandonné des dieux à seule fin de me congratuler ? Alors, je vous le redemande : que venez-vous faire ici ?

Rose ne se laissa pas démonter par ce brutal changement d'humeur.

— Vous êtes un excellent médecin, docteur Burns. Je suis venue vous demander conseil à propos des divers moyens de diminuer la probabilité de tomber enceinte, voire même de l'éviter.

En d'autres termes, Mme Clarring avait un amant ! Sarah eut envie de la mettre en garde – elle n'était pas veuve comme Mme Hart. Le pouvoir de rétorsion d'un mari était infiniment plus redoutable que celui d'un fils.

Elle se contenta de dire :

— Oui, bien sûr, il y a des dispositifs qui conviendraient, par exemple le diaphragme de Mensinga. Cela s'insère dans l'utérus et en principe…

— Vous pourriez m'en poser un ? l'interrompit Rose.

— Ah non, répondit Sarah. Je n'ai pas le matériel qu'il faut. Mais, ne vous inquiétez pas, je vais vous indiquer l'adresse d'un gynécologue compétent. Compétent… et discret.

Elle prit une profonde inspiration et ajouta, sur un ton moins docte, de femme à femme :

— Je vais aussi vous donner quelques pilules à prendre, pour le cas où vous auriez du retard.

21

Le douzième coup de cloche de Big Ben se mêla au tintamarre de la rue.

Jack regarda machinalement par la fenêtre de son bureau et ne vit rien que la façade de l'immeuble d'en face.

La porte du bureau s'ouvrit.

— Dites-moi, monsieur Dorsey, combien y a-t-il d'habitants dans notre grand et beau pays ?

C'était une question de pure forme. Jack connaissait la réponse aussi bien que son secrétaire.

— Au dernier recensement, monsieur, vingt-cinq millions neuf cent soixante-treize mille cinq cent trente-neuf.

— Et, parmi eux, combien de femmes ? demanda Jack.

À cette question-là, par contre, il ne connaissait pas la réponse.

— Treize millions trois cent trente-quatre mille cinq cent dix-sept, répondit calmement Dorsey.

— Plus de la moitié, calcula Jack.

— Près de cinquante-quatre pour cent, monsieur.

Une majorité – mais ce n'était pas la majorité qui commandait.

À la limite de son champ de vision, un mouvement attira son attention.

À l'aide de poulies, des ouvriers étaient en train de hisser la nacelle d'un laveur de vitres sur la façade de l'immeuble d'en face.

Dans l'édition de la veille du *Daily Herald,* on racontait qu'un laveur de vitres comme celui-ci était tombé d'un cinquième étage et s'était écrasé sur le trottoir.

— Que pensez-vous des femmes qui revendiquent les mêmes droits que les hommes ? demanda Jack.

— Ma foi, je n'en sais rien, monsieur.

Beaucoup de gens, hommes ou femmes, politiciens ou simples citoyens, hésitaient comme lui.

— Au fait, reprit Jack, Seaton est passé tout à l'heure, pendant que vous étiez sorti…

— Et ?

Dehors, la poulie se bloqua, la nacelle tangua, le laveur de carreaux s'agrippa à une corde.

— Il est revenu à la charge à propos de Justin Greffen, dit Jack. Mais j'ai refusé de m'en occuper.

— J'envoie une lettre pour lui dire à quel point nous sommes désolés ? suggéra Dorsey.

— Naturellement.

— Et M. Olsen ? Est-il venu à son rendez-vous de onze heures ?

— Oui, répondit Jack en se balançant sur son fauteuil. Il m'a offert quinze cents livres si j'obtenais un poste de haut fonctionnaire prestigieux et bien payé pour son incapable de gendre… Est-ce que Jonathan Clarring a entamé une procédure pour la restitution de ses droits conjugaux ?

Le jeune secrétaire ne manifesta pas la moindre surprise en apprenant qu'on avait tenté de corrompre son patron, et ne se laissa pas non plus dérouter par le brusque changement de sujet.

— Aux dernières nouvelles, non.

Jack ne fut pas pour autant soulagé.

— Quel est le juge le mieux disposé envers les femmes dans ce genre d'affaires ?

— L'honorable Arthur Bellington, répondit Dorsey sans hésiter.

Jack avait déjà entendu ce nom, mais il ne le connaissait pas personnellement.

— Il a accordé davantage de séparations de corps que les autres juges ?

— Indubitablement.

— A-t-il des enfants ?

— Oui, cinq ou six… mais il n'est pas pour autant hostile au divorce.

Jack comprit que c'était une allusion à l'ancien Premier ministre, qui avait une nichée d'enfants et qui était l'un plus farouches opposants au divorce – les deux faits étant liés dans l'esprit du public.

— Est-il susceptible d'accepter des pots-de-vin, votre juge ?

— C'est peu vraisemblable, monsieur. Tous les greffiers à qui j'en ai parlé sont d'accord sur ce point : l'honorable Arthur Bellington est *vraiment* honorable.

— A-t-il déjà accordé une séparation de corps à une femme qui avait abandonné le domicile conjugal ?

La réponse de Dorsey fut catégorique :

— Non.

Jack était déterminé à en obtenir une pour Rose. Restait à savoir comment.

— Avez-vous vu Frowt ? demanda-t-il.

John Frowt était un détective privé avec lequel il avait l'habitude de travailler.

— Oui, monsieur. Il a dit qu'il vous enverrait sous peu son rapport sur M. Clarring.

Dorsey avait fait tout ce qui était de sa compétence ; le reste, c'était à Jack de s'en occuper.

— Vous pouvez rentrer chez vous, monsieur Dorsey, dit-il.

— Et la lettre à M. Seaton ?

— Ça peut attendre lundi.

Dorsey demeura impassible – on ne pouvait lire sur son visage ni soulagement ni dépit.

— Très bien, monsieur.

Resté seul, Jack rangea sa sacoche dans un tiroir de son bureau, qu'il ferma à clé, puis se leva. Des douleurs dans les cuisses et les reins lui rappelèrent Rose.

Elle avait dit qu'elle n'avait pas le moindre regret. Mais elle avait été nue dans ses bras. Les regrets, pensa-t-il, viendraient plus tard, lorsqu'elle devrait affronter Jonathan Clarring au tribunal.

Il récupéra son manteau et son chapeau à la patère, et sortit dans le couloir.

Il appela l'ascenseur.

La cabine arriva dans un ferraillement de câbles et d'engrenages. La porte s'ouvrit, dévoilant un liftier en uniforme bleu marine orné de galons dorés.

— Bonjour, monsieur Lodoun. Belle journée, n'est-ce pas ?

Jack entra dans la pénombre de la cabine.

— Très belle journée, en effet, monsieur Applebaum.

Pendant la descente, Jack se rendit compte qu'il ne connaissait pas l'homme qu'aimait Rose.

La porte de la cabine se rouvrit ; Jack sortit dans un hall abondamment éclairé. Il poussa une lourde porte et se retrouva dans la rue. Le soleil de midi lui chauffa les joues tandis qu'une brise taquine faillit lui ôter son chapeau.

Plusieurs fiacres attendaient. Jack sauta dans le premier de la file.

— Où que c'est qu'on va, chef ? s'enquit le cocher.

À l'endroit où Jack espérait trouver les réponses aux questions qu'il se posait.

— À la Bourse.

L'intérieur du fiacre était mal aéré. Une odeur suave emplit le petit habitacle. Le sexe de Jack tressaillit lorsqu'il se rendit compte que c'était l'odeur de Rose : sa peau, sa sueur...

Il se demanda si Jonathan Clarring allait reconnaître l'odeur de sa femme.

La Bourse occupait un vaste triangle non loin d'Old Bailey. Les alentours étaient embarrassés par un grand nombre de voitures et de chevaux. Les trottoirs étaient noirs de monde, des hommes en chapeau melon et des femmes en bonnet. Ils avançaient tous du même pas irrévocable.

Jack jeta un florin au cocher.

À l'intérieur du bâtiment, des flots de lumière se déversaient par le dôme.

Au centre du hall se trouvait une énorme colonne rectangulaire.

Indifférent aux conséquences de son acte – lui, un homme dont le destin dépendait entièrement de l'opinion publique – Jack se dirigea vers les ascenseurs.

Il appuya sur un bouton. Après beaucoup de bruits métalliques, une cabine arriva.

— À quel étage, monsieur ? demanda un liftier.

Sanglé dans un uniforme grenat à brandebourgs jaunes, il avait l'air d'un dompteur. Il ne l'avait pas reconnu. Normal, pensa Jack. Ici, ce n'était pas le monde de la politique, mais celui de la finance.

Il monta dans la cabine. Son reflet dans le miroir du fond sembla venir à sa rencontre.

— À l'étage où se trouve le bureau de Jonathan Clarring.

— Alors ce sera le cinquième, monsieur.

Au cinquième, le parquet du couloir était couvert de luxueux tapis rouge sombre. Des lampes aux murs projetaient une lumière douce, destinée à entretenir une atmosphère feutrée.

— C'est par ici, monsieur, lui dit le liftier en tendant le bras.

Jack partit dans la direction indiquée.

Sur la troisième porte, il y avait une plaque de cuivre avec un nom.

En silence, il tourna une poignée de porcelaine blanche. En silence, la porte s'ouvrit.

Une jeune femme aux cheveux noirs coiffés en chignon était penchée sur une machine à écrire flambant neuve. Lorsqu'elle s'aperçut enfin de sa présence, elle sursauta.

— Qu'y a-t-il pour votre service ?

Jack la regarda pendant de longues secondes. Elle était enceinte et, à en juger d'après la grosseur de son ventre, proche du terme.

— Je viens voir Jonathan Clarring, annonça Jack d'une voix neutre.

Il n'aurait su dire si c'était parce qu'il cachait bien ses émotions ou parce qu'il n'en avait aucune à montrer.

La jeune femme le dévisagea. Elle ne le reconnaissait pas non plus. À croire que je suis un parfait inconnu dans le temple de l'argent, pensa Jack.

— Je suis désolée, mais M. Clarring n'attend personne aujourd'hui, monsieur… monsieur…

Jack n'allait pas tomber dans ce piège.

— C'est Blair Stromwell qui m'envoie, dit-il.

Blair Stromwell, le tout-puissant président du groupe conservateur au Parlement. Personne en Angleterre n'ignorait son nom.

La jeune femme écarquilla les yeux.

— Bien entendu, murmura-t-elle en se levant de sa chaise. Je vais voir si M. Clarring peut trouver un instant pour vous recevoir. Je vous en prie, asseyez-vous, ajouta-t-elle en lui montrant un fauteuil.

— Oui, merci, répondit Jack.

Mais il resta debout.

En rougissant, la jeune femme contourna son bureau. Son ample robe bleu marine tournoya autour de ses jambes, révélant de fines chevilles. Elle alla toquer à une lourde porte en acajou, qu'elle ouvrit sans attendre de réponse.

Elle entra dans le bureau. Par l'entrebâillement, Jack entendit murmurer, mais ne comprit pas ce qui se disait.

La porte s'ouvrit en grand et la jeune femme revint.

— Si vous voulez bien vous donner la peine d'entrer, dit-elle en se collant contre le chambranle.

Jack entra.

La pièce était éclairée par plusieurs grandes fenêtres. La lumière du soleil trouvait à se réfléchir sur beaucoup de bronze et beaucoup de cristal. Elle saupoudrait d'argent les cheveux châtains de Jonathan Clarring, assis derrière un immense bureau.

Jonathan Clarring n'eut besoin que d'une fraction de seconde pour reconnaître Jack Lodoun.

— Fermez la porte, madame Jacobson, dit-il à la secrétaire.

Dans son regard bleu, fixe et froid, les pupilles étaient minuscules.

La porte se referma derrière Jack avec un bruit mat.

— Êtes-vous venu m'apporter une citation à comparaître, maître Lodoun ?

Jack le considéra un instant, essayant de voir « le meilleur agent de change de la ville et peut-être du pays » dont avait parlé Stromwell. Il ne réussit qu'à voir un homme qui avait éjaculé moult fois dans Rose Clarring.

— Je viens de la part de votre femme, dit-il. Elle veut divorcer. Elle m'a pris comme avocat.

Les traits de Jonathan Clarring se crispèrent immédiatement, et il se laissa glisser contre le dossier de son fauteuil.

Jack s'imagina Jonathan Clarring en train de demander Rose en mariage. Il s'imagina Jonathan Clarring en train de déflorer Rose – tous deux jeunes et inexpérimentés – au soir de leurs noces. Il s'imagina Jonathan Clarring, un certain soir de Noël, lui expliquant qu'il ne lui ferait plus jamais l'amour parce que, se sachant stérile, il aurait l'impression de commettre un acte immoral…

Stérile, vraiment ?

Jack pensa à la jeune femme qui tapait à la machine dans l'antichambre.

— Votre secrétaire, c'est vous qui l'avez mise enceinte ? demanda-t-il avec une brutalité délibérée.

Jonathan Clarring ouvrit des yeux ronds.

— Puisque vous êtes à présent l'avocat de ma femme, vous êtes bien placé pour savoir que ce n'est pas possible.

Jack se garda de trahir sa déception.

— De toute façon, enchaîna Clarring, je n'ai jamais touché à Mme Jacobson.

Jack se garda de trahir son scepticisme.

— Pourriez-vous en dire autant, vous concernant, au sujet de ma femme ? ajouta Jonathan Clarring avec aigreur.

Ici, Jack n'eut que le choix de mentir ou bien de trahir un secret qui n'était pas le sien. Il choisit le mensonge.

— Oui, monsieur.

Jonathan Clarring resta calme en apparence, même si ses prunelles se dilatèrent. Il souffrait.

— Je ne vous crois pas, dit-il.

Jack haussa les épaules.

— Pourquoi pas, après tout ? insista Jonathan Clarring. Vous l'avez traînée plus bas que terre devant le tribunal et elle vous a quand même pris comme avocat… Alors, pourquoi pas comme amant ?

Jack se tut de nouveau. Il n'avait jamais fourni d'explications à personne sur ce qu'il faisait dans les prétoires.

Quant à ce qu'il faisait dans sa chambre à coucher, ce n'était pas au mari de sa maîtresse qu'il allait le révéler !

Un pesant silence s'installa. Jack en profita pour examiner Clarring. À trente-trois ans, il avait encore l'air juvénile, avec ses joues sans barbe, son nez petit et retroussé, ses yeux clairs, sa moustache transparente. Mais l'amertume avait creusé des rides aux coins de sa bouche. Tel était donc le visage que Rose se représentait lorsqu'elle pensait à son mari !

— Autant que vous le sachiez tout de suite, déclara enfin Jonathan Clarring, je ne divorcerai jamais.

— Pourquoi ?

Clarring serra les dents.

— Je vous ai dit tout ce que vous aviez besoin de savoir.

En tant qu'avocat, peut-être, songea Jack. Mais pas en tant qu'amant.

— Votre ménage est en charpie, commenta-t-il.

Jonathan Clarring se laissa de nouveau glisser contre le dossier de son fauteuil.

— Pourquoi refusez-vous de divorcer ? insista Jack.

— Tout bonnement parce que j'aime ma femme, répondit Clarring d'une voix sourde.

Jack était content. Jonathan Clarring avait fendu l'armure. Maintenant, il avait devant lui l'homme à qui la maladie avait ôté toute joie de vivre.

L'amour qu'il me porte le tue, avait dit Rose.

Jack en avait la preuve sous les yeux.

— Je l'aime, répéta Jonathan Clarring.

— Vous l'avez forcée à vivre seule pendant douze ans, Clarring. Vous avez une drôle de façon de manifester votre amour.

— Ce qui se passe entre un mari et une femme ne regarde personne, répliqua Jonathan Clarring. Vous êtes juriste. Vous devriez le savoir.

Jack ne connaissait pas Jonathan Clarring, mais il était sûr d'une chose : l'homme qu'il avait en face de lui n'avait rien à voir avec l'adolescent dont Rose était tombée amoureuse.

— Qu'est-ce qui vous empêche de rendre sa liberté à votre épouse ?

— Voyez-vous, répondit Clarring d'un ton raffermi, j'ai toujours su qu'un jour ma femme aurait envie d'aller voir ailleurs... Mais je prends le pari qu'elle finira par me revenir. Et c'est précisément pourquoi, cher maître, conclut-il narquoisement, je ne lui accorderai jamais le divorce.

22

— Préférez-vous qu'on vous envoie la facture chez vous, madame Clarring ? demanda la femme.

La lumière des lampes à gaz faisait paraître roux ses cheveux, qui devaient être en réalité d'un brun terne.

Rose se retint de sourire en se souvenant des reflets sur le crâne chauve du gynécologue.

Trois hommes, à présent, connaissaient ses parties intimes.

Rose prit une profonde inspiration.

— Je vais payer maintenant.

— Alors, ça va faire… je ne sais pas si c'est un 3 ou un 8 !

La femme plissa les yeux en essayant de déchiffrer les gribouillis du gynécologue.

— Voyez-vous, reprit-elle avec un petit rire, je n'arrête pas de le menacer de le renvoyer à l'école pour qu'il apprenne à écrire convenablement. On va dire que c'est un 3. Ça vous fera quatre shillings et trois pennies.

Rose demanda à voir la facture.

— J'ai plutôt l'impression que c'est un 8, dit-elle en sortant des pièces de son petit sac et les alignant sur le bureau.

La femme ramassa les quatre shillings et les huit pennies.

— Je vous remercie de m'avoir reçue, murmura Rose.

Elle était arrivée au moment où le médecin s'occupait de sa dernière patiente de la matinée.

— Ne vous en faites pas, répondit la femme. Mon mari adore son métier. Nous avons prévu d'emmener les enfants au zoo cet après-midi, mais rien ne presse. Ce qui est intéressant, c'est le repas des fauves et ils ne les nourrissent pas avant quatre heures.

En serrant la main de Rose, elle ajouta :

— Je suis sûre que vous apprécierez de ne plus avoir à craindre de grossesses non désirées, votre mari et vous.

Mais ce n'était pas pour un mari.

C'était pour un amant !

Ici, il était question d'amours tout à fait illégitimes.

Rose eut la curieuse impression que cette femme, qui paraissait déborder d'amour pour son gynécologue de mari, aurait été capable de comprendre ce qui la poussait vers Jack.

Elle rangea la facture dans son sac.

— Merci, madame Reynold.

Lorsqu'elle eut refermé derrière elle la porte de merisier, elle se retrouva dans le couloir baigné de soleil.

Elle sentait distinctement le capuchon de caoutchouc qui appuyait contre le col de son utérus et le petit ressort qui le tenait en place.

Du coup, elle répugna à prendre l'escalier qu'elle avait emprunté pour monter.

Elle appuya sur le bouton de l'ascenseur.

Un vacarme de câbles s'enroulant autour de poulies métalliques se fit aussitôt entendre.

La cabine arriva. La porte s'ouvrit. Un liftier apparut, en uniforme rouge.

— Où allons-nous, milady ?

C'était un gamin d'une quinzaine d'années, très beau.

— Au rez-de-chaussée, répondit Rose.

Elle monta précautionneusement dans la cabine.

— Il fait chaud dehors, hein ? dit le liftier en refermant la porte.

— Très chaud, confirma Rose.

— C'est mon premier jour, avoua le liftier.

L'ascenseur amorça une descente un peu brusque. Rose s'agrippa à la porte.

— Vous vous débrouillez bien, dit-elle sans en penser un mot.

— J'ai eu de la chance que personne ne voulait de ce boulot. Sinon, ce n'est pas forcément à moi qu'ils l'auraient donné.

La cabine s'arrêta aussi brusquement qu'elle avait démarré. Le liftier ouvrit la porte. Lorsqu'il découvrit Rose en pleine lumière, il resta bouche bée d'admiration.

— C'est bientôt l'heure de ma pause, dit-il. Je vous offre un verre ?

À ces mots, Rose ressentit une joie extraordinaire. Il y avait si longtemps qu'on ne lui avait pas fait la cour ! Surtout quelqu'un d'aussi jeune !

— Une autre fois, peut-être, répondit-elle avec un sourire.

Elle se préparait à s'en aller, mais le gamin la retint en lui posant familièrement sur le bras sa main gantée de blanc. Quelqu'un d'autre que Rose se serait peut-être formalisé, mais pas elle.

— Ouais ! s'exclama triomphalement le jeune liftier. Vous avez une de ces façons de dire non qui est tellement gentille qu'on dirait un oui. Mon paternel m'a mis en garde contre les femmes comme vous. « Les jolies sont toujours déjà prises, qu'il m'a dit, ou alors tu leur donnes ton cœur, elles l'emportent et elles ne te laissent qu'un trou au milieu de la poitrine, un trou grand comme ça qui pisse le sang... »

Rose éclata de rire.

D'abord, elle n'aurait su dire la cause de sa joie. Et puis, soudain, elle se rendit compte que celle-ci n'avait aucune cause particulière.

Comme tout à l'heure, quand elle avait ri avec ses domestiques.

Elle avait juste le cœur en fête.

Elle regarda le don juan en herbe, qui lui tenait toujours le bras.

— Un de ces jours, monsieur, assura-t-elle, une jolie jeune fille va s'éprendre de vous et...

— Elle ne pourra pas être plus jolie que vous, l'interrompit-il.

Il lui pressa légèrement le bras avant de la lâcher.

— Vous êtes un vil flatteur ! s'exclama-t-elle en fouillant dans son sac à la recherche d'une grosse pièce. Mais plutôt charmant, dans votre genre. Profitez bien de votre pause...

Elle lui glissa la pièce dans la main.

— Rien ne vous oblige à faire ça, madame, dit-il en empochant la pièce. Mais merci quand même. Revenez si vous voulez. Je quitte à cinq heures...

Rose se souvint de ses fiançailles, lorsque tout semblait simple. Elle regarda ce beau gamin, presque un homme...

— Je vous avouerais que je suis tentée...

Le jeune liftier devint tout rouge.

— Vraiment ?

Rose enfila ses gants de cuir noir, les assujettit en entrecroisant les doigts et sourit.

— Vraiment, confirma-t-elle.

— Hé ? cria le liftier alors qu'elle s'éloignait. À cinq heures, je serai là... Je m'appelle...

Le mouvement de la porte à tambour empêcha Rose d'entendre la suite. Mais le liftier la suivit des yeux – des yeux brûlant d'admiration ! – jusqu'à ce qu'elle disparaisse.

Au bout de la petite rue, Rose déboucha dans une avenue très animée. Aussitôt, elle fut avalée par la foule des passants. À chaque pas, elle devait prendre garde aux coups d'épaules des hommes et aux coups d'ombrelles des femmes.

C'était le cœur de Londres, le quartier des affaires.

Pour curieux que cela paraisse, Rose connut un moment d'euphorie au milieu de cette cohue. Ces inconnus n'avaient en tête que d'aller d'un point à un autre à tout prix. Ils ne s'intéressaient pas à elle – ni elle à eux.

Elle arriva tout essoufflée devant l'immeuble de la Bourse, qui lui fit penser à un îlot rocheux entouré par une mer agitée et bruyante.

Elle entra. Instinctivement, elle se raidit un peu. Ses talons claquèrent sur un dallage de marbre noir et blanc que faisait briller une abondante lumière. Curieuse, elle leva les yeux. Il y avait tout là-haut un dôme de verre.

Au milieu du vaste hall s'élevait une colonne carrée autour de laquelle circulait une foule de messieurs en manteau noir et chapeau melon : des agents de change et leurs clients.

Rose se dirigea d'un pas décidé vers les ascenseurs. Un homme vint à sa rencontre.

Rose ralentit, sa démarche devint hésitante, son cœur se serra.

Sous sa longue redingote anthracite, déboutonnée, qui flottait autour de lui et lui battait les mollets, l'homme était tout de noir vêtu.

Il avait changé de costume depuis ce matin, pensa-t-elle.

Et puis, soudain, elle ne pensa plus.

Jack Lodoun se planta devant Rose Clarring, la surplombant.

À cette distance, elle remarqua qu'il s'était non seulement changé de pied en cap mais rasé. Elle sentit son odeur, un mélange de laine neuve, de savon et d'épices – ah, ça, il ne sentait plus « la cocotte », comme avait dit Mme Brown !

Au-dessous de ces odeurs, il y avait le parfum de son corps, inimitable et, pour elle, reconnaissable entre tous.

— Que faites-vous ici ? demanda-t-elle.

— Et vous ? rétorqua-t-il.

— Je viens voir mon mari.

— Moi aussi. Je sors de son bureau.

La gorge de Rose s'assécha. Elle essaya d'avaler sa salive... mais elle n'avait pas de salive à avaler !

— Que lui avez-vous dit ?

— Que vous m'aviez chargé de vos intérêts.

— Qu'a-t-il répondu ?

— Qu'il ne vous accorderait jamais le divorce.

— Pourquoi ?

— *Primo,* parce que, à l'entendre, il vous aime. *Secundo,* parce qu'il prend le pari que vous finirez par rentrer au bercail.

Rose se rendit compte que les hommes la regardaient.

— Il est persuadé que je suis votre amant, ajouta Jack.

Elle partit d'un petit rire sans joie.

— Quelle drôle d'idée ! s'exclama-t-elle avec causticité. On se demande où il est allé pêcher ça !

— Oui, n'est-ce pas ? murmura Jack sur le même ton.

Rose éprouva des picotements dans le bas-ventre. Elle n'arrivait pas à oublier la présence du diaphragme... mais elle aurait sans doute besoin d'un peu de temps pour s'y faire.

— En tout cas, reprit Jack, votre mari ne vous croit plus innocente. Il a l'air de s'en accommoder... et il est prêt à vous reprendre quand même.

Le chapeau de Jack projetait une ombre sur le haut de son visage. Mais il avait la mâchoire crispée. Rose pensa qu'il devait y avoir de la douleur dans ses yeux. En tout cas, il y en avait dans sa voix lorsqu'il dit :

— Ne montez pas le voir. Restez avec moi.

— Je vous rappelle que c'est mon mari.

— Je vous rappelle que je suis votre amant.

— Je vous rappelle que vous êtes aussi mon avocat et que mon intérêt est d'aller le voir.

L'argument ne manquait pas de force. C'est sans doute pourquoi, lorsqu'elle le contourna, Jack la laissa passer sans chercher à la retenir.

L'une des cabines d'ascenseur était ouverte.

Elle s'y rendit à pas comptés, son sac se balançant au bout de sa chaîne, ses talons claquant sur le marbre.

— Bonjour, madame, dit le liftier d'un ton chaleureux. Quel étage ?

Rose n'en savait rien. Elle n'avait jamais eu l'idée de demander à Jonathan à quel étage se trouvait son bureau. Et il n'avait jamais pris l'initiative de le lui dire.

— Je viens voir Jonathan Clarring.

Le liftier, aussi vieux et ridé que l'autre avait été jeune et mignon, ricana.

— Bah, il est très demandé aujourd'hui, ce bon Jojo, marmonna-t-il comme s'il se parlait à lui-même. Alors, on va au cinquième.

Rose resta pantoise : elle n'aurait jamais cru qu'on puisse affubler son mari d'un surnom aussi familier.

Commandé par un liftier expérimenté, l'ascenseur démarra sans à-coup et s'arrêta de même. Mais la porte fit toujours autant de bruit en s'ouvrant.

— Troisième porte à droite, madame.

Le décor opulent ne ressemblait pas à Jonathan qui, malgré sa réussite, avait toujours été sans prétention.

Les lampes de cristal faisaient suinter une douce lumière dans le couloir. Les poignées de porcelaine blanche brillaient comme des escarboucles.

Le nom de Jonathan était gravé sur une plaque de cuivre.

Un cliquetis passait à travers la porte d'acajou.

Le cœur battant, les mains moites dans ses gants de cuir, Rose tourna la poignée.

Une femme était occupée à taper sur les touches nickelées d'une grosse machine à écrire. Elle ne se rendit pas compte que quelqu'un venait d'entrer.

Rose eut les larmes aux yeux.

Elle était jeune et jolie, la femme qui tapait le courrier de Jonathan. Jeune, jolie et très, très enceinte.

Son visage rayonnait.

Rose lui donna une vingtaine d'années.

Si elle était tombée enceinte pendant leur lune de miel, elle aurait pu avoir un gros ventre comme ça à peu près au même âge.

Soudain, le cliquetis s'arrêta.

La jeune secrétaire posa sur Rose la caresse de son regard mordoré.

— Bonjour, madame. Que puis-je faire pour vous ?

La secrétaire ne la reconnaissait pas.

Rose se souvint que, dans le bureau de son père, il y avait eu des photos de sa mère partout.

Jonathan ne devait rien avoir nulle part qui rappelle sa femme.

Rose agrippa son sac.

— J'aimerais voir M. Clarring, s'il vous plaît.

— Je suis désolée mais M. Clarring est occupé, dit la jeune femme. Voulez-vous prendre rendez-vous ?

Je ne veux pas prendre rendez-vous. Je veux voir mon mari.

La pathétique demande demeura coincée dans sa gorge.

Cédant à une impulsion, Rose se dirigea vers une porte – massive et solennelle, le genre de porte qui ne peut conduire qu'au bureau du patron.

Elle l'ouvrit juste à temps pour apercevoir Jonathan, en train de sortir par une porte située derrière un immense et magnifique bureau.

— Mademoiselle ?... Madame ? Vous n'avez pas le droit d'entrer ici comme ça ! lui cria la secrétaire.

Rose n'en tint aucun compte – à peine l'entendit-elle –, tout son être tourné vers l'homme qui refusait de lui parler en face, au bureau comme à la maison.

— Jonathan !

Le déchirant appel passa par l'entrebâillement de la porte.

Rose fut sûre qu'il l'avait entendue, mais il ne marqua pas le plus petit temps d'arrêt.

Au lieu de cela, il referma la porte derrière lui avec un claquement déterminé.

Rose ne pouvait pas le laisser s'éclipser ainsi.

Elle traversa le bureau, ses pieds s'enfonçant dans l'épais tapis, et rouvrit la porte par laquelle il avait disparu.

Elle vit distinctement sa silhouette qui s'éloignait dans un couloir sombre.

— Jonathan, s'il te plaît, ne me tourne pas le dos. Je t'en prie, j'ai à te parler.

Il arriva au bout du couloir. Une porte s'ouvrit, révélant une source de lumière. Jonathan y plongea. La porte se referma. Le couloir se retrouva de nouveau dans la pénombre.

L'humble demande de Rose fut absorbée par les boiseries.

Retardée par son gros ventre, la secrétaire finit par la rejoindre.

— Madame, vous ne pouvez pas aller par là. Ça conduit à la salle des marchés.

Rose se rendit compte qu'elle s'était figée dans une attitude suppliante, le bras tendu vers l'homme qui l'avait rejetée.

Fermant le poing, elle laissa retomber son bras et se retourna.

La secrétaire était beaucoup plus grande que Rose. Sa poitrine, lourde de lait, montait et descendait sous son corsage. Elle semblait désemparée.

Rose leva les yeux.

La jeune femme était si pâle que des veines bleutées transparaissaient sous ses yeux.

Elle ne comprenait rien à ce qui se passait.

— Tout va bien, marmonna Rose. Je voulais voir M. Clarring pour… pour réorganiser mon portefeuille d'actions. Il n'y a pas de problème. Ne vous affolez pas. Je m'en vais.

La jeune femme ne parut pas convaincue.

— Voulez-vous que j'appelle quelqu'un… ?

Rose partit d'un rire nerveux.

— J'ai l'air patraque ? demanda-t-elle. Ce serait plutôt à moi de vous poser cette question, non ? Je vous ai causé des émotions qui ne sont pas recommandées, dans votre état. Veuillez me pardonner…

Les joues de la secrétaire, de trop pâles, devinrent trop colorées.

— Je vais très bien, madame, rassurez-vous.

Rose se laissa raccompagner jusqu'à l'antichambre. La secrétaire se rassit derrière son bureau – dont la machine à écrire occupait plus de la moitié – et attrapa une sorte de registre à la couverture de cuir noir.

— Je vais vous donner un rendez-vous…

— Pas la peine, dit Rose. Je téléphonerai.

La jeune femme la regarda curieusement.

— Êtes-vous sûre que tout va bien ? s'enquit Rose.

— Oui, oui, madame, repartit l'autre avec une pointe d'impatience dans la voix. La grossesse n'est pas une maladie.

Rose sortit à pas lents. À pas lents, elle longea le couloir.

Elle n'eut pas à appeler l'ascenseur. La cabine était déjà là, porte ouverte, ayant l'air de l'attendre.

Dans la pénombre, ce n'était pas le vieux liftier avec son uniforme rouge.

C'était Jack Lodoun !

— Si madame veut bien se donner la peine, dit-il d'une voix chantonnante.

Mais il n'y avait aucune ironie dans ses yeux vert émeraude.

— Vous savez faire marcher cette chose ? s'étonna Rose.

— Oui.

— Qu'avez-vous fait du liftier ?

— Rassurez-vous, je ne l'ai pas assommé.

— Il s'est laissé graisser la patte ? demanda Rose en pénétrant dans la cabine.

Jack acquiesça d'un mouvement de tête.

Il referma la porte. La cabine tangua un peu, puis amorça doucement sa descente.

— Avez-vous déjà fait l'amour dans un ascenseur ? questionna négligemment Rose.

Les yeux de Jack s'assombrirent.

— Ma foi, non.

Rose tendit le bras avec grâce et appuya sur un bouton. La cabine s'immobilisa entre deux étages.

— Eh bien, réparons cela.

23

— Je n'ai pas de préservatif, fit Jack.

— Pas la peine.

— Vous avez dit que vous ne vouliez pas d'enfant, ni de votre mari ni d'aucun autre homme, rappela-t-il. Vous avez changé d'avis ?

Rose prit une profonde inspiration. Le décor, avec ses éléments de bronze et ses miroirs, était oppressant.

— Non, je n'ai pas changé d'avis. C'est juste que je n'ai plus besoin de faire attention.

Ils entendirent des câbles grincer dans la cage d'ascenseur voisine. Les gens continuaient de monter et de descendre, ignorant l'existence de cet homme et de cette femme seuls dans une cabine arrêtée entre deux étages.

— Faire l'amour ? répéta Jack. C'est tout ce que vous attendez de moi ?

— Ça ne vous suffirait pas ?

Il se garda de répondre.

— Je suis jolie et vous n'êtes pas amoureux de moi, reprit Rose. Faire l'amour devrait vous suffire…

— Je n'ai pas de préservatif, répéta-t-il.

Où les avait-il oubliés ? Elle ne les avait pas vus dans la chambre.

Et si la bonne trouvait la boîte en rangeant !

— Je viens de vous dire que je n'avais plus besoin de faire attention. Je suis allée voir un gynécologue ce matin. Je me suis fait poser un diaphragme de Mensinga.

Il ne demanda pas d'explication. Il avait l'air de connaître – les hommes à femmes connaissent ces choses.

Il lui écarta son manteau et toucha sa jupe.

— Retroussez-moi tout ça, commanda-t-il avec un geste éloquent.

De son côté, il commença à déboutonner sa braguette.

Rose souleva sa jupe et ses jupons... jusqu'à la taille. Elle s'adossa au miroir et projeta son ventre en avant, comme elle avait vu les prostituées le faire sur des photos.

— Comme ça ?

Pour toute réponse, Jack se rapprocha d'elle – son gland dilaté surgissant de sa braguette.

Le souffle coupé, elle le regarda, de bas en haut, comme elle l'avait regardé dans la salle du tribunal.

Sauf qu'à l'époque il la harcelait de questions et que maintenant il fourrageait sous ses jupes.

Une vague d'émotions l'envahit.

— Jack ! murmura-t-elle.

Elle était coincée entre le miroir et l'homme – aussi durs l'un que l'autre.

Les doigts de Jack lui meurtrissaient les cuisses. Les baleines métalliques de sa tournure lui rentraient dans les fesses. Ça faisait mal.

Soudain, la main sous sa cuisse gauche disparut. Rose vacilla.

L'espace d'une seconde, elle crut qu'un câble avait rompu. Terrifiée, elle s'agrippa au cou de Jack, ses doigts s'enfonçant dans plusieurs épaisseurs de laine.

Pendant ce temps, Jack avait trouvé ce qu'il cherchait : parmi les dentelles, l'entrebâillement de sa culotte fendue. Il y glissa la main et, ayant localisé l'entrejambe humide, empoignant son sexe, il se mit à se frotter contre sa fente.

Elle se raisonna. Non, l'ascenseur n'était pas en train de tomber. Mais sa tournure lui labourait toujours les fesses.

Elle glissa contre le miroir qui reflétait leur étreinte.

En fait, elle n'était pas humide de désir, mais à cause du lubrifiant que le gynécologue avait utilisé pour l'examiner.

Elle s'empala sur le gland de Jack – qui lui parut énorme. Centimètre par centimètre, il la pénétra jusqu'à la garde.

Leurs visages se retrouvèrent au même niveau.

Ils avaient les yeux grands ouverts.

— Que voulez-vous, Rose ? demanda-t-il d'une voix rauque.

— Je vous l'ai dit. C'est ça que je veux.

Ça ! La seule forme d'amour qu'ils pourraient jamais partager.

Coincée entre la paroi de la cabine et le ventre de Jack, Rose avait de plus en plus de mal à respirer.

Il la prit par les fesses et la souleva légèrement. Elle hoqueta. Il immisça sa langue dans sa bouche.

— C'est tout ce que vous attendez de moi ? dit-il d'un ton âpre. Du plaisir… et rien d'autre ?

Elle avala une goulée d'air tiède et moite : l'haleine de Jack.

— Et moi ? reprit-il en s'enfonçant en elle avec brutalité. Et moi, ça vous intéresse de savoir ce que je veux ?

Il donna un nouveau coup de boutoir, encore plus violent.

Elle rejeta la tête en arrière, et ce qu'elle vit lui arracha un cri de stupeur : il y avait un miroir au plafond.

— Oh, mon Dieu !

Sous cet angle, il avait l'air couché sur elle. Il la souleva pour mieux la laisser retomber sur son sexe – un sexe plus long, plus gros et plus dur que jamais.

— Ce que je veux ? maugréa-t-il. Je veux que vous ayez envie de moi pour autre chose que *ça* !

Rose était de plus en plus mouillée – mais, cette fois, cela n'avait rien à voir avec le lubrifiant du gynécologue et tout à voir avec le désir que lui inspirait son amant.

Le coup de boutoir suivant lui fit rabattre la tête.

Le visage de Jack était résolu. Il allait et venait sans pouvoir s'arrêter.

— Je veux que vous ayez envie de moi plus que vous n'avez jamais eu envie de votre mari, rugit-il entre ses dents serrées.

Rose le prit par le cou. Le plaisir grandissait… grandissait.

Elle laissa échapper un cri aigu. En même temps, elle sentit des frémissements dans son sexe – l'éjaculation de Jack.

Jack poussa une exclamation. Il s'enfonça en elle jusqu'à ce que leurs toisons pubiennes se confondent en un seul buisson.

— Rose… Rose…

Jonathan avait-il jamais psalmodié son nom comme ça ? Non. Et maintenant, il était trop tard pour que cela arrive un jour.

Les jets de sperme de Jack étaient brusques et brûlants.

— Oh, Jack, Jack… dit-elle à son tour en blottissant le visage dans le creux de son cou.

Le sexe de Jack, en mollissant, glissa hors du sien. Il lui embrassa les paupières – ses lèvres n'étaient pas moins douces et chaudes qu'un rayon de soleil de printemps. En même temps, il caressa la chair délicate de ses fesses avant de la reposer.

Les talons de Rose claquèrent sur le sol de la cabine. Sa jupe et ses lourds jupons retombèrent. Une goutte d'un liquide chaud et gluant lui coula sur la cuisse.

Elle remarqua que, malgré la chaleur étouffante et l'air raréfié, Jack ne transpirait pas et n'était même pas essoufflé.

— Je ne suis pas près de regretter les vingt livres que j'ai données à ce vieux gredin de liftier, dit-il en se rajustant.

En regardant disparaître son membre dans le caleçon – le gland tout rose et le prépuce tout mouillé – Rose fut émue aux larmes.

— Moi aussi, j'ai donné la pièce à un liftier aujourd'hui, dit-elle.

Jack plissa les yeux.

— Pourquoi ?

— Il m'a dit que j'étais jolie... et il m'a même invitée à aller boire un verre avec lui.

— Quel toupet ! s'exclama Jack, outré et, malgré lui, un peu jaloux.

Les yeux fermés, Rose tourna son visage vers lui, réclamant un baiser. Il l'exauça volontiers, l'embrassant sur les lèvres aussi délicieusement qu'il l'avait embrassée sur les paupières.

— L'enfant est-il de lui ? questionna-t-elle soudain.

Jack ne demanda pas de précisions. Rose parlait évidemment de la secrétaire de son mari, jeune, jolie... et enceinte jusqu'aux yeux.

— Je lui ai posé la question, figurez-vous. Il m'a répondu que non, que d'ailleurs c'était impossible et que je devais savoir pourquoi.

Rose n'aurait su dire si elle était soulagée ou déçue.

Elle se mit à triturer le col de la redingote de Jack. Elle avait envie de caresser sa peau, mais elle en était empêchée par trois ou quatre épaisseurs de tissu.

— Il n'a pas voulu me voir.

Jack se rembrunit.

— Que voulez-vous dire ?

— Il y a une porte au fond de son bureau, qui mène directement au... comment ça s'appelle, déjà ? la salle des marchés. Il a sans doute entendu ma voix. Aussitôt que je suis entrée dans son bureau par une porte, il est sorti par l'autre.

Jack se pencha pour l'embrasser sur le front, leurs chapeaux se touchant.

— Il faudra bien qu'il vous affronte au procès.

— Quand j'ai épousé Jonathan, dit-elle dans un filet de voix, tout semblait si simple. Je pensais naïvement que lorsqu'un homme et une femme s'aimaient, c'était comme dans les contes de fées : ils seraient toujours heureux et auraient beaucoup d'enfants.

De l'autre côté de la cloison, une cabine passa dans un grand fracas de machinerie.

— Je croyais que l'amour, c'était tout ce qui comptait, poursuivit-elle. Aujourd'hui, je sais que ce n'est pas si simple. J'avoue que je suis désemparée. Mais il y a une chose que je sais sans l'ombre d'un doute.

Elle s'interrompit, pour prendre une profonde inspiration avant de révéler une vérité qui lui paraissait extraordinaire.

Jack attendit.

En le regardant droit dans les yeux, elle dit :

— Vous pouvez être tranquille, j'ai envie de vous plus que je n'ai jamais eu envie de mon mari.

Tous les traits de Jack se crispèrent et ses pommettes devinrent rouges.

— Mais, reprit Rose, il faut que je parle à Jonathan.

— Pourquoi ? demanda t il d'un ton rude.

Pour le meilleur et pour le pire, elle avait été mariée douze ans avec Jonathan Clarring.

— Pour lui dire adieu.

Jack la dévisagea un long moment, avant de baisser la tête et de se retrancher derrière le bord de son chapeau.

— Je vous l'ai dit : il est persuadé que vous finirez par retourner vers lui.

C'était tellement absurde que Rose ne prit même pas la peine de répliquer. Elle se contenta de secouer la tête avec la dernière énergie. Puis, sans lui demander la permission, elle s'empara de sa cravate et refit le nœud.

— Voilà un bien charmant geste d'épouse ! observa-t-il.

Rose tressaillit et s'empourpra.

— Je n'ai jamais aimé qu'une femme dans ma vie, reprit Jack. Je n'ai jamais pensé en aimer une autre.

Les yeux embués de larmes, Rose murmura :

— Je sais.

— Mais j'ai envie de vous, acheva-t-il.

Dans un souffle, elle répéta :

— Je sais.

— Oh non, Rose, vous n'en savez rien ! s'exclama Jack. Je ne veux pas que vous soyez seule jusqu'à la fin de vos jours. Ma décision est prise : j'ai l'intention de rester près de vous aussi longtemps que vous aurez besoin de moi.

Rose ferma les yeux pour retenir ses larmes, qui menaçaient de couler à flots. À cause du bonheur présent ou à cause des chagrins passés ? Elle n'aurait su le dire. Sans doute y avait-il un peu des deux.

Une question lui brûlait les lèvres – *M'aimerez-vous ?* Mais elle n'osa pas la poser.

Au lieu de cela, elle demanda :

— Aurez-vous encore envie de moi, Jack, si, malgré toutes mes précautions, je tombe enceinte ?

— Oui, répondit-il.

Il embrassa ses douces joues trempées de larmes.

— Vous avez murmuré mon nom tout à l'heure pendant que nous le faisions, rappela-t-elle.

Les parois de la petite cabine avaient répercuté la litanie des *Rose... Rose...*

— Ça vous est arrivé de pleurer pour Cynthia Whitcox ? questionna-t-elle tout à trac.

Jonathan avait pleuré lorsqu'il avait compris qu'il n'aurait jamais d'enfant. Les hommes pleuraient-ils la perte d'une femme ?

— Oui, une fois, acquiesça Jack d'une voix sourde. À sa mort.

Un mensonge. Il avait pleuré chaque fois qu'il avait joui en elle.

24

— Voilà, madame Clarring, dit la modiste en posant délicatement le chapeau cloche sur ses cheveux dorés. C'est très chic, non ?

Rose inclina la tête. Un rayon de soleil caressa sa joue, faisant briller la perle qui ornait le lobe de son oreille.

— Comment appelle-t-on cette nuance de violet ? demanda Rose.

— Héliotrope, madame. Cela s'assortit à merveille avec vos yeux.

La modiste arrangea le nœud du ruban et donna du volume à l'aigrette blanche.

— C'est très à la mode, les rubans, poursuivit-elle. Et les plumes d'autruche vont étirer votre silhouette… Et puis, il faut relever le bord… comme ceci… parce que vous êtes une très jolie femme et qu'il faut montrer votre visage.

Dans le miroir, Rose croisa le regard de Jack. Il était en train de penser aux souffrances que Jonathan Clarring lui avait infligées en tant que mari, et que lui-même lui infligerait fatalement en tant qu'amant…

— Il vous plaît, ce chapeau ? lança-t-elle.

— Je croyais que c'étaient des affaires strictement féminines, répondit-il en souriant, et que les hommes n'avaient pas voix au chapitre…

— Mais, en admettant qu'on vous demande quand même votre avis ?

— Alors, je dirais que c'est un fort joli chapeau joliment posé sur une très jolie tête.

Rose rosit de plaisir.

— Alors, je le prends.

— Parfait ! s'exclama la modiste, une jolie femme svelte et pleine d'énergie. Maintenant, un chapeau pour les promenades, oui ?

Rose ayant consenti, la modiste remplaça le chapeau cloche héliotrope par une capeline de paille.

— Les larges bords vous permettront d'affronter le soleil sans risquer de gâter votre teint diaphane, dit la modiste en plongeant la main dans un grand panier, d'où elle sortit un ruban de soie bleu clair. Regardez comme cela contraste bien avec le doré de la paille !

Se tournant vers Jack, elle continua, d'un ton légèrement moins chaleureux :

— Monsieur, auriez-vous l'obligeance de me passer les fleurs ?

Jack se tourna vers la modiste. Elle le regardait avec des yeux pleins de reproche. Elle savait qui il était, et le mal qu'il avait fait. Elle devait avoir lu les comptes rendus du procès au cours duquel il avait détruit les vies de six femmes et cinq hommes. Mais son animosité, visiblement, ne s'appliquait pas à Rose.

Elle désigna la table derrière Jack.

Diverses fleurs de soie y étaient posées : des pivoines, des iris, des primevères, des roses blanches ou rouges…

Jack choisit des bleuets. Sans réfléchir, il y ajouta un rameau de fleurs d'oranger.

La modiste battit des paupières.

— Très bien, monsieur. Choix judicieux…

— Ce sera très beau, fit Rose en s'adressant au reflet de Jack dans le miroir devant elle.

— Pouvez-vous patienter un instant, pendant que je prépare ça ? demanda la modiste.

Elle prit le chapeau de paille, les fleurs et le ruban, et disparut dans l'arrière-boutique.

Par la porte entrouverte, Rose et Jack entendirent des murmures.

— Elle vous a reconnu, dit tout bas Rose.

— Oui, indubitablement, répondit Jack.

L'idée ne semblait pas le troubler.

La modiste eut tôt fait de revenir avec la capeline de paille désormais ornée d'un joli ruban bleu et de fausses fleurs.

— Voilà, madame ! s'exclama-t-elle joyeusement. Voulez-vous que je vous montre d'autres chapeaux ? J'ai justement eu un arrivage...

— Non merci, l'interrompit Rose. Ces deux-là suffiront pour aujourd'hui.

Un carton à chapeau sous un bras, Jack ouvrit la porte. Au-dessus de sa tête, une clochette tinta. Au même moment, la grosse cloche de Big Ben sonna la demie d'on ne sait quelle heure.

— Regardez, maman ! s'écria une voix acidulée. C'est Mme Clarring !

Jack toisa les deux femmes qui venaient vers eux. Elles détournèrent les yeux.

Rose – portant le deuxième carton à chapeau – franchit le seuil de la boutique.

Elle avait entendu prononcer son nom.

— Eh, bonjour madame Whitherspoon, bonjour mademoiselle Whitherspoon, dit-elle courtoisement.

Les deux femmes – une matrone et une jeune fille – passèrent devant elle sans lui accorder un regard.

Jack pivota vers Rose. Elle avait pâli. Il aurait voulu lui dire que les choses allaient s'arranger. Mais il ne put s'y résoudre. Parce que ce n'était pas vrai.

Il la prit par le bras.

— Où allons-nous maintenant, madame Clarring ?

Rose resta silencieuse et immobile durant de longues secondes. Puis elle se redressa résolument.

— Ma couturière se trouve tout près d'ici, au bas de cette rue.

Ils partirent d'un même pas.

— Vous n'êtes pas obligé de faire ça, Jack, dit Rose.

Jack inclina la tête vers elle pour mieux l'entendre au milieu du brouhaha de la rue.

— Faire quoi ?

— Je sais ce que les gens disent. Vous n'êtes pas obligé de me protéger.

Jack savait qu'il ne pourrait pas arrêter les commérages.

— Je ne suis pas ici pour vous protéger.

Rose s'immobilisa et leva le visage vers lui.

— Alors, pourquoi êtes-vous ici ?

Les pattes-d'oie aux coins de ses yeux étaient fines et peu profondes – elle n'avait pas dû rire souvent pendant ces douze dernières années.

Ils arrivaient devant la boutique de la couturière. Jack poussa la porte. Une rumeur – faite de voix de femmes, de froufroutements d'étoffe et de froissements de papier – se déversa dans la rue.

— Je suis ici pour le plaisir d'être avec vous, déclara-t-il.

Rose répondit par un sourire – un pâle sourire. Pour Jack, c'était mieux que rien. Il savait qu'il ne pourrait jamais la rendre aussi heureuse qu'elle l'avait été au début de son mariage avec Jonathan Clarring. Mais, pour autant, il n'était pas prêt à la condamner à une vie de solitude.

Rose entra dans la boutique.

Aussitôt, comme par enchantement, les conversations cessèrent et le silence se fit.

— Madame Clarring ! s'exclama une voix féminine qui manquait singulièrement de chaleur. Quelle bonne surprise !

La modiste n'avait pas jugé Rose. La couturière, oui.

— Bonjour, madame Cambray, répliqua Rose tout uniment. Pardonnez-moi de venir sans prévenir. Est-ce que Mme Throckenberry est libre ?

— Oui, bien sûr, répondit Mme Cambray.

C'était une femme d'une cinquantaine d'années, grande, élégamment vêtue, blonde aux yeux bleus, dont les cheveux commençaient à grisonner. Elle avait reconnu Jack. Elle posa sur lui un regard glacial et désapprobateur.

— Par ici, dit-elle en leur faisant signe de la suivre.

Jack comprit ce que cela voulait dire : « À l'écart de ma clientèle respectable. »

Elle les conduisit jusqu'à une pièce sans fenêtre, plutôt petite, encombrée de meubles – un sofa de velours violet, un fauteuil à rayures roses et blanches, une table ronde surmontée de dentelles, de fausses fleurs et de rubans, une autre table, rectangulaire – et dont les murs étaient garnis d'étagères couvertes d'échantillons de tissu.

Rose s'assit sur le sofa. Jack se laissa choir tout près d'elle, cuisse contre cuisse, hanche contre hanche, épaule contre épaule.

— Monsieur, énonça Mme Cambray, peut-être souhaitez-vous boire quelque chose ?

— Volontiers, répliqua-t-il d'une voix neutre. Un cognac.

Mme Cambray se tourna vers Rose en faisant la moue. Elle répugnait à s'adresser à une femme que tout le monde accusait d'adultère.

— Et pour vous, madame Clarring ?

Jack posa son carton à chapeau par terre. Rose posa le sien sur la table rectangulaire qui se trouvait juste en face d'elle, ôta lentement ses gants et répondit enfin.

— La même chose, s'il vous plaît.

— C'est noté, fit Mme Cambray. Je vous envoie Mme Throckenberry.

Mme Cambray plaça devant Rose un énorme catalogue, puis s'en alla.

Jack se tourna vers Rose.

— Vous aimez le cognac ?

— Ça donne un coup de fouet.

Dans la boutique, de l'autre côté de la porte refermée, les conversations avaient repris. Il y avait gros à parier que les ragots allaient bon train.

Rose prit l'énorme catalogue laissé par Mme Cambray et commença à le feuilleter. Sur des gravures en noir et blanc, des femmes aux lèvres pulpeuses et aux poitrines développées présentaient des robes à la dernière mode.

— Je me comporte mal, dit Rose en relevant brusquement les yeux. Je n'aurais jamais dû commander un cognac.

— Alors, pourquoi l'avez-vous fait ?

— Je suis un peu déroutée, je l'avoue. C'est la première fois que je fais du shopping avec un monsieur.

— Eh bien, moi, reconnut Jack, c'est la première fois que je fais du shopping avec une dame.

Quelqu'un frappa à la porte et entra sans attendre de réponse. C'était une jeune fille brune. Le temps que la porte demeura entrouverte, ils entendirent distinctement des « Quelle impudence ! », « Comment ose-t-elle ? » et « Ce pauvre M. Clarring, il n'a pas mérité ça ! ».

Jack serra les dents. Voilà le genre de commérages que Rose devait se préparer à endurer toute sa vie.

Les joues tellement rouges qu'elle faisait peine à voir, la jeune fille leur présenta un plateau d'argent avec deux verres dans lesquels brillait un liquide ambré.

Rose en prit un, Jack prit l'autre, et la jeune fille s'en alla.

Rose tenait son verre ballon par le pied, comme si c'était un verre à vin.

Jack lui montra comment faire.

— Comme ça, entre vos paumes. Réchauffez-le jusqu'à ce qu'il soit à la même température que votre corps.

Les paupières à demi baissées, Rose obéit.

— À vous entendre, la dégustation du cognac est quelque chose de très sensuel.

Il eut l'impression qu'elle s'assombrissait. Pensait-elle à ses innombrables nuits de solitude, mariée à un homme qui cherchait l'oubli dans la boisson ?

— Ça peut l'être, confirma-t-il avec un entrain forcé. Maintenant, levez le verre, approchez-le de votre nez, comme ça… et humez.

Rose obtempéra.

— Le premier parfum qu'on sent s'appelle le montant, expliqua-t-il. Maintenant, faites comme ça, tout doucement…

Il fit tournoyer le cognac dans son verre.

De nouveau, elle l'imita.

— Ce qu'on hume ensuite, continua Jack, cela s'appelle le bouquet. Chaque grand cognac a le sien. On y retrouve des odeurs de fleurs ou de fruits : tilleul, fleur de vigne, sarment sec, raisin, violette, vanille…

Rose huma… et toussota.

— Ça pique, dit-elle. C'est tout ce que je sens.

— Moi aussi, admit Jack en reposant son verre sans y avoir trempé les lèvres. C'est parce que ce n'est pas un bon cognac.

Rose fit de même.

Brusquement, un sourire illumina son visage. Avant de s'éteindre.

— Ce qui est fait est fait, soupira Jack. Je ne peux rien y changer. Je vous demande pardon.

Rose le regarda d'un air interloqué.

— Que voulez-vous dire ?

25

— J'ai fait de vous une femme adultère, Rose, expliqua-t-il d'une voix sourde. Ce sera comme ça chaque jour... Chaque jour, on vous jugera ; chaque jour, il y aura des médisances et des propos désobligeants sur votre passage...

Il se souvint du moment où elle avait pleuré dans l'ascenseur tandis que les câbles et les poulies gémissaient sous la charge. Il l'avait embrassée ; il avait pour ainsi dire bu ses larmes sur ses joues.

— Mais, chaque jour aussi, je serai là pour vous consoler...

Rose prit une profonde inspiration.

— Aussi longtemps que vous aurez besoin de consolation, précisa Jack.

Le *clic !* de la serrure les avertit d'une prochaine intrusion.

— Bonjour, madame Clarring !

Rose se tourna vers la nouvelle venue et lui adressa un sourire sincère.

— Bonjour, madame Throckenberry.

C'était une rousse, grande, maigre et mal bâtie, entre deux âges.

— Je suis désolée de vous avoir fait attendre, dit-elle. Je vous débarrasse de vos manteaux ?

— Non, vous êtes gentille mais ce n'est pas la peine, assura Rose.

Mme Throckenberry s'assit sur le fauteuil rayé.

Apercevant le carton à chapeau que Rose avait posé sur la table, elle se pencha et souleva un peu le couvercle.

— Vous permettez ?

— Mais certainement, répondit Rose.

— Comme il est joli ! s'exclama Mme Throckenberry en découvrant le bibi héliotrope. Je vois déjà la robe qui ira avec…

Elle tourna quelques pages du gros catalogue et s'arrêta sur une robe et une étole assortie.

— La robe est faite dans un satin de soie d'une finesse extraordinaire, expliqua la couturière. Le satin de soie, ça ne pardonne aucun défaut… mais vous n'en avez aucun à vous faire pardonner. Et regardez la couleur ! Ce violet outremer fera merveille avec votre teint et votre chevelure.

Brusquement, elle devint de la même couleur que la robe dont elle était en train de vanter les mérites.

— Euh… il faut que je vous dise une chose, madame Clarring, bredouilla-t-elle. Vous avez toujours été très gentille avec moi et, euh… je regrette profondément l'accueil qu'on vous a réservé aujourd'hui.

Jack la dévisagea, pour voir si elle était sincère. À première vue, elle l'était.

— Merci, madame Throckenberry, dit Rose.

Elle esquissa un sourire indulgent, puis :

— Vous avez raison, reprit-elle, cette robe est vraiment magnifique. Je pourrai l'avoir dans combien de temps, d'après vous ?

La couturière n'était pas jolie, mais son sourire la transfigura.

— Dans une semaine…

Laissant errer son regard, elle aperçut le carton posé aux pieds de Jack.

— C'est un autre chapeau ? Puis-je le voir, monsieur ?

Jack répondit comme Rose.

— Mais certainement…

Avec des gestes délicats, Mme Throckenberry sortit la capeline de paille.

— Mon Dieu, que c'est joli ! s'exclama-t-elle. Il vous ira à ravir ! Si vous voulez bien tourner cette page...

Rose examina les gravures de mode. Jack examinait Rose.

— Cette robe d'après-midi, murmura-t-elle, avec ses petits volants, c'est tout à fait ravissant... et les longs pans de la ceinture...

Elle s'animait comme il n'avait jamais vu une femme s'animer.

Il se rendit compte que c'était exactement l'image de la féminité que le Parlement défendait. Une femme satisfaite d'un bonheur simple. Un foyer. Des enfants. Des jolies robes. Des fanfreluches.

Comme si, sous la soie et les dentelles, il n'y avait pas un être en mal d'amour !

— Je vais me mettre au travail immédiatement, déclara Mme Throckenberry.

— J'ai une nouvelle adresse, annonça Rose en sortant de son sac un bristol. Notez-la. C'est là désormais qu'il faudra m'envoyer les factures.

— Bien sûr.

Sur ce, Mme Throckenberry disparut, dans l'agitation de ses lourdes boucles rousses et les froissements de sa robe. Elle revint bientôt. Autant elle avait été rose et souriante, autant elle était pâle et défaite.

— Excusez-moi, madame Clarring, dit-elle d'une voix blanche, il y a un petit problème...

— Lequel ?

— Eh bien, Mme Cambray refuse d'envoyer votre facture à cette nouvelle adresse.

Rose écarquilla les yeux.

— Elle a dit, expliqua Mme Throckenberry, qu'elle ne voyait pas d'inconvénient à envoyer la facture chez votre mari. Ou alors, si vous préférez, vous n'avez qu'à payer maintenant.

Rose hésita entre la colère et le chagrin. Si elle devait endurer cela toute sa vie, autant apprendre à réagir. Et le plus tôt serait le mieux.

— Ayez la gentillesse, madame Throckenberry, d'aller dire à Mme Cambray, le plus courtoisement que vous pourrez, que je veux la voir.

— Bien, madame.

La couturière s'en alla sur-le-champ. La porte resta entrouverte.

Rose se tourna vers Jack.

— Vous n'avez jamais proposé à Mme Whitcox de divorcer, n'est-ce pas ?

— Non.

— Eh bien, maintenant, je comprends pourquoi.

La société l'aurait traitée en paria.

— Vous aviez peur qu'elle ne vous aime pas assez pour accepter ?

— C'est une moitié de la réponse, concéda Jack.

— L'autre moitié, enchaîna Rose, c'est que, en admettant qu'elle accepte, vous aviez peur que son amour ne survive pas au scandale.

— Oui, reconnut Jack.

La patronne arriva dans un nuage de parfum et un grand tournoiement d'étoffe.

— Il y a un problème, madame Clarring ?

— Tout au contraire, madame Cambray, répondit suavement Rose. Je voulais juste vous exprimer mes félicitations.

— Ah ? fit la patronne, interloquée. Eh bien, merci.

— Votre commerce doit être prospère ? continua Rose.

— En effet, les affaires vont plutôt bien, repartit Mme Cambray avec une pointe de fierté dans la voix.

— Les affaires vont-elles suffisamment bien pour que vous puissiez perdre d'un seul coup sept clientes sans même vous en apercevoir ?

Mme Cambray parut tout à coup moins faraude.

— Vous vous doutez certainement, poursuivit Rose, que si vous refusez ma clientèle, vous refusez du même coup celle de ma mère et celle de mes cinq belles-sœurs ?

— Je suis désolée, madame Clarring, répondit Mme Cambray d'un ton sec, si je vous ai donné l'impression que je n'appréciais pas à sa juste valeur la confiance que vous me faites en venant vous habiller chez moi.

Le visage de Rose n'exprimait aucune rancœur ; juste la tranquille détermination d'une femme qui refuse d'être jugée.

— Dans ce cas, vous ne verrez pas d'inconvénient à envoyer ma facture à l'adresse que j'ai fournie à Mme Throckenberry.

— Bien entendu.

Par la porte entrouverte, on entendait murmurer – sans doute de vilains ragots.

— Je vais tout de suite le dire à Mme Throckenberry, reprit la patronne. Elle aura mal interprété mes propos.

— Merci, madame Cambray, fit Rose. C'est d'ailleurs ce que je pensais : un malentendu, un simple malentendu, rien de plus. Vous direz à Mme Throckenberry d'ajouter à ma commande tous les accessoires dont elle pensera qu'ils peuvent trouver leur place dans ma garde-robe. J'ai entièrement confiance en son jugement. Vous avez de la chance de l'avoir. Si d'aventure ce n'était plus le cas, ajouta-t-elle pour prévenir d'éventuelles représailles contre la couturière, je pense que nous irions ailleurs...

— N'ayez crainte, madame Clarring, je connais les qualités de Mme Throckenberry. De même que je considère comme un honneur de vous avoir comme clientes, vous et les dames de votre famille. Sur ce, je vous souhaite le bonjour.

Rose avait parié. Et elle avait gagné.

Pour cette fois.

— Qu'auriez-vous fait si elle vous avait dit « Bon vent » ? demanda Jack en se levant.

Rose prit la main qu'il lui tendait et se leva à son tour.

— Eh bien, j'aurais regretté la perte d'un excellent fournisseur.

— Et croyez-vous qu'elle aurait perdu six autres clientes du même coup ?

Le regard de Rose s'assombrit.

— Nous n'en saurons jamais rien, n'est-ce pas ? répondit-elle.

En prenant Jack par le bras, elle ajouta :

— On y va ?

Dehors, le soleil semblait vouloir célébrer la première victoire de Rose.

Ils firent signe au premier fiacre qui vint à passer.

— Chez Pantechnicor, Motcombe Street, ordonna Rose au cocher.

Le fiacre s'ébranla.

— Pantechnicor, qu'est-ce que c'est que ça ? s'étonna Jack.

— J'ai une grande maison et elle est vide, répliqua Rose. Il me faut des meubles.

Blottis l'un contre l'autre, ils restèrent un instant silencieux, bercés par le roulis du fiacre.

Soudain, Rose se laissa glisser sur le plancher, se retrouva à genoux entre les jambes de Jack et murmura :

— Vous vous êtes trompé, tout à l'heure. Vous n'avez pas fait de moi une femme adultère…

— Vous m'en direz tant ! fit Jack en levant les sourcils.

— Eh oui, mon bon monsieur, confirma Rose. Vous avez fait de moi une *amante*.

Elle lui écarta sa redingote et déboucla sa ceinture.

— Êtes-vous sûre de ce que vous faites ?

— Sûre et certaine, répondit calmement Rose. Elle commença à lui déboutonner sa braguette.

— Faites attention, dit-il sur le ton de la plaisanterie. Vous risqueriez de coincer des choses précieuses dans les boutonnières.

Elle vint à bout de la braguette en un tournemain, comme si elle en avait l'habitude. Mais n'avait-elle pas eu des petits frères ?

À travers la soie du caleçon, elle sentit son membre, qui était déjà gros et dur. Lorsqu'elle l'eut sorti de son refuge, elle le caressa.

— Qu'il est beau, murmura-t-elle. Dommage qu'il n'y ait pas davantage de lumière.

Elle en engloutit sans délai la moitié dans la bouche.

Puis elle prit le temps de se familiariser avec les sensations étranges que cela provoqua.

De son côté, à part trouver l'hommage flatteur, Jack ne ressentit pas grand-chose. Avec ses lèvres posées sur la gaine de peau, à mi-hauteur du cylindre, elle ne lui procurait aucun plaisir – elle lui faisait même un peu mal en lui comprimant le gland entre ses dents et son palais.

Elle n'était pas experte.

Mais elle y mettait de la bonne volonté.

— Attendez, dit-il.

— Quoi ? Vous n'aimez pas qu'on vous fasse ça ?

— Si, mais...

— Je ne m'y prends pas bien ?

— Si. Mais ça pourrait être mieux.

— Ah ?

— Manifestement, vous n'avez pas beaucoup d'expérience.

Elle baissa la tête, vaguement honteuse.

— Je n'ai même pas d'expérience du tout, admit-elle.

Jack fut touché par cet aveu.

— Alors, ce n'est pas seulement une faveur que vous me faites, c'est un honneur...

Rose passa en une seconde de la honte à la fierté. Elle releva la tête et lui montra un visage rayonnant.

— Dites-moi comment vous satisfaire, je ne demande que ça.

Quoi qu'elle en pense, elle ne risquait pas de le décevoir. Rose Clarring n'avait besoin d'être une experte pour faire le bonheur d'un homme.

— Vous êtes trop... comment dire ? gourmande, dit Jack. Ne cherchez pas à le mettre tout entier dans votre bouche. Ça ne sert à rien que vos lèvres avancent plus loin que là, ajouta-t-il en montrant la couronne du gland. Pour le reste, allez-y, mordillez, suçotez tant que vous voudrez. Et manipulez la tige en même temps. Masturbez-moi comme vous m'avez vu faire. Vous vous souvenez que j'ai eu soin de mêler un peu de vissage au secouage ? Faites pareil, ça n'en sera que meilleur.

Elle obéit, allant et venant le long de la hampe avec de gracieux mouvements de la main et du poignet, frôlant la couronne du gland avec ses lèvres, massant le reste avec la langue.

Jack lui ôta son chapeau, qui l'empêchait de la regarder faire.

Dieu, que c'était beau, que c'était bon, cette petite bouche raffinée tétant son énorme gland ! Il n'avait pas encore perdu son sang-froid et savourait en fin gourmet, en faisant attention de ne pas haleter trop fort pour ne pas être entendu par le cocher.

— Gravonnez-moi, dit-il après quelques minutes de ce traitement.

Elle s'interrompit et le regarda. Comme elle était émouvante avec ses grands yeux étonnés, sa bouche entrouverte et ses lèvres gonflées qui luisaient de salive !

— Qu'est-ce que ça veut dire ?

— Servez-vous de votre main libre pour me caresser les bourses, voilà ce que ça veut dire.

Il baissa son pantalon à mi-cuisses pour lui faciliter la tâche. Elle fit comme il disait. Il renversa la tête en arrière. Ses paupières closes, la crispation de ses traits, sa respiration laborieuse trahissaient son plaisir.

De temps en temps, à cause d'un soubresaut du fiacre sur le pavage inégal, il sentait les dents de Rose contre son gland. Mais, au milieu de tels délices, qu'était-ce qu'une fraction de seconde d'inconfort ?

Rose jouissait de le sentir à sa merci. Elle ressentit un fourmillement sur ses lèvres, qui chemina par des canaux mystérieux jusqu'à ses seins, et de ses seins à son entrejambe, qui se retrouva tout mouillé. Elle aurait voulu se caresser mais elle n'avait plus de main libre – alors, elle se frotta les cuisses l'une contre l'autre. Elle dut sortir le gland de sa bouche, le temps de pousser un soupir de volupté. Et puis, vite, elle se remit à le suçoter, à le masser avec sa langue. Ses lèvres glissaient en l'effleurant tout juste. À force de balancer la tête, elle était tout étourdie. Soudain, le gland durcit et la verge vibra. Jack lâcha quelques giclées d'une laitance âcre que Rose but sans rien laisser perdre, comme si c'était le plus précieux des nectars.

C'est le moment que choisit le cocher pour s'écrier :

— On est arrivés, m'sieur dame !

Son ton gouailleur, malgré les efforts de Jack pour ne pas faire de bruit, prouvait qu'il se doutait de quelque chose.

26

Jonathan Clarring était seul dans son bureau. Le soleil allait bientôt disparaître derrière l'immeuble d'en face et la pénombre s'installer lentement autour de lui. Mais, pour l'heure, les rayons qui entraient de biais par les fenêtres éclaboussaient les tapis et faisaient tout briller.

Rose était partie, et la douleur le rongeait.

À peine entendait-il l'incessant vacarme de la rue : marchands ambulants qui criaient, roues des voitures qui couinaient, sabots ferrés claquant sur les pavés…

La secrétaire entrouvrit la porte et passa le bout de son nez à l'intérieur.

— Monsieur Clarring ?

— Madame Jacobson ? Vous n'êtes pas encore partie ?

— Je suis restée pour finir de taper les lettres que vous m'avez dictées ce matin. Voulez-vous les signer maintenant, ou est-ce que ça peut attendre jusqu'à lundi ?

Les yeux de la jeune femme exprimaient une telle vitalité, une telle joie de vivre, que le cœur de Jonathan se serra.

— Entrez donc, madame Jacobson, dit-il d'une voix faible en détournant les yeux. Je vais les signer maintenant.

La secrétaire ouvrit la porte en grand et s'avança.

Chaque fois qu'elle passait devant l'une des fenêtres, la lumière se reflétait sur ses cheveux auburn comme sur un casque de cuivre. Elle avait l'air embarrassée par son gros ventre. Jonathan la trouva belle.

D'une démarche chaloupée, elle contourna le bureau et s'arrêta juste à côté de lui.

Jonathan prit le parapheur et l'ouvrit. Il aimait la netteté du courrier tapé à la machine.

— Pourquoi ne vous asseyez-vous pas, madame Jacobson ?

— Merci, monsieur Clarring, mais je suis très bien comme ça, je vous assure.

Jonathan essaya d'imaginer Rose avec un gros ventre. Son visage resplendirait-il comme celui de la secrétaire ? Le bonheur d'être enceinte ferait-il briller ses yeux ?

Il attrapa une plume.

— Mon mari et moi, nous vous sommes très reconnaissants, monsieur Clarring, dit avec enthousiasme la jeune secrétaire. Je ne sais pas ce que nous serions devenus si vous m'aviez mise en congé.

Une femme était censée ne plus se montrer, une fois enceinte. Comme si le fait d'attendre un enfant avait quelque chose d'indécent.

— Au contraire, c'est moi qui vous remercie d'être restée à votre poste, madame Jacobson, répliqua Jonathan. Où aurais-je trouvé quelqu'un pour vous remplacer ? Personne ne tape à la machine aussi bien que vous.

— Merci, monsieur Clarring. Cela me fait plaisir d'entendre ça.

Jonathan trempa sa plume dans l'encrier et signa la première lettre.

— Avez-vous pris le monsieur qui venait de la part de M. Stromwell ? demanda soudain la secrétaire.

En se concentrant, Jonathan signa la seconde lettre.

— Non.

— Tant mieux. Il m'a mise mal à l'aise, cet homme-là. À cause de ses yeux. D'un drôle de vert. Comme l'eau de la mer, certains jours...

Jonathan n'avait pas remarqué la couleur des yeux de Jack Lodoun.

Un homme qu'il soupçonnait d'être l'amant de sa femme – malgré ses dénégations.

À l'aveuglette, il signa la troisième lettre.

— Une dame est venue juste après son départ. Elle m'a paru très jolie. Oui, une belle blonde. Pas une géante... mais très gracieuse. Elle a dit qu'elle était une cliente, mais je ne l'avais encore jamais vue.

Jonathan se souvint d'un temps où Rose était aussi innocente et pleine de vie que sa jeune secrétaire. La première fois qu'il l'avait vue, dans sa robe en voile blanc avec des volants de fine dentelle retenus par des guirlandes de rubans, il avait pensé que c'était la plus jolie femme de la Création.

Il le pensait toujours.

— Comment s'appelait-elle ? demanda-t-il pour la forme, la tête penchée sur sa tâche.

— Elle n'a pas dit son nom, répondit la secrétaire en ramassant les lettres signées, son geste propageant son parfum. À sa façon, elle était presque aussi inquiétante que le monsieur aux yeux verts. Je lui ai dit que vous n'étiez pas libre et elle est entrée dans votre bureau, comme ça, d'autorité. Vous deviez déjà être descendu dans la salle des marchés. Je l'ai entendue vous appeler. Vous l'avez peut-être entendue aussi ?

— Non, mentit Jonathan.

Dans sa tête, résonnaient encore ses implorations.

Jonathan... je t'en prie...

— Elle aussi, elle avait des yeux étranges, continua la secrétaire, qui ne pouvait pas savoir qu'elle parlait de l'épouse de son patron. D'un bleu pas banal. Comme des pervenches fraîchement coupées... Cela vous dit-il quelque chose ?

— Non.

— Faudra-t-il que j'appelle l'agent de sécurité, si elle revient ?

Jonathan n'était certain de rien – sauf d'une chose.

— Elle ne reviendra pas, dit-il.

Même si ce n'était pas interdit d'espérer.

Mme Jacobson porta la main à son ventre en grimaçant.

— C'est le bébé ? demanda Jonathan.

— Oui, il est très remuant aujourd'hui, expliqua-t-elle en frottant son ventre. Mon mari dit que ce ne sera sans doute pas la peine d'appeler la sage-femme, qu'un de ces jours il va nous faire la surprise de sortir tout seul…

— Ça fait mal ?

— Quand il donne des coups comme ça, oui, répondit Mme Jacobson en riant. Vous devriez sentir ça…

Soudain, elle se tut. Jonathan leva les yeux. Sur le visage de la jeune femme, le rose de la bonne santé avait cédé la place au rouge de la honte.

— Je suis désolée, dit-elle machinalement.

— Il n'y a vraiment pas de quoi, assura Jonathan. Ce qui vous arrive est tout à fait naturel…

Elle regarda longuement Jonathan, qui était silencieux et pensif.

— Vous n'avez pas d'enfant, n'est-ce pas, monsieur ?

— Non, répondit Jonathan en se raidissant contre la douleur. Ma femme et moi n'avons pas eu cette chance.

— Vous auriez envie de sentir le bébé ? demanda-t-elle timidement.

Jonathan fut tenté de dire oui.

— Je ne voudrais pas abuser.

— Au contraire, monsieur Clarring, je vous en prie. Vous avez toujours été si bon avec moi.

Elle s'enhardit jusqu'à lui prendre la main et la poser sur les rondeurs de son ventre.

— Les bébés sont une telle joie, murmura-t-elle. Enfin, c'est mon avis...

Sous le lainage de la robe, Jonathan perçut la chaleur de la peau. Et, sous la peau, un frémissement... une agitation... un coup de pied.

Il aurait ôté sa main si la jeune femme ne l'avait retenue fermement.

— Voilà, fit Edna Jacobson, émerveillée.

Jonathan se sentit sur le point de pleurer. À cause de lui, Rose n'avait jamais éprouvé le miracle de la vie en elle. Il avait toujours su qu'elle prendrait un jour un amant – un amant qui lui ferait peut-être connaître les joies de la maternité.

En un certain sens, il le lui souhaitait.

— C'est un chenapan, hein ? dit fièrement la future maman. Vous l'avez senti, n'est-ce pas, monsieur Clarring ?

Un nouveau coup fut frappé contre la paume de Jonathan – cette fois, impossible de ne pas reconnaître la forme d'un petit pied.

— Oui, répondit-il, sans plus pouvoir retenir quelques larmes. Je l'ai très bien senti, madame Jacobson.

— Il remue tellement que ça m'arrive de ne pas fermer l'œil de la nuit.

Elle lui tenait toujours la main.

— J'en sens un autre qui s'annonce... ajouta-t-elle. Le voilà ! Vous l'avez senti ?

Une douce chaleur envahit Jonathan, une paix de l'âme comme il n'en avait jamais connu.

Encore un frémissement. Et puis, un autre coup.

Jonathan appuya sa main contre le ventre rond. Sous sa paume, il y avait l'avenir.

27

Rose somnolait. Elle se sentit observée. S'arrachant à son rêve, elle rouvrit les yeux.

Jack était debout près du lit. Nu.

Une mèche lui barrait le front.

Une barbe naissante jetait une ombre sur ses joues. Un duvet ornait sa poitrine. Un buisson de bouclettes servait de nid à son sexe.

— Il pleut, dit-il.

Alors seulement, Rose se rendit compte du bruit de la pluie.

Elle avait dormi dans les bras de Jack. L'aube se levait sur un dimanche maussade.

Elle repoussa les couvertures.

— Eh bien, revenez vous coucher.

Le matelas ploya sous le poids de Jack. Rose roula et se retrouva de nouveau dans ses bras. Elle lui caressa le ventre, puis de plus en plus bas, en suivant le trajet indiqué par les poils.

Le sexe de Jack – doux et tiède – tressaillit en signe de bienvenue.

— Je crois qu'il m'aime bien, murmura Rose d'une voix alanguie.

Il la prit par la nuque et l'embrassa sur la tempe.

— Je crois que c'est réciproque.

Douze ans plus tôt, elle n'avait pas compris comment les oreillons pouvaient rendre un homme stérile. Maintenant, elle connaissait mieux les mécanismes de la reproduction, mais elle ne comprenait toujours pas comment la stérilité pouvait détruire un mariage.

Elle lui saisit tout doucement les bourses. Sous la peau, les deux boules donnèrent l'impression de se dérober.

— Elles n'ont pas froid ?

— Pas quand vous les tenez.

La pluie frappait les vitres. Le cœur de Jack tambourinait.

— Avez-vous faim ? s'enquit-il.

— Oui. Et vous ?

Le matelas pencha dans l'autre sens. Jack se levait.

— Moi ? J'ai une faim de loup, madame Clarring.

Rose le regarda d'un air surpris.

— Ne me dites pas que vous allez préparer le petit déjeuner ?

Il rabattit les couvertures sur elle, car il faisait frisquet dans la chambre.

— Vous ne me croyez pas capable de vous nourrir ?

Elle repoussa les couvertures et se leva à son tour.

— Je vous crois tout à fait capable de me rassasier, répondit-elle en cherchant des yeux ses vêtements.

— Pas la peine de vous habiller, dit-il en la prenant par la main.

Se sentant comme une gamine qui fait l'école buissonnière – une gamine très peu habillée ! – elle se laissa entraîner dans le couloir.

La cuisine est au rez-de-chaussée. Je m'en remets à vous pour ne pas vous perdre. Moi, pendant ce temps-là, je vais faire un brin de toilette.

Aussitôt dans la salle de bains, elle prit une serviette propre et essuya ses cuisses et son entrejambe. Puis elle se frictionna sur tout le corps – comme une pouliche qu'on étrille, pensa-t-elle.

Cela fait, elle courut rejoindre Jack.

De la lumière débordait dans le couloir, signe que Jack avait bel et bien trouvé son chemin. Il avait allumé les lampes.

Lorsqu'elle arriva devant la porte grande ouverte, il était penché sur la glacière.

Une bouilloire commençait à chanter sur un brûleur.

Rose eut les larmes aux yeux.

Jamais – pendant les douze ans qu'elle avait dormi seule, alors qu'elle se demandait à quoi pourrait bien ressembler la vie avec un homme – jamais elle n'avait imaginé ce genre d'intimité.

Cédant à une impulsion, elle s'avança sur le carrelage glacé et lui caressa une fesse. Sous sa peau douce et tiède, le muscle était ferme.

Jack se redressa, un panier d'œufs dans une main, un pichet de lait dans l'autre. Il la considéra d'un œil approbateur. Sur le sein gauche, elle arborait un suçon.

— Attrapez le beurre et le fromage, je vais nous faire une omelette.

Elle n'avait pas pleuré au comble du malheur ; elle n'allait pas pleurer de bonheur maintenant !

Après avoir pris le fromage et une motte de beurre, elle referma la glacière.

— Où avez-vous appris à cuisiner ?

— Lorsque je me suis installé, il y avait davantage d'avocats que de ramoneurs dans Londres. Au début, les affaires n'allaient pas fort. J'ai eu le choix entre apprendre à cuisiner sur un réchaud à gaz ou mourir de faim.

Les yeux pleins de larmes, Rose se mit à râper le fromage.

— Votre père ne vous a pas aidé ?

Jack cassa les œufs dans un bol, versa un peu de lait par-dessus et se mit à battre le tout avec une fourchette. De la main gauche.

— J'ai trois frères et cinq sœurs, expliqua-t-il. Mon père avait déjà payé mes études. Même s'il avait été tenté de m'entretenir indéfiniment, il n'en aurait pas eu les moyens.

Rose toussota. La forte odeur du cheddar lui piquait le nez.

— Vous ne vous entendez pas bien avec votre père ?

— C'est plutôt mon père qui ne s'entend pas bien avec moi.

La fourchette claquait contre les bords du bol.

— Mon père est persuadé que les gauchers sont des tarés, reprit Jack. De mon côté, j'ai tendance à penser qu'un homme qui ne s'accouple avec sa femme que pour lui faire un enfant ne va pas bien non plus.

Rose rinça le couteau qui lui avait servi à râper le cheddar. L'eau du robinet mêla son bruit à celui de la pluie.

— Cependant, dit-elle, vous siégez au Parlement parmi des hommes qui partagent les convictions de votre père.

Jack versa les œufs dans la poêle au fond de laquelle le beurre commençait à grésiller.

— Je n'ai jamais dit que mon père se trompait sur mon compte, répondit-il sur un ton pince-sans-rire.

Rose ferma le robinet et s'approcha avec le bol de fromage râpé.

Un de ses seins vint frôler le bras de Jack. Il la regarda et sourit – le regard et le sourire aussi tendres l'un que l'autre.

— Vous saviez que l'un de vos testicules descend un peu plus que l'autre ? questionna Rose.

Une lueur malicieuse passa dans les yeux de Jack.

— Mon père dirait sans doute que c'est une preuve supplémentaire de mes insuffisances.

— Sans doute, acquiesça-t-elle d'un air empreint de solennité.

Il se pencha, l'embrassa, lui prit le bol et saupoudra le fromage sur l'omelette en train de cuire.

Rose ouvrit un placard et en sortit deux assiettes, deux tasses et deux soucoupes.

— La cuisinière a acheté de quoi mettre la table, expliqua-t-elle.

Sur un ton facétieux, elle ajouta :

— On mange au lit, quitte à salir les draps ?

Il arriva derrière elle, lui pétrit une fesse et l'embrassa dans le cou.

— Nous avons déjà sali les draps.

Rose posa la vaisselle sur la desserte et se retourna. Elle se retrouva confrontée au large poitrail de Jack et au friselis de poils qui le couvrait.

— Je ne savais pas que ça pouvait être comme ça entre un homme et une femme, Jack.

Il l'embrassa sur le front, sur les joues, sur la bouche. Ses lèvres étaient brûlantes.

— Moi non plus, Rose.

Le sifflement de la bouilloire vint s'ajouter au grésillement du beurre et au tambourinage de la pluie.

Rose prit Jack par les hanches et savoura tous les baisers qu'il voulut bien lui donner.

Un paquet d'eau, projeté par le vent, vint claquer contre l'une des fenêtres de la cuisine.

Cela ressemblait à une mise en garde, ce bruit intempestif. Un jour, il faudrait payer pour ces moments de bonheur.

Un jour, peut-être, pensa Rose.

Mais pas aujourd'hui.

28

Finalement, ils déjeunèrent dans la chambre. Jack emporta l'omelette ; Rose emporta le thé.

Sans bruit – comme si elle craignait de rompre le charme – elle posa la théière sur la table de chevet. Puis elle tint le plat tandis que Jack brassait les oreillers et les installait debout contre la tête de lit en fer forgé.

Ils s'assirent côte à côte et savourèrent le thé délicatement citronné, l'omelette cuite à point… et leur bonheur.

De temps à autre, les grondements du tonnerre venaient se mêler aux crépitements de la pluie.

Ayant déjeuné, Rose se sentit d'humeur câline. Exactement comme dans le fiacre, elle prit l'initiative en se laissant descendre le long du corps de Jack.

Une fois là, elle appliqua toutes ses leçons en faisant savamment durer le plaisir. Il se laissa faire – voluptueusement.

— Hier, dans le fiacre, vous pouvez vous vanter de m'avoir surpris, dit-il.

— Excusez-moi si j'ai été un peu maladroite, monsieur Lodoun, murmura Rose en badinant.

— Vous êtes tout excusée, madame Clarring, répondit-il sur le même ton.

— Vous êtes trop bon.

— Comment saviez-vous que ça pouvait se faire ?

— Sur des photos, j'ai vu des femmes qui suçaient le sexe d'un homme et qui semblaient y prendre plaisir. Et, tout à coup, j'ai eu envie de vous le faire.

— Des photos ? Des photos du genre de celle que vous aviez rangée dans les *Sonnets* de Shakespeare ? rappela facétieusement Jack.

— Oui. C'est comme ça que j'ai su ce que faisaient les gens... des choses que je n'aurais jamais imaginées...

Rose afficha une moue dégoûtée, et Jack n'en demanda pas davantage. Au lieu de cela, il enfouit son visage entre ses seins. Ses joues, rêches de barbe, crissaient. Les seins, petits, ronds, fermes, avaient l'air de quémander des baisers.

— L'expérience est une chose qui s'acquiert vite en amour, n'est-ce pas ? dit-il.

Il se mit à lui pétrir les fesses ; le contraste entre la douceur de la peau et la fermeté du muscle était un régal. Elle ravala son souffle lorsqu'il aspira un mamelon dans sa bouche et le suçota.

Il se coucha sur elle, tout en sachant qu'il était peut-être trop lourd mais incapable de résister à la tentation, et glissa une main entre leurs ventres à la recherche de la toison duveteuse. La fente était tiède et mouillée.

À son tour, elle lui saisit le sexe, enroula ses doigts brûlants autour de la hampe, qui frémit et gonfla. Il glissa un doigt dans sa fente et se mit à aller et venir. Elle prit le même rythme que lui. Mais, bientôt, les caresses ne leur suffirent plus.

Rose guida le membre de Jack jusqu'à son sillon. Il ôta son doigt et elle frotta le gland contre ses nymphes, qui s'écartèrent comme les pétales d'une fleur aux premières lueurs du jour. Alors, il entra en elle, d'une poussée lente et régulière. Elle n'était déjà plus si étroite qu'il doive craindre de lui faire mal.

Lorsqu'il fut planté en elle jusqu'à la garde, il se redressa un peu pour la regarder. Elle avait fermé les yeux. Un sourire angélique flottait sur ses lèvres. Pour commencer, Jack fit aller et venir son membre à petits coups. Puis de plus en plus vite. Bientôt, Rose n'eut plus conscience que de son plaisir. Jack l'avait prise deux fois cette nuit. Et voilà qu'il recommençait. Il semblait infatigable. Elle songea qu'il allait lui faire l'amour jusqu'à la fin des temps. Mais, finalement, il la prit par les fesses, la souleva un peu et se mit à aller et venir comme un fou furieux. Le fait qu'il perde tout contrôle l'emplit de joie. Elle ondula du bassin, rendant coup pour coup.

Elle rouvrit les yeux : le visage de Jack était au-dessus du sien. Ses paupières étaient rabattues sur ses yeux. Il serrait les mâchoires.

Elle comprit qu'il allait jouir, car il se cabra. La violence du jet les surprit tous les deux. Il poussa une sorte de râle. Le sperme fouetta les entrailles de la jeune femme, mettant le comble à sa volupté.

Après une telle envolée, il leur fallut de longues minutes pour revenir sur terre.

Quand Jack chercha à embrasser Rose, il se rendit compte qu'elle pleurait.

— Qu'y a-t-il, mon amie ? murmura-t-il, vaguement inquiet.

« Mon amie » ! Rose se demanda comment il avait réussi à insuffler autant de tendresse dans ce simple mot.

— Il y a, expliqua-t-elle, que c'est mille fois plus beau que tout ce que j'avais imaginé.

— Vous vous sentez aimée ?

— Oh oui !

La pluie continuait de battre contre la fenêtre. La lumière déclinait lentement dans la pièce.

— Oui, répéta Rose. Je vous le dis du fond du cœur, Jack : jamais je ne me suis sentie autant aimée.

Le jour s'était levé.

Jack devait s'en aller, mais il ne le pouvait pas.

Rose, alanguie contre son épaule, une jambe entre les siennes, le retenait. Les draps étaient moites de sueur. Il lui caressa la joue. Elle bougea, lui embrassa la paume de la main lorsqu'elle passa à portée de ses lèvres.

— C'est déjà lundi ? murmura-t-elle.

— Oui.

— Vous allez partir ?

— J'aimerais pouvoir rester... Mais je suis déjà en retard.

Elle le recoiffa grossièrement avec ses doigts. La pluie crépitait contre les vitres.

— Vous n'avez pas votre parapluie, dit-elle.

— Non. Je l'ai laissé au bureau. Je m'attendais à ce qu'il fasse beau.

Dehors, la voix rauque et colérique du tonnerre retentit.

— Vous allez vous faire saucer.

— La belle affaire !

Au rez-de-chaussée, une porte claqua. Ils n'étaient plus seuls.

— Viendrez-vous m'attendre à la sortie du Parlement ce soir ?

Rose acquiesça d'un signe de tête. Jack pensa aux journalistes, toujours avides de scandales. Il pensa au poste qui allait bientôt se libérer à la Cour suprême.

— Voulez-vous que j'apporte à souper ? demanda Rose.

— Excellente idée.

— Qu'est-ce qui vous ferait envie ?

— Vous, Rose.

Elle rougit subitement et baissa les paupières.

— J'ai toujours la saveur de votre sperme sur la langue.

En entendant cet aveu, Jack éprouva autant de joie que de fierté.

— Il faut vraiment que je m'en aille, dit-il à regret.

Rose fit une petite moue.

— Ne soyez pas trop triste, reprit-il. Nous nous verrons ce soir et, comme je ne veux pas que vous soyez mouillée, je vous enverrai un fiacre. En attendant, rendormez-vous.

Il se leva et se dépêcha de s'habiller, car il faisait froid dans la pièce. Il n'avait que le temps de se brosser les dents et de se raser.

Dans la salle de bains, il ouvrit le tiroir du haut. Il fut ému en découvrant que sa brosse à dents et son rasoir se trouvaient parmi les affaires de Rose.

La lame du rasoir, neuve, était mal aiguisée.

Une fois sa toilette achevée, il descendit. La dernière marche de l'escalier couinait toujours.

La gouvernante était dans le couloir de la cuisine.

— Bonjour, madame Dobkins.

Elle n'eut pas l'air surprise de le voir.

— Bonjour, monsieur Lodoun.

Elle n'avait pas l'air inquiète non plus. Pourtant, elle aurait dû.

— Hé ! lança-t-il avant de s'en aller. Vous ne laissez entrer personne sans l'aval de Mme Clarring, nous sommes d'accord ?

— Oui, monsieur. Je n'ai pas oublié.

Dehors, il pleuvait à verse. Le bord de son chapeau s'affaissa et l'eau lui dégoulina dans le cou. Bravant le mauvais temps, une foule immense vaquait à ses affaires. La cloche d'un marchand de petits pains fit vibrer l'air.

Il n'y avait pas de fiacre.

Un omnibus tiré par deux chevaux noirs s'arrêta le long du trottoir. Les rênes de cuir, trempées, rendaient un drôle de bruit. À cause de la pluie, il n'y avait personne sur l'impériale.

Jack y monta.

L'air sentait le chien mouillé. Les vitres étaient couvertes de buée. À chaque arrêt, des gens montaient par-devant et d'autres descendaient par-derrière.

Jack descendit à l'arrêt le plus proche de ses bureaux.

En se faufilant entre les parapluies, il arriva bientôt dans le hall de l'immeuble.

— Bonjour, monsieur Lodoun, lui dit le liftier en uniforme bleu marine. Vous avez oublié votre parapluie chez vous, on dirait ?

Jack le salua, mais ne répondit rien.

— Bonjour, monsieur Lodoun, l'accueillit Nathan Dorsey lorsqu'il fit son entrée dans le vestibule de son cabinet. Avez-vous passé un agréable dimanche ?

Pour décrire les heures passées avec Rose, le mot « agréable » était faible. Tantôt, elle l'avait rendu fou de plaisir ; tantôt, elle l'avait ému aux larmes.

— Pas mal, monsieur Dorsey, répondit-il, savourant en secret l'ironie de sa réponse. Je suis en retard mais il n'y avait plus un fiacre de libre. J'ai dû me contenter d'un omnibus.

Jack gagna son bureau.

— L'ordre du jour du Parlement est arrivé, dit le secrétaire en le suivant. M. Thaddens va essayer de faire voter des fonds supplémentaires pour améliorer les services publics.

Jack accrocha sa redingote trempée à la patère, près de la porte.

— Il peut déjà compter sur ma voix.

Il prit une douche en vitesse. Quand il en ressortit, il était dix heures moins le quart et une odeur âcre flottait dans l'air.

Jack se crispa.

— Monsieur le président ?

Blair Stromwell était assis dans le fauteuil de Jack – il n'aurait pas pu trouver mieux pour affirmer son pouvoir. Il tirait sur un énorme cigare en faisant beaucoup de fumée. Son crâne chauve – d'avoir été sous la pluie – brillait.

— Bonjour, mon garçon. Votre secrétaire a eu la bonté de m'offrir du café. Vous en voulez ?

Jack ne répondit pas. Soudain, Stromwell changea de figure. Son sourire s'effaça et son regard se durcit.

— C'est plus fort que vous, hein, Lodoun ? Il faut que vous couchiez avec des femmes mariées.

Quelqu'un avait vendu la mèche – sans doute cette petite gouape de Sayreville.

— Vous êtes dans mon fauteuil, répliqua Jack d'un ton sec. Et vous vous mêlez de choses qui ne vous regardent pas.

Le président du groupe conservateur au Parlement tira sur son cigare, et sa tête se retrouva enveloppée dans un nuage de fumée grise.

— Erreur ! riposta-t-il en pointant l'index en l'air. Quand vous couchez avec des grues, c'est vos affaires. Mais quand vous couchez avec l'épouse légitime d'un autre homme et que vous vous exhibez en ville avec elle, je suis désolé d'avoir à vous le rappeler, mais ça nous regarde.

Stromwell était furieux.

— Je vote avec le parti, dit Jack d'une voix sans timbre. Je ne suis pas marié avec lui.

— Il y a dix ans que nous vous dorlotons, mon petit vieux. Nous ne vous permettrons jamais de compromettre nos projets simplement parce que vous ne pouvez pas vous empêcher de débaucher les femmes des autres.

Jack connaissait le pouvoir du président du parti conservateur. Par le passé, il en avait profité.

— Notre position sur l'institution du mariage est claire, ajouta Stromwell. Alors, vous allez mettre un terme à cette liaison catastrophique, et plus vite que ça ! Sinon, je me charge de vous le faire regretter.

Un éclair illumina la fenêtre qui se trouvait derrière Stromwell. À contre-jour, le gros homme parut deux fois plus terrible.

Jack alla ouvrir la porte de son bureau.

— Sortez ! ordonna-t-il en se retournant vers Stromwell.

Puis, à l'intention de son secrétaire qui se trouvait dans le vestibule, il enchaîna, sur un ton faussement suave :

— Monsieur Dorsey, veuillez raccompagner M. Stromwell avec tous les égards dus à son rang. Et ne le laissez plus jamais entrer dans mon bureau, à moins qu'il n'ait pris rendez-vous.

En regardant son secrétaire d'un œil sévère, mais avec un sourire dans la voix, il ajouta :

— Me suis-je bien fait comprendre ?

29

— Le petit déjeuner vous convient-il ? demanda la bonne en rougissant jusqu'aux oreilles.

Elle avait vu partir Jack, et elle avait manifestement deviné le reste.

— Sinon, ajouta-t-elle d'une voix haletante, Mme Finley préparera autre chose.

Rose aurait dû être aussi embarrassée qu'elle, mais ce ne fut pas le cas.

— C'est excellent, madame Brown, répondit-elle en étalant de la confiture de fraises sur un toast rôti à la perfection. Les gens de Pantechnicor vont livrer des meubles, cet après-midi. Dites à Mme Dobkins que j'aimerais que le ménage soit fait avant. Si vous voyez quelque chose qui vous plaît dans le vieux mobilier – vous-même ou Mme Dobkins ou Mme Finley – servez-vous ! Parce que c'est convenu avec Pantechnicor qu'ils emportent le reste.

— Oh, c'est très gentil de votre part, madame Clarring ! s'exclama la bonne. Vous faut-il autre chose ?

— Non, merci.

Le départ de la bonne fut suivi par un grand déploiement d'activité.

Un coup frappé à la porte d'entrée résonna dans toute la maison. Il y eut des murmures, puis des éclats de voix.

Les pas dans le couloir étaient ceux d'une femme.

Dans l'encadrement de la porte, Rose vit d'abord une ombre.

Puis la visiteuse elle-même.

Sa mère.

Son cœur cessa de battre.

— Madame Clarring, je, euh, je... balbutia la bonne, essoufflée d'avoir trotté derrière Mme Davis.

— Tout va bien, madame Brown, dit Rose. Vous pouvez disposer.

Mme Davis toisa sa fille.

— Tu as un amant.

Ce n'était pas une question.

— Oui, confirma Rose.

Il y a quelques jours, lorsqu'on l'en accusait, ce n'était pas vrai. Mais aujourd'hui, oui.

Immédiatement, les yeux de Mme Davis s'emplirent de larmes.

— Tu avais l'air si heureuse quand tu es revenue de ta lune de miel. Tu aimais, tu étais aimée. Tu resplendissais. Et puis, semaine après semaine, tu t'es assombrie. J'ai essayé de me persuader que je me trompais, mais je ne me trompais pas. Tu étais pitoyable. Je me suis dit que tu retrouverais le bonheur lorsque tu aurais des enfants. Mais tu n'as pas eu d'enfant. Alors je me suis dit que, s'il y avait un problème quelconque, tu m'en parlerais. Mais tu ne m'as rien dit.

— Parce qu'il n'y avait rien à dire, prétendit Rose.

Elle n'avait pu se résoudre à admettre que son mari ne l'avait épousée que pour les enfants qu'elle pourrait lui donner.

— Cet homme, reprit Mme Davis, celui avec lequel tu as une liaison... tu peux parler avec lui ?

— Oui.

En fait, elle n'avait jamais parlé aussi librement qu'avec Jack Lodoun.

— C'est Jonathan qui t'envoie ? demanda-t-elle.

Mme Davis écarquilla les yeux.

— Mais non, voyons !
— Tu as eu l'occasion de parler avec lui ?
— Non.
— Il a parlé avec Derek.
Et avec Jack.
Mais tout ce que Jack avait rapporté de la conversation, c'était que Jonathan ne voulait pas divorcer et qu'il croyait que, tôt ou tard, elle lui reviendrait.
— Qu'est-ce que Jonathan a dit à Derek ?
Rose battit des paupières pour chasser les larmes qui lui brouillaient la vue.
— Il a dit qu'il me pardonnait.
— C'est Derek qui te l'a dit ?
— Non, c'est Lucy.
— Lucy est une buse.
Les sanglots que Rose se refusait à verser commençaient à lui brûler la gorge.
— Derek m'a dit qu'il ne comprenait pas que j'aie quitté Jonathan, alors que j'ai toujours été heureuse avec lui.
— Derek aussi est une buse.
Rose n'avait jamais entendu sa mère s'exprimer aussi familièrement.
— Au fait, dit-elle, pourquoi m'as-tu appelée « Rose » ?
— Parce que « Susan » était déjà pris, repartit Susan Davis.
Rose aurait ri si elle n'avait pas eu toutes ces larmes sur le cœur.
— Jamais je n'obtiendrai le divorce, maman.
— C'est aussi l'avis de notre avocat.
— Papa et toi, vous avez vu un avocat ? À quoi bon ?
— Pour ton père, tu es toujours une petite fille, expliqua Susan. Il a la nostalgie de l'époque où il lui suffisait de t'embrasser sur le bout du nez pour te consoler de n'importe quel chagrin.

Rose se souvenait d'une douceur inouïe dans les yeux de son père lorsqu'il se penchait pour faire cela.

— Il n'arrive pas à comprendre que tu es une grande personne désormais, capable de prendre tes décisions toute seule, poursuivit Mme Davis. Nous avons vu notre avocat à la première heure ce matin.

— Papa risque de ne pas être content quand tu lui confirmeras que j'ai, euh… une liaison, dit Rose, qui commençait à craindre d'avoir ouvert une faille entre son père et sa mère.

— Tu as honte ?

Depuis qu'elle était la maîtresse de Jack, elle avait ressenti beaucoup de choses, mais la honte n'en faisait pas partie.

— Non.

— Ton père t'aime infiniment, Rose, assura Susan. Il ne te tournera jamais le dos. Moi non plus.

Rose regarda son assiette où s'étalaient les œufs, le bacon et les tomates préparées par la cuisinière.

— C'est froid, dit-elle. Mais le café est encore potable. Tu en veux une tasse, maman ?

— Non merci, répondit Susan Davis. Ce qui me ferait plaisir, c'est que tu me montres ta nouvelle maison.

— Certainement.

Rose but une gorgée de café, repoussa son assiette et s'essuya les lèvres avec sa serviette.

— Comme tu le vois, reprit-elle, ceci est le salon.

La pièce n'était pas décorée – mais elle était déjà pleine de souvenirs !

Une pièce après l'autre, Rose montra toute la petite maison : la salle à manger, la cuisine et l'arrière-cuisine, que la gouvernante et la bonne étaient en train de nettoyer. Elle ne proposa pas de montrer la chambre, dans laquelle errait le fantôme de Jack – et sa mère ne demanda pas à la voir non plus.

— Ton personnel a l'air compétent, commenta Mme Davis.

— Elles le sont, confirma Rose en se demandant ce que Giles, qui était tellement vieux jeu, penserait de ce trio de bonnes femmes.

— Ça te fera une belle maison quand elle sera meublée et décorée. Veux-tu venir faire quelques courses avec moi ?

— Ma foi, je veux bien, répondit Rose. Ils n'ont pas prévu de me livrer mes meubles avant le milieu de l'après-midi. Je vais prévenir les domestiques que je sors, et on y va.

Les deux femmes s'avancèrent bientôt sur le perron. Les gouttes de pluie qui tombaient semblaient pointues comme des aiguilles. Il y avait même des éclairs. Par bonheur, Mme Davis avait gardé le fiacre avec lequel elle était arrivée.

— Je vais profiter de cette escapade pour t'offrir quelques jolies choses, dit-elle. J'ai envie de dépenser l'argent de ton père, ça lui apprendra à bouder !

Rose éclata de rire.

C'était tellement étrange d'entendre sa mère parler de son auguste père comme si c'était un petit garçon capricieux.

Mme Davis prit sa fille par le bras et l'embrassa sur la joue.

— Ça fait du bien de t'entendre rire, ma chérie. Il y a longtemps que ça n'était pas arrivé.

— Il y a longtemps que je n'en ai plus eu l'occasion, répliqua Rose en lui rendant son baiser.

Susan tira la bonne conclusion.

— Alors, il te rend heureuse ?

— Oui.

L'étreinte de Mme Davis se resserra sur le bras de sa fille, offrant chaleur et soutien.

En une seconde, Rose cessa d'être une femme et redevint une petite fille.

— Je t'aime, maman. Je regrette de vous avoir fait de la peine, à papa et à toi.

Mme Davis éclata de rire.

— Quelle belle paire d'idiotes nous faisons ! s'exclama-t-elle. C'est le déluge, et nous sommes là à nous attendrir au lieu de nous abriter dans le fiacre !

À peine y furent-elles montées que le cocher fouetta son cheval.

— C'était quoi, ce club des Messieurs et des Dames ? demanda Susan Davis abruptement.

Dans l'habitacle, ses rides effacées par la pénombre, elle ressemblait à la jeune fille qu'elle avait été.

— Un club de discussion.

— Et vous discutiez de quoi ?

— Oh, en deux ans, tu sais, de beaucoup de choses…

De beaucoup de choses, oui.

Ils avaient juste oublié d'évoquer la tendre complicité qui unit un homme et une femme qui viennent de faire l'amour !

— De quoi, par exemple ?

Rose pensa à John Nickols, infirme depuis qu'il avait enquêté sur des affaires de ballets roses et de ballets bleus :

— De prostitution.

Elle pensa à Ardelle Dennison, l'employée du musée qui donnait des conférences un peu partout :

— De darwinisme.

Elle pensa à Louis Stiles, toujours penché sur son carnet où il faisait des dessins qu'il ne montrait à personne :

— Du contrôle des naissances.

— À propos, dit Mme Davis, dans les premiers temps de mon mariage, j'avais à peine le temps d'en mettre un au monde que je me retrouvais enceinte du suivant ! Et mes amies, c'était pareil. J'aime tes frères, il n'y a pas de doute là-dessus. Mais, comme disait la reine elle-même qui en a eu neuf, passé un certain nombre, on finit par se demander si on est une femme ou une lapine ! Après la naissance de Jason, ton père m'a dit qu'il existait des moyens d'éviter ça.

Je lui en ai tellement voulu – de ne pas me l'avoir dit plus tôt – que je ne lui ai plus adressé la parole pendant un mois.

Rose n'avait jamais imaginé que ses parents puissent avoir eu recours à des moyens contraceptifs. Sa mère avait eu six enfants en sept ans et puis, tout à coup, plus rien.

— Je ne savais pas que papa et toi…

Rose était embarrassée – non pas à cause de son ignorance passée, mais parce qu'elle se rendait compte que sa mère avait aimé faire l'amour et qu'elle avait peut-être éprouvé les mêmes émois qu'elle.

— Ton père aurait eu une attaque si je t'avais parlé de ces choses-là, dit Mme Davis en redevenant sérieuse. Mais de l'eau a coulé sous les ponts de Londres. Les temps ont changé, Rose. Je ne vais pas essayer de te faire croire que je comprends ta conduite… ni que je l'approuve… mais je ne peux pas m'empêcher d'admirer ta force de caractère. Tu as toujours été la plus courageuse de mes enfants.

Rose se tourna vers la fenêtre constellée de gouttes d'eau. Il n'y avait rien à voir au travers.

— Tu m'appelais « petite maman », tu te souviens ?

— Parce que tu étais une petite maman pour tes frères.

À force de les regarder, les gouttes d'eau se mirent à former un visage.

Jack.

— Je n'aurai jamais d'enfants, maman, dit-elle. Par choix.

— Moi, je n'ai pas eu le choix, Rose.

Il n'y avait pas d'amertume dans la voix de Mme Davis.

— Franchement, reprit-elle après un soupir, je ne sais pas ce que j'aurais fait si je l'avais eu. Je te fais confiance pour ne pas te tromper, ma chérie, car c'est ton bonheur qui est en jeu.

La lèvre inférieure de Rose se mit à trembler.

— Tu ne serais pas en train d'essayer de me faire pleurer, maman ? demanda-t-elle avec un demi-sourire.

— Absolument pas ! protesta mollement Mme Davis. Mon seul désir, aujourd'hui, c'est de te gâter.

Rose était souvent allée faire des courses chez Whiteley, mais jamais elle n'y avait pris autant de plaisir que ce jour-là, bras dessus bras dessous avec sa mère.

Il pleuvait toujours lorsqu'elles ressortirent, les mains libres car Whiteley livrerait tout le lendemain, depuis les vases de porcelaine jusqu'au linge, en passant par les rideaux.

Quand le fiacre eut redémarré, Mme Davis ne perdit pas une seconde en bavardage.

— Est-ce que je le connais ?

Rose fit semblant de ne pas comprendre.

— Qui ?

— Ton amant.

— Non.

C'était la vérité. Ses parents n'ignoraient sans doute pas son nom, mais ils ne fréquentaient pas le même milieu.

— Tu crois qu'il me plairait ?

— Je n'en sais rien, répondit Rose. Ça dépend des goûts.

Mme Dobkins l'avait trouvé pète-sec, Sarah Burns avait dit que c'était un fieffé salaud.

— Mais, toi, il te plaît ?

Elle avait bu sa semence, elle avait dormi avec la main sur son sexe.

— Oh oui ! s'exclama Rose. Je peux même dire qu'il me plaît *beaucoup*.

Et elle se cacha derrière sa main pour rire.

— Eh bien, je vais en avoir, des choses à raconter à ton père !

— Que vas-tu lui dire, maman ? demanda Rose en cherchant à lire la réponse dans les yeux de sa mère – mais il n'y avait pas assez de lumière.

— Je vais lui dire que tu as rencontré un homme qui t'a rendu ta joie de vivre et qui nous a rendu notre fille...

Cependant, Rose n'était plus celle qui avait épousé Jonathan Clarring.

La conversation aurait pu se prolonger, mais le fiacre était déjà arrivé à destination.

— Il faut que je te laisse, dit à regret Susan Davis.

— Oui, répondit Rose. J'ai quatre murs et un toit qui attendent que je leur donne une âme. Quand ce sera fait, papa et toi, vous viendrez me voir ?

— Si ton père a fini de bouder, sans doute, répliqua Mme Davis.

En souriant, Rose ouvrit la portière.

— J'ai eu tort, dit soudain sa mère.

Rose s'immobilisa.

— À quel sujet ?

— Tu as bien fait de témoigner. En fin de compte, c'est l'essentiel. Faire ce qu'on doit faire. Quoi qu'il en coûte.

Rose descendit du fiacre, referma la portière et déploya son parapluie. Le fiacre redémarra.

Big Ben sonna quatre heures. Au Parlement, la séance allait commencer.

La pluie frappait si fort son parapluie que Rose se demanda si elle n'allait pas crever la soie.

Un fiacre ralentit à sa hauteur. Elle n'avait aucune raison particulière de s'inquiéter. Pourtant, elle accéléra le pas.

— Rose ? cria quelqu'un dans son dos.

Elle se retourna lentement.

— Jonathan, murmura-t-elle, sidérée.

30

Jack sortit du Parlement par le hall St. Stephen.

À travers le rideau de pluie, il vit le fiacre qui attendait, le cheval stoïque dans les intempéries, le cocher recroquevillé sous un parapluie.

Il s'en approcha, ouvrit la portière… et resta figé sur le marchepied.

Dans l'habitacle, ce n'était pas Rose.

Le grand front pâle, les yeux hagards étaient ceux de la gouvernante, Mme Dobkins.

— Qu'est-ce que vous faites là ? Où est Mme Clarring ?

— Elle n'est pas rentrée à la maison.

Le marchepied tangua. Le cocher rappela à l'ordre son cheval.

— Où est-elle allée ? demanda Jack d'un ton étrangement calme.

— Elle est partie faire des courses avec sa mère.

— Elle est sortie à quelle heure ?

— Vers onze heures, d'après ce que m'a dit la cuisinière.

Jack avait été en train de plaider au tribunal d'Old Bailey.

— À quelle heure avait-elle prévu de rentrer ?

— Elle a dit qu'on devait lui livrer des meubles cet après-midi, et qu'elle serait rentrée avant.

— À quelle heure les livreurs sont-ils venus ?

— Cinq heures moins le quart.

Le tintement d'une cloche se fit entendre à travers les crépitements de la pluie – huit heures et quart. Rose avait dit que la gouvernante avait une famille à s'occuper. Elle aurait dû être rentrée chez elle depuis longtemps.

— Que faites-vous ici, madame Dobkins ? répéta Jack.

— Je suis une femme de parole, monsieur Lodoun. J'ai dit que je ne laisserais personne emmener Mme Clarring.

— Et alors ?

— Ils l'ont emmenée.

— Comment le savez-vous ?

— Je les ai vus.

Dans la lueur d'un éclair, Mme Dobkins parut livide. Jack eut envie de crier. Ou de pleurer. Au lieu de cela, il se contenta de demander :

— *Qui* l'a emmenée ?

Montez dans le fiacre, monsieur Lodoun, je vais tout vous raconter.

Un fracassant coup de tonnerre suivit de près l'éclair.

— Vous ne lui rendez aucun service en restant sous la pluie au risque d'attraper la mort, ajouta Mme Dobkins.

Jack ferma son parapluie, grimpa dans le fiacre et referma la portière en la faisant claquer.

— Qu'avez-vous vu, madame Dobkins ?

— Il y avait trois hommes en tout, expliqua-t-elle. D'abord, il y en a eu un qui est arrivé derrière elle et qui a dû l'appeler, parce qu'elle s'est arrêtée au pied du perron et s'est retournée.

Jonathan Clarring, pensa Jack.

— Elle est restée sans bouger pendant quelques secondes, enchaîna Mme Dobkins. C'est alors que les deux autres sont arrivés et l'ont prise chacun par un bras. Elle ne s'est pas débattue. Ils l'ont fait monter dans une voiture. Elle a perdu son parapluie. Moi, je ne savais pas quoi faire. Je vous aurais bien contacté, mais où ? Alors, je me suis dit que j'allais vous attendre. Et puis, un cocher a frappé à la porte et a dit qu'il venait chercher Mme Clarring. Je lui ai répondu que c'était moi, Mme Clarring, et je suis partie à sa place. En espérant que c'était vous qui aviez envoyé le fiacre. Ou quelqu'un d'autre qui pourrait lui être de quelque secours.

Parce que, étant donné les circonstances, l'on ne pouvait évidemment pas compter sur la police.

— Tout est de ma faute, reprit Mme Dobkins en écartant les mains. Mme Brown et Mme Finley ne méritent pas d'être renvoyées. Elles travaillent dur. Ce serait catastrophique pour elles si elles devaient perdre leur emploi. Si quelqu'un doit être chassé, c'est moi.

— Rassurez-vous, madame Dobkins. À mon avis, vous n'avez rien fait de mal, au contraire, dit Jack en lui glissant une pièce d'une demi-couronne dans la main.

À voir sa pauvre figure, elle se sentait toujours aussi coupable.

— Rentrez chez vous, fit Jack. Il est tard. Votre famille doit s'inquiéter. Gardez le fiacre, je me débrouillerai.

— Et Mme Clarring ? marmonna la gouvernante. Qu'est-ce qui va lui arriver ?

— Franchement, je n'en sais rien.

Jack descendit du fiacre, ordonna au cocher de raccompagner Mme Dobkins, paya d'avance la course et partit à pied sous la pluie. Il n'avait pas fait cent mètres qu'un autre fiacre ralentit en arrivant à sa hauteur.

— Je vous conduis quelque part, chef ? lança le cocher.

Jack lui donna une adresse, monta et se carra sur la banquette.

L'eau qui ruisselait le long des vitres ressemblait à des larmes. Le temps était en harmonie avec son humeur.

Jack était tellement perdu dans ses pensées qu'il mit du temps à se rendre compte que le fiacre n'avançait plus. Il était arrivé à destination.

La façade de la maison était plongée dans le noir. Seule, au deuxième étage, une fenêtre était éclairée. Une silhouette se découpa sur le rectangle de lumière. Une silhouette féminine.

Le cœur de Jack fit un bond dans sa poitrine.

Il ouvrit la portière du fiacre.

— Vous m'attendez, ordonna-t-il au cocher.

— Sûrement pas, répliqua le bonhomme. Sous cette pluie, je n'attendrais pas le bon Dieu lui-même.

Le bon Dieu ne payait pas en monnaie sonnante et trébuchante.

— Votre prix sera le mien, dit Jack.

Sans attendre l'accord du cocher, il posa le pied dans le torrent qui dévalait la rue.

La femme à la fenêtre l'observait. À travers le rideau de pluie et la vitre embuée, son visage était indistinct – un simple ovale blanc – mais cela suffisait à Jack pour la reconnaître.

Chaque muscle de son corps se raidit.

Il ne sentait plus la pluie froide et coupante.

Une lanterne éclairait faiblement la porte d'entrée. Jack franchit d'un seul bond les quatre marches du perron et se mit à tambouriner contre la porte. De l'eau lui coula dans la manche.

Personne ne répondit.

— Ouvrez cette porte ! s'écria Jack.

Il était trop près de Rose pour accepter de la perdre.

— Bon Dieu, Clarring ! hurla-t-il en cognant de plus belle contre le lourd panneau. Je sais que vous êtes là !

Jack ne pouvait pas se permettre d'enfoncer la porte.

Et la loi n'interdisait pas à un mari de séquestrer son épouse légitime.

Une grosse main s'abattit sur l'épaule de Jack.

— Hé ! Vous vous croyez où ? Ici, c'est un quartier tranquille et respectable. On n'a pas besoin de casse-pieds. Fichez le camp.

Deux hommes avaient empoigné Rose. D'après Mme Dobkins, elle ne s'était pas défendue, elle les avait suivis docilement. C'est la présence de son mari qui lui avait coupé bras et jambes, songea Jack.

Il se retourna. L'homme portait un long manteau bleu marine dont les manches arboraient des galons de sergent, et le fameux casque conique des bobbies. Il essaya de repousser sa main, mais l'autre était un colosse.

— Lâchez-moi, dit-il entre ses dents serrées.

— Je vous lâche si vous promettez de ne plus faire de scandale, répondit l'agent de police sur un ton impérieux.

Jack prit une profonde inspiration, inhalant du même coup l'humidité et une odeur infecte : l'haleine chargée du bobby.

— Lâchez-moi, répéta-t-il posément. C'est bon, je m'en vais, ajouta-t-il en constatant que le policier le cramponnait toujours.

— Je ne sais pas ce qui me retient de vous emmener au poste.

Jack lui adressa un regard tel que le gigantesque bobby perdit un peu de son assurance.

— C'est bon, allez-y, grommela-t-il en le lâchant. Mais comptez sur moi pour vous tenir à l'œil.

Jack retourna vers le fiacre. Se doutant qu'à sa fenêtre Rose le suivait des yeux, il n'osa pas se retourner.

Il donna deux couronnes au cocher et se fit conduire dans un autre quartier de la ville.

Aussitôt que Jack fut descendu, le fiacre fila sans demander son reste… un fiacre dans lequel il avait oublié son parapluie !

Jack frappa à une porte.

Cette fois, quelqu'un vint ouvrir.

31

— Tiens ! fit James Whitcox. Comment avez-vous eu mon adresse ?

Il n'avait pas l'air ému.

Les deux hommes se toisèrent. Jack était grand, et Whitcox notablement plus grand encore. Ils auraient aussi bien pu se trouver face à face dans un prétoire.

En un certain sens, c'était le cas.

De leur conversation allait dépendre la liberté d'une femme ou sa réclusion perpétuelle.

— Votre adresse, je la connais depuis que vous avez acheté cette maison, répondit Jack à travers la cascade qui tombait de son chapeau. Mon secrétaire est plus fort pour découvrir les secrets que le vôtre pour les cacher.

— Que venez-vous faire ici à pareille heure et par ce temps ? demanda James Whitcox.

— J'ai une question à vous poser.

— Je vous écoute.

— Comment est-elle morte ?

Cynthia. La femme qui avait été l'épouse de James Whitcox et la maîtresse de Jack Lodoun.

— C'était dans les journaux.

Tous les journaux de Londres avaient publié un article sur l'accident : *L'épouse d'un avocat écrasée par une berline.* Mais aucun n'avait donné les détails qui intéressaient Jack.

— A-t-elle souffert ? demanda-t-il tandis que de l'eau ruisselait sur ses joues.

— Ne restez pas là à vous faire tremper, dit Whitcox en ouvrant la porte en grand et en s'écartant.

Jack entra dans la maison – une maison que Whitcox avait achetée pour sa nouvelle compagne. Une maison avec tout le confort et tout le luxe possibles. Le lustre qui éclairait le hall était électrique – Jack n'avait pas ça chez lui.

Une femme en chemise de nuit se tenait au pied de l'escalier. Ses cheveux étaient ébouriffés ; sa chemise de nuit était froissée.

— Monsieur Lodoun, dit-elle en portant la main à sa gorge.

Jack ôta son chapeau. Un litre d'eau dégringola sur les dalles de marbre.

— Madame Hart.

James Whitcox se tourna vers elle.

— Je te rejoins dans cinq minutes, lui dit-il avec une infinie tendresse.

Frances Hart s'engagea dans l'escalier, et Jack suivit Whitcox jusqu'à une pièce qui devait être le repaire du maître de maison, une espèce de fumoir – sauf qu'il n'y avait pas la moindre odeur de tabac. Cette pièce ne servait pas. Les fauteuils étaient neufs. Le bois des meubles brillait. Personne n'avait jamais posé un pied sur les tapis d'Orient.

Des carafes de cristal étaient alignées sur une table en marqueterie.

Whitcox attrapa deux verres et y versa du cognac. Lorsqu'il pencha la tête, Jack remarqua des fils gris dans sa chevelure. Whitcox allait sur ses cinquante ans. Il portait une chemise blanche dont il avait fourré les pans à la hâte dans son pantalon. Des poils noirs et drus dépassaient de l'encolure déboutonnée.

— Elle est au courant, dit Whitcox en tendant un verre à Jack.

Jack ouvrit des yeux ronds.

— Frances, précisa Whitcox. Elle sait. Pour vous et ma femme…

— Connaît-elle aussi le nombre astronomique de maîtresses que vous avez eues pendant que vous étiez marié avec Cynthia ? répliqua Jack.

Whitcox ne se chercha pas d'excuse.

— Pauvre Cynthia, murmura-t-il. Je ne l'ai pas aimée suffisamment pour lui être fidèle… et vous ne l'avez pas aimée suffisamment pour l'inciter à divorcer.

Jack but une gorgée de cognac.

— Maintenant, dites-moi comment elle est morte.

Whitcox fronça les sourcils. Avant de répondre, il porta son verre à ses lèvres et le vida d'un trait.

— Les conclusions du coroner, c'est que la roue lui a brisé la nuque. D'après lui, elle n'a pas eu le temps de souffrir.

Cela ne disait rien de ses derniers instants. Avait-elle eu peur ? Avait-elle poussé un cri ?

Avait-elle vu venir la mort ? L'avait-elle accueillie avec soulagement, comme le moyen d'en finir avec tous ces mensonges, toutes ces ruses, tous ces mesquins stratagèmes qui accompagnent nécessairement l'adultère ? Ou, au contraire, avait-elle pensé qu'elle survenait trop vite, sans lui laisser le temps de dire une dernière fois « Je t'aime » ?

— Le visage était-il intact ? questionna Jack d'une voix étranglée.

Cynthia avait eu honte de ses vergetures, disant qu'elles l'enlaidissaient, qu'avec sa peau distendue elle avait cessé d'être désirable.

— Elle n'était pas défigurée, si c'est ce qui vous préoccupe, répondit Whitcox.

— Comment l'avez-vous habillée pour l'enterrer ?

— En rouge. Dans son testament, elle avait demandé à être enterrée dans sa robe de bal rouge. Nous avons respecté ses dernières volontés.

Jack se détourna pour ne pas exhiber ses larmes.

Il but une autre gorgée de cognac.

C'était un excellent alcool, rond en bouche, équilibré, avec un bouquet fruité et d'élégantes notes de vanille.

Rose l'aurait aimé.

Mais Rose était sous clé. Enfermée par son mari.

Jack avait été procureur général. Il savait de quoi les hommes sont capables quand ils estiment avoir de bonnes raisons de se venger.

Rose avait besoin de son aide.

Et il ne pouvait rien pour elle.

32

Frances somnolait lorsque James remonta dans la chambre.

Le plus petit bruit suffit à la réveiller.

— Alors ? demanda-t-elle.

James vint s'asseoir près d'elle sur le matelas et passa un bras autour de son cou. Sans la survenue de Lodoun, ils auraient été en train de faire l'amour.

— Rose Clarring et Jack Lodoun couchent ensemble, annonça-t-il finalement.

— Depuis combien de temps ? questionna Frances en se redressant.

— Elle l'a abordé dans la rue après le procès pour lui demander d'intercéder en sa faveur auprès du Parlement.

— Intercéder ? À quel propos ?

— Elle veut divorcer.

Frances ignorait tout de la procédure en matière de divorce.

Les gens à la campagne vivaient selon le rythme des saisons et de la terre qu'ils cultivaient. Ils se mariaient, faisaient des enfants, mouraient.

Ils ne divorçaient pas.

Mais Rose Clarring était une fille de la ville.

— Il a accepté ?

— Non.

— C'était prévisible, dit Frances. Mais aussi, pourquoi s'adresser à lui après toutes les vilaines choses qu'il lui a dites au procès ?

— Les avocats ne sont pas obligés de penser ce qu'ils disent, Dieu merci, répondit James en lui caressant la joue. Moi-même, j'ai fait pire que d'accuser une femme d'adultère. Et je le referais. C'est ainsi que ça fonctionne.

Frances eut soudain la gorge nouée.

— L'aime-t-il ?

L'homme qui avait aimé Cynthia.

— Je n'en sais rien, je ne sonde pas les cœurs. Mais le fait qu'il soit venu ici ce soir autorise à le penser.

— Qu'est-ce qu'il voulait ?

— Des détails sur la mort de Cynthia, répondit froidement James.

Frances lui caressa le dos de la main.

La pluie crépitait contre les vitres comme de la mitraille.

— Et, précisa James, il m'a demandé de l'aider à libérer Mme Clarring.

Frances ouvrit des yeux ronds d'étonnement.

— Comment ça, « libérer » ?

— Mme Clarring a quitté son mari le jour même du procès. Cet après-midi, il l'a fait enlever dans la rue.

Tout comme Frances elle-même aurait pu être enlevée si elle s'était moins bien cachée.

Maintenant, Rose Clarring – une femme qui avait témoigné en sa faveur alors que son fils voulait la faire enfermer – était la prisonnière de son mari.

Les yeux de Frances s'embuèrent de larmes.

— Tu as dit que lorsqu'une femme est enfermée dans une maison de fous, il n'y a pratiquement aucun espoir qu'elle en sorte un jour.

— C'est vrai, confirma James Whitcox. Mais Clarring n'a pas demandé son internement d'office… enfin, pas encore ! Pour l'instant, elle est sous clé chez lui.

Le domicile conjugal. Un royaume pour le mari. Une prison pour la femme.

— Si elle était libre de ses mouvements, pourrait-elle divorcer ?

— Avec les lois que nous avons, non.

— Parce qu'elle est une femme, murmura Frances.

Elle n'avait pas oublié le chagrin qu'elle avait éprouvé en découvrant que son fils avait exigé son placement d'office dans un asile d'aliénés. Parce qu'elle était une femme.

— Oui.

— Même toi, tu ne pourrais pas lui obtenir le divorce ?

L'homme qui n'avait jamais perdu un procès.

— Même moi, chérie.

Il faisait froid dans la chambre. Frances avait James. Rose était seule, sans personne pour la réconforter.

— Je me souviens très bien de la première fois où j'ai vu Mme Clarring, dit-elle.

James lui avait présenté tous les membres du club des Messieurs et des Dames, l'un après l'autre. Ils avaient tous été très accueillants avec cette veuve de quarante-neuf ans qui n'avait pratiquement pas été à l'école.

— Elle m'a souri, elle m'a fait visiter Londres… Mais que de tristesse dans son sourire ! Fais-la libérer, James.

— Je te promets d'essayer, dit Whitcox d'une voix sourde. Mais je ne te promets pas de réussir.

— Parce que c'est une femme ?

— Parce que c'est une femme *mariée,* corrigea-t-il à contrecœur.

Frances avait refusé d'épouser James précisément pour cette raison : parce que la loi donnait trop de pouvoir aux maris sur leurs épouses.

— Tu peux quand même tenter quelque chose ?

— Oui. Dès demain, je vais la citer à comparaître. Si le procureur approuve ma demande, son mari sera obligé de la présenter devant le tribunal, et ce sera au juge de décider s'il a le droit de la garder enfermée.

Frances eut l'impression qu'il ne croyait pas beaucoup en ses chances.

— La justice se rend en public, reprit-il. Les juges peuvent être influencés par certaines choses.

— Comme quoi ?

— S'il y a un mouvement de révolte, ils éviteront peut-être de prendre à rebrousse-poil l'opinion publique.

Frances se sentait peu à peu gagnée par la colère.

— Une femme séquestrée en plein Londres, si ce n'est pas révoltant !

— À condition que le public en soit informé, oui.

— La presse, suggéra-t-elle.

— Oui, mais il faut faire vite... Nous pourrions créer du désordre devant la maison de Clarring, ça attirerait l'attention de quelques journaux.

— Comme les manifestations en faveur du suffrage des femmes ?

— Oui.

— Combien de personnes faudrait-il pour être sûrs de se faire remarquer ?

— Autant qu'on pourra en rassembler.

— C'est de cela que tu as discuté avec M. Lodoun ?

— Entre autres choses, répondit évasivement Whitcox.

Il ne lui dirait jamais tout. Il était avocat. Frances s'y était résignée.

Ce serait encore plus difficile pour Rose Clarring avec Jack Lodoun, qui était à la fois avocat et parlementaire.

— J'ai envie de m'en occuper, proposa-t-elle, soucieuse d'aider une femme qui avait perdu beaucoup à cause d'elle. Je peux commencer par en parler aux membres du club. Ils ne refuseront sûrement pas de donner un coup de main.

Whitcox embrassa Frances sur la tempe – son haleine sentait le cognac.

— Quelques-uns ont perdu leur emploi, dit-il. Leurs vies sont sens dessus dessous.

À cause d'elle.

— Il s'agit de Mme Clarring, James.

— Tu ne peux même pas être certaine qu'ils accepteront de te voir.

— Je peux toujours essayer.

Il lui caressa le front et repoussa gentiment la mèche qui pendait devant ses yeux.

— À quoi bon t'exposer à des rebuffades ? Tu ne crois pas que tu as assez souffert comme ça ? demanda James.

— Je pourrai toujours pleurer ensuite sur ton épaule, ronronna Frances en se blottissant contre lui. Tout ce que je vois, c'est que Mme Clarring ne mérite pas d'être enfermée. Et qu'elle n'a personne pour la consoler.

— Qui sait ? fit Whitcox d'un ton songeur. Une manifestation pourrait suffire à convaincre Clarring de la libérer.

Mais il n'avait pas l'air d'y croire.

— James ?

— Quoi ?

— Le mari de Rose Clarring, il faut vraiment qu'il soit désespéré pour faire ce qu'il fait.

Whitcox esquissa une moue.

— En attirant l'attention sur lui, nous risquons de le rendre méchant, ajouta-t-elle.

— Rien ne prouve qu'il ne deviendra pas méchant sans cela, Frances.

Chaque jour, pensa-t-elle, James devait choisir entre agir ou ne pas agir – la liberté et parfois la vie même de ses clients en dépendaient.

— Pourquoi faut-il que ce soit toi qui t'occupes de la procédure ? s'étonna-t-elle tout à coup. M. Lodoun pourrait s'en charger lui-même, non ?

— Il y a toujours à craindre que l'enquête ne révèle qu'il est l'amant de Mme Clarring.

— Nous étions amants, objecta Frances avec bon sens. Ça ne t'a pas empêché de te charger de ma défense.

— Ce n'est pas ce que j'ai fait de plus sage, ma chérie, repartit Whitcox. Lodoun n'aurait eu qu'à le révéler à l'audience pour emporter la décision… et tu te serais retrouvée sous la tutelle de ton fils.

Exactement comme Rose Clarring pourrait être maintenue sous l'autorité de son mari.

Prisonnière à perpétuité.

— Par bonheur, reprit James, Lodoun est un homme d'honneur… Et c'est précisément pour ça que je ne rechigne pas à l'aider aujourd'hui, quoi qu'il en soit du reste.

— Et si l'on découvrait quand même que Mme Clarring et M. Lodoun sont amants ?

— Dans ce cas, il faudra mettre les bouchées doubles.

James embrassa encore Frances, avec une tendresse presque paternelle.

— Rendors-toi, dit-il en se levant. Moi, j'ai une audience à préparer.

Et, pour une fois, il n'était pas sûr de gagner.

33

Le majordome qui entrouvrit la porte avait dû se lever précipitamment. Il était en train d'enfoncer sa chemise de nuit dans son pantalon, et il n'avait même pas songé à ôter son bonnet de nuit.

— À moins que ce soit une question de vie ou de mort, je ne… commença-t-il.

Reconnaissant Jack, il changea de ton.

— Monsieur et madame ne sont pas ici.

Il avait lu les journaux.

— S'ils aiment leur fille, répondit Jack en glissant un pied dans l'entrebâillement de la porte, ils y sont.

Revenez demain matin, je leur demanderai s'ils souhaitent vous recevoir.

Big Ben fit entendre sa voix de stentor : il était quatre heures.

Le jour se levait, mais le soleil était encore caché par les nuages.

— Leur fille a été enlevée, annonça brutalement Jack. S'ils tiennent à elle, ils me recevront *maintenant.*

La porte s'ouvrit en grand. L'air glacial s'engouffra dans la maison.

— Qu'est-ce qu'un type comme vous a à voir avec Mme Clarring ?

Pour accéder aux parents, il fallait passer par le majordome.

— Je suis son avocat.

Le majordome – Jack estima qu'il devait avoir une soixantaine d'années, mais son regard était vif et clair – s'écarta.

— C'est bon, entrez.

Jack franchit le seuil.

— Restez sur le paillasson, ordonna le majordome, comme si Jack était un garnement et non un membre du Parlement. Je ne vais pas vous laisser cochonner mes sols.

Jack savait qu'il ne faut jamais sous-estimer le pouvoir du majordome dans une maison. Il demeura planté sur le paillasson.

La maison dans laquelle Rose avait grandi était cossue.

La lumière vacillante d'une lampe à gaz éclairait l'entrée.

Raide comme un passe-lacet, le majordome s'engagea dans un escalier et disparut dans l'obscurité.

Jack l'entendit frapper à une porte. Puis il perçut des voix.

Un homme d'une soixantaine d'années et une femme un peu plus jeune descendirent l'escalier. Elle portait une chemise de nuit rose ; lui, une robe de chambre en velours marron.

Ils étaient pieds nus.

Rose avait hérité des cheveux de sa mère et des yeux de son père, songea Jack.

Sur les traits du père, l'inquiétude le disputait à la colère.

— Qu'est-ce qui vous prend de venir frapper à ma porte au milieu de la nuit ? lança M. Davis.

— Vous avez dit à Giles que notre fille avait été enlevée, intervint Mme Davis. C'est impossible, monsieur. Je l'ai déposée devant chez elle hier vers quatre heures de l'après-midi.

Douze heures plus tôt.

— Trois hommes se sont emparés d'elle avant qu'elle n'ait atteint sa porte, dit Jack.

— Si vous avez vu des hommes emmener notre fille, pourquoi n'avez-vous rien fait pour les arrêter ? dit sans ambages Susan Davis.

— Je ne les ai pas vus, répondit Jack. Mais sa gouvernante, oui.

— Ma fille n'a pas de fortune, fit M. Davis. Qui pourrait avoir intérêt à l'enlever ?

Jack regarda tour à tour le père et la mère.

— Son mari.

— Comment la gouvernante sait-elle que c'était Jonathan ? questionna Mme Davis. Elle ne peut pas le connaître.

— Ce n'est pas elle qui le dit, c'est moi, repartit Jack.

— Comment le savez-vous ? demanda le père.

— Elle est chez lui. Je l'ai aperçue tout à l'heure.

— Qu'est-ce qu'il y a de bizarre à ce qu'elle se trouve dans la maison de son mari ? grommela Samuel Davis. C'est aussi sa maison, non ?

Susan Davis fronça les sourcils.

— Où l'avez-vous vue, monsieur Lodoun ?

— À une fenêtre du deuxième étage. Elle me regardait.

— Et vous en avez déduit qu'il l'avait enlevée ? dit M. Davis avec une pointe d'agressivité. Si c'est tout ce que vous avez comme preuve…

— Il n'y a rien à déduire, monsieur Davis, rétorqua Jack en l'interrompant. La gouvernante a assisté à l'enlèvement. Et quand j'ai frappé à la porte, personne n'est venu ouvrir.

— À quatre heures du matin, vous vous attendiez à quoi ?

— Il n'était que neuf heures du soir.

M. Davis persista dans son idée.

— Rose est l'épouse de Jonathan. Pourquoi éprouverait-il le besoin de l'enlever ?

— Parce qu'il est son mari, tiens ! répliqua Susan Davis. Et parce qu'il peut se le permettre en toute impunité. Il le peut, n'est-ce pas, monsieur Lodoun ?

— Oui, répondit Jack.

Les femmes avaient peu de droits. Les femmes mariées, encore moins.

La souffrance décolora les yeux de Mme Davis.

— Ma fille savait-elle que ça risquait d'arriver lorsqu'elle l'a quitté ?

— Oui.

— C'est vous, l'amant dont ma femme m'a parlé cet après-midi, le bellâtre qui aurait rendu sa joie de vivre à notre fille ?

Apparemment, Rose avait tout dit à sa mère, et celle-ci avait tout répété au père. Jack n'avait aucune raison de nier.

— Bellâtre, je ne sais pas, monsieur. Qui lui a rendu sa joie de vivre, je l'espère.

— Vous étiez déjà son amant avant le procès ? questionna Mme Davis.

— Non.

— Vous l'avez prise de force ? Saoulée ?

— Bien sûr que c'est quelque chose comme ça ! gronda M. Davis. Sinon, qu'est-ce qu'elle serait allée faire avec un type pareil ?

Jack ignora les attaques du père et se concentra sur la mère.

— Elle m'a abordé devant Old Bailey, juste après le procès. Elle voulait divorcer, et pour ce faire il lui fallait un avocat ainsi qu'un appui au Parlement. Or il se trouve que je suis à la fois avocat et parlementaire ; dans son esprit, c'était aussi simple que ça. Et, depuis lors, nous nous aimons.

— Je vois, murmura Susan Davis après être restée pensive un instant.

— Moi aussi, hélas ! s'exclama M. Davis en prenant sa femme par les épaules. Nous irons les voir cet après-midi, s'il n'y a que ça pour te rassurer. Je crois que nous en avons assez entendu. Viens ! Retournons nous coucher.

— Non, Sam, patiente encore un peu, protesta Mme Davis.

À Jack, elle demanda :

— Qu'attendez-vous de nous, monsieur Lodoun ?

— Vous et votre fille, vous êtes allées faire des courses ?

— Chez Whiteley, confirma-t-elle.

Selon la gouvernante, elles avaient été parties de onze heures du matin à quatre heures de l'après-midi.

— Vous avez dû parler de beaucoup de choses ?

— Oui.

Susan Davis ne précisa pas lesquelles.

— Demain matin, James Whitcox va demander au procureur une ordonnance d'*habeas corpus*. Pour ce faire, seriez-vous prête, madame Davis, à signer une déclaration selon laquelle vous ne trouvez pas vraisemblable que Rose ait regagné le domicile conjugal de son plein gré ?

— C'est hors de question ! rugit Samuel Davis. Je l'interdis formellement. Qu'est-ce que c'est que cette histoire d'*habeas corpus* ? Il n'y a pas lieu de *libérer* notre fille. Que je sache, elle n'est pas prisonnière ! Jonathan est notre gendre. C'est un brave garçon qui ne ferait jamais de mal à Rose.

Susan se tourna vers son mari puis vers Jack, promenant de l'un à l'autre un regard désemparé.

— En êtes-vous sûr, monsieur Davis ? demanda Jack, aggravant délibérément l'inquiétude de Susan Davis.

— Un homme ne peut pas *enlever* sa femme, voyons ! répliqua Samuel Davis. Ils ne font qu'une seule chair aux yeux de Dieu. Susan, continua-t-il en se tournant vers elle, Jonathan a juré d'aimer et de chérir notre fille, et il a tenu parole. Je sais ce que tu m'as dit en rentrant, mais ce n'est pas cet homme qui fera le bonheur de Rose. Les hommes comme lui, tout ce qu'ils sont capables de faire, c'est de dévoyer les honnêtes femmes. Ce que je crois, c'est qu'il n'est même pas amoureux de Rose. Pas besoin d'être amoureux pour s'intéresser à une aussi jolie femme ! Non, il est juste jaloux parce qu'elle a finalement choisi Jonathan, un point c'est tout.

Susan Davis ferma les yeux.

— Madame Davis, vous êtes la dernière personne à avoir parlé à votre fille...

— Susan ! s'écria Samuel Davis. Je t'en conjure, ne te mêle pas de ça. Ce qui se passe entre Rose et Jonathan ne nous regarde pas. Laissons-les régler ça entre eux.

— Si nous ne libérons pas Rose, affirma Jack en ne s'adressant qu'à Mme Davis, votre gendre peut la faire enfermer dans un asile d'aliénés, avant midi si ça lui chante, et alors il n'y aura plus rien à faire.

Susan Davis rouvrit les yeux. Sur ses traits se lisait la douleur de devoir trancher.

— Dites-moi comment il s'y est pris pour enlever Rose, monsieur Lodoun.

Sans le témoignage de Mme Davis, il n'y avait pas le moindre espoir d'obtenir une ordonnance.

Jack déploya toute son éloquence pour décrire ce que la gouvernante lui avait raconté.

Des larmes ruisselèrent sur les joues de Mme Davis, devenues jaunâtres et froissées comme un vieux parchemin.

— Rose a de tout petits bras, murmura-t-elle.

Jack était bien placé pour savoir à quel point les bras de Rose étaient fins.

— Vous avez dit qu'elle avait laissé tomber son parapluie ?

— Oui.

Mme Davis s'efforçait de se ressaisir, sachant que l'avenir de sa fille en dépendait.

— Elle avait des projets. Elle allait se faire livrer des meubles. Elle voulait embaucher des peintres pour refaire la maison. Elle avait décidé que le salon serait pourpre. Quand j'ai voulu lui offrir quelque chose, elle a choisi deux vases en disant qu'ils iraient bien sur la cheminée... Et elle aurait décidé de plaquer tout ça entre quatre heures et quatre heures et une minute ?

34

Rose fut réveillée en sursaut par le bruit de la clé dans la serrure.

Une lumière verdâtre filtrait à travers les rideaux.

La porte s'ouvrit.

— Jonathan ? demanda-t-elle, la gorge serrée.

Mais Jonathan n'était pas seul.

Elle se redressa dans le lit, s'emmêla les jambes dans les draps.

Son sang se glaça.

Un grand barbu accompagnait son mari, une sacoche noire à la main. Une femme suivait de près le barbu. Elle était grosse, boudinée dans une robe marron, ses cheveux gris entassés dans un bonnet blanc.

— N'ayez pas peur, madame Clarring, dit le barbu en posant sa sacoche sur la table de nuit. Je suis le Dr Weinberger, et voici Mme Williams. Elle est infirmière.

Son sourire ne rassura guère Rose. Encore moins la mine renfrognée de l'infirmière.

Si Jonathan pensait qu'elle était malade, pourquoi n'avait-il pas appelé le médecin de famille ?

— Je vous assure, docteur, que je vais très bien.

— Ce n'est pas ce que dit votre mari, madame Clarring.

Soudain, il n'y eut plus assez d'oxygène pour quatre personnes dans la petite chambre.

— Docteur, vous avez vu mon mari ouvrir la porte, déclara Rose en essayant de paraître calme et raisonnable. Vous avez pu constater qu'elle était fermée à clé. Je suis retenue ici contre mon gré. S'il vous plaît, aidez-moi.

Le Dr Weinberger continua de sourire.

— C'est bien la seule raison de ma présence ici, madame Clarring. Vous aider.

Il ouvrit sa sacoche et en sortit un stéthoscope.

— Que faites-vous ? demanda Rose en couvrant sa gorge de sa main.

— N'ayez crainte, madame Clarring, ça ne fait pas mal.

— Je vous interdis de me toucher.

— Je veux juste écouter votre cœur et vos poumons, dit le Dr Weinberger en s'asseyant sur le bord du lit. Ayez l'obligeance de déboutonner votre chemise de nuit.

Rose se souvint que le Dr Burns – une généraliste, pas une aliéniste – avait été amenée une fois à signer un ordre d'internement et qu'elle en conservait un profond sentiment de honte.

— Je ne suis pas folle, gronda-t-elle.

Elle était en train de perdre son calme.

Le Dr Weinberger voulut lui toucher la main. Elle eut un mouvement de recul.

— Non, vous n'êtes pas folle, madame Clarring, cela va de soi.

Elle écarta docilement sa main, et il se mit à lui déboutonner sa chemise de nuit.

— N'ayez pas peur, insista-t-il.

Mais elle avait peur.

Chaque fois qu'il ôtait un nouveau bouton, c'était comme une offense supplémentaire.

Elle aurait voulu lui arracher son stéthoscope et le jeter. Mais elle savait que ce serait considéré comme un symptôme de plus de sa démence.

Le métal glacé se posa sur son sternum.

— Respirez fort, madame Clarring.

Elle prit une profonde inspiration.

— Très bien, la félicita le docteur.

Comme si elle était une enfant.

Ou une folle.

— Maintenant, penchez-vous en avant... Oui, comme ça.

Il retroussa la chemise de nuit et lui appliqua le pavillon du stéthoscope entre les omoplates.

— Respirez fort... Très bien, madame Clarring.

Soudain, Rose se retrouva libre du docteur et de son instrument.

Le matelas, soulagé de son poids, se souleva et oscilla un instant sur les ressorts du sommier avant de retrouver son équilibre.

— Où puis-je me laver les mains, monsieur Clarring ? s'enquit le Dr Weinberger.

— Veuillez me suivre, répondit Jonathan. Je vais vous montrer la salle de bains.

Rose se dépêcha de reboutonner sa chemise de nuit. Ses mains tremblaient.

L'infirmière au visage sévère ouvrit la mallette du médecin et en tira un étui de cuir, qu'elle posa sur la table de nuit.

— Qu'est-ce que c'est ? demanda Rose.

L'infirmière ne répondit pas.

Jonathan revint sur ces entrefaites. Il portait une veste bleu marine passablement chiffonnée. Rose prit une profonde inspiration, dans l'espoir de se calmer.

— Jonathan, pourquoi fais-tu ça ?

L'infirmière alluma une lampe au phosphore.

— Madame Clarring, dit le Dr Weinberger en revenant dans la chambre, votre mari se préoccupe de votre stérilité.

Éberluée, Rose se tourna vers Jonathan, qui baissa les yeux.

— Il m'a demandé de vous examiner, continua le docteur sur un ton affable. Les minutes qui viennent vont être pénibles pour vous. Je vous prie de m'excuser. Plus vite nous aurons commencé, plus vite nous en aurons terminé. Veuillez retrousser votre chemise de nuit. Je vous promets de faire très attention.

Du coin de l'œil, elle observa les faits et gestes du docteur. Il ouvrit l'étui que l'infirmière avait placé sur la table de chevet. Il en sortit un spéculum, qui brilla terriblement dans la lumière du phosphore.

— Ce n'est pas nécessaire, docteur Weinberger, dit Rose en serrant les cuisses. Mon mari sait pertinemment pourquoi nous n'avons jamais eu d'enfant.

— Votre mari a parlé d'oreillons, madame Clarring, je sais. Mais tous les hommes qui ont eu les oreillons ne deviennent pas stériles.

Le Dr Weinberger s'approcha et repoussa les couvertures. L'infirmière retroussa la chemise de nuit de Rose jusqu'à son ventre.

Rose se débattit comme elle se serait débattue si quelqu'un avait essayé d'abuser d'elle.

L'infirmière lui appuya sur les épaules pour l'immobiliser. Elle avait de la poigne.

— Vous n'avez pas besoin d'avoir peur, madame Clarring, lui dit-elle. Je suis là.

Le médecin lui écarta les cuisses. Quelque chose de froid entra en elle.

— Ne bougez pas, madame Clarring, il n'y en a que pour quelques secondes...

Rose regarda le cercle de lumière blanche que la lampe à phosphore projetait au plafond. L'odeur d'antiseptique lui soulevait le cœur.

— Bravo, Jonathan, lança-t-elle d'un ton amer. Tu progresses dans la crapulerie. Après l'enlèvement, le viol...

— Monsieur Clarring, dit Weinberger, saviez-vous que votre épouse portait un diaphragme ?

— Non, répondit Jonathan d'une voix sourde.

Le Dr Weinberger retira sans ménagement ce que le Dr Reynold avait délicatement posé.

Rose serra les dents.

— Vous avez de la chance, madame Clarring, déclara Weinberger en se redressant. Pour autant que je puisse en juger, vos organes sont intacts. Si vous vous abstenez de renouveler ce genre de facéties, rien ne vous empêchera de connaître un jour les joies de la maternité.

L'infirmière lâcha Rose.

— Docteur Weinberger ?

— Oui, monsieur Clarring ?

— Vous comprenez que je puisse en vouloir à ma femme, après ce que je viens d'apprendre. Tant de duplicité ! Je tombe des nues !

Rose écouta sans comprendre. L'homme qui parlait ainsi avait la voix de Jonathan, mais ce n'était pas lui – en tout cas, ce n'était pas l'honnête garçon qu'elle avait aimé au point de l'épouser.

— Il faudra du temps avant que j'aie de nouveau envie d'elle, continua Jonathan. Mais, si je vous ai bien compris, maintenant que vous avez ôté ce machin, rien ne s'oppose plus à ce qu'elle tombe enceinte ?

35

Jack Lodoun et Nathan Dorsey entrèrent dans le bureau de James Whitcox.

Un bureau ministre en bois précieux trônait au milieu de la pièce. Il y avait un grand fauteuil derrière, deux autres devant et deux autres encore tournés vers la cheminée, dans laquelle un feu crépitait. Le mur du fond était occupé par une bibliothèque dont les étagères étaient chargées de livres de droit et de jurisprudence aux reliures passablement fatiguées – ils n'étaient pas là pour faire joli : James Whitcox s'en servait beaucoup.

Jack et Dorsey saluèrent le secrétaire de Whitcox, Avery Tristan. Big Ben sonna neuf fois.

Jack ne perdit pas de temps en préambules.

— Whitcox est parti déposer une requête d'*habeas corpus* ?

— Oui, monsieur.

— La loi exige qu'une femme qui requiert une séparation réside sous le même toit que son mari, dit Jack. Or, c'est désormais le cas de Mme Clarring. Elle serait donc en droit faire une demande en ce sens ?

— Oui, monsieur.

Une bûche pétarada dans l'âtre avant de s'ouvrir en deux et de tomber dans les braises.

Jack se demanda si Rose avait froid.

Jack se demanda si Rose était maltraitée.

Jack se demanda s'il la reverrait jamais.

— Moi, dit Dorsey, j'avais d'abord proposé d'insister sur le fait que Jonathan et Rose Clarring faisaient chambre à part. Un tribunal ne peut certes pas obliger un mari à accomplir le devoir conjugal, mais, dans la mesure où il ne couchait plus avec sa femme, on aurait pu considérer qu'il la privait délibérément de la possibilité d'avoir des enfants, ce qui nous aurait permis de plaider qu'elle avait le droit à une séparation de corps – l'abandon du *lit* conjugal valant abandon du *domicile* conjugal. Mais les récents événements…

Laissant sa phrase en suspens, Dorsey se tourna vers son patron, comme pour lui donner la parole.

— Mais, au vu des événements récents, enchaîna Jack, nous pouvons plaider que Jonathan traite sa femme avec une cruauté inexcusable. À nous, messieurs, de rédiger une demande qui convaincra le juge que son devoir est d'accorder l'*habeas corpus*. C'est vous, monsieur Tristan, qui irez la porter au tribunal, de la part de Me Whitcox.

— Pourquoi pas de votre part, maître Lodoun ? s'étonna Avery Tristan.

— À cause de mes liens personnels avec Mme Clarring, expliqua Jack. M. Dorsey vous accompagnera. Il connaît tout le monde, au palais.

36

— Messieurs, dit James Whitcox.

Les trois hommes portaient des robes rouges et de longues perruques blanches. C'étaient des magistrats de la haute cour de justice, et ils avaient rang de chevaliers. Triés sur le volet par le Premier ministre. Nommés par la reine. Ils n'avaient qu'un seul credo : la loi. Toute la loi, rien que la loi ; elle leur tenait lieu de conscience.

— Je vais commencer par remercier la cour d'avoir accepté de considérer ce cas extraordinaire. Je rends grâce à Dieu chaque matin de m'avoir fait naître dans le pays de la *Magna Carta Libertatum*. Ladite Grande Charte des libertés d'Angleterre stipule que personne ne peut être arrêté et détenu illégalement. Cependant, messieurs, c'est ce qui vient d'arriver à Mme Rose Clarring.

Les trois juges marquèrent leur étonnement.

— Mme Clarring, poursuivit Whitcox, n'habite plus chez M. Jonathan Clarring, son mari – pour des raisons qu'il est inutile d'expliquer car elles n'ont rien à voir avec notre affaire. Or, hier, alors qu'elle rentrait chez elle après voir fait des courses avec sa mère, elle a été enlevée. Et l'instigateur de ce crime, car l'enlèvement est un crime…

Les trois juges hochèrent la tête.

— … n'est autre que Jonathan Clarring, son mari, acheva Whitcox.

Tout à coup, les trois juges parurent se désintéresser de l'affaire. Les souffrances d'une femme mariée ne pesaient pas lourd en face de la loi.

Jack, au fond de la salle, commença à s'inquiéter.

— Mme Clarring est minuscule, reprit James Whitcox en s'adressant plus spécialement au juge assis au milieu, un homme d'une soixantaine d'années, père et grand-père. Elle mesure moins d'un mètre soixante. Lorsque sa mère l'a déposée devant chez elle – j'entends par là, messieurs, la maison de Mme Clarring, pas celle de son mari – il pleuvait. Mme Clarring n'a pas remarqué le fiacre qui attendait, ni l'homme qui en est descendu. Quand elle est arrivée au pied de son perron, elle a entendu quelqu'un l'appeler. Nous ne savons pas ce qu'elle a ressenti alors... pour la bonne raison qu'elle n'est pas là pour le dire. Ce que nous savons, c'est qu'elle s'est retournée. Or, le ravisseur n'était pas seul. C'est à ce moment-là que deux autres hommes ont surgi – des hommes de main payés par le mari... Ce qui signifie que Jonathan Clarring s'était arrangé pour détourner l'attention de sa femme tandis que les rufians l'empoignaient chacun par un bras.

James Whitcox transpirait sous sa perruque – plus courte que celle des juges. La sueur provoquait des démangeaisons, et pas question de se gratter !

Cédant à une impulsion, il leva son bras gauche. La large manche dégringola le long de son bras. Le retroussis noir au bout de la manche, qui le désignait comme conseiller de la reine, resta coincé au niveau du coude.

— Puis-je me permettre d'attirer votre attention sur ceci, messieurs ?

Les trois juges regardèrent ce qu'il leur montrait.

— Le bras de Mme Clarring est infiniment plus fin que mon poignet. J'en ferais facilement le tour avec mon pouce et mon index. Si l'on serre le bras suffisamment fort, on paralyse l'avant-bras.

À ce moment-là, Whitcox s'arrangea pour croiser le regard du juge assis à gauche. C'était le plus jeune des trois, quarante-cinq ans, marié, père de cinq filles : une au collège, deux à l'école et deux en bas âge – toutes les cinq susceptibles de tomber un jour sous la coupe d'un mauvais mari.

— Ces deux hommes, enchaîna Whitcox, l'ont agrippée si violemment qu'elle a laissé tomber son parapluie. Comment aurait-elle pu se défendre, elle si frêle, contre deux hommes de haute taille ? Ils l'ont soulevée, l'ont portée jusqu'à leur voiture et l'y ont jetée comme un sac. Et, pendant ce temps-là, son mari les regardait faire ! Qui souhaiterait un tel sort à sa fille ? s'exclama-t-il d'une voix vibrante en fixant comme par hasard le juge assis à droite, un homme de cinquante ans, dont les énormes favoris blancs contrastaient vilainement avec son teint brique, et qui venait de marier sa fille unique. Jonathan Clarring a attenté à la liberté de Rose Clarring. Illégalement. C'est pourquoi, messieurs, j'ai l'honneur de requérir une ordonnance d'*habeas corpus*.

Dans le silence qui suivit, on entendit le martèlement de la pluie sur les carreaux.

L'homme aux gros favoris fut le premier à parler.

— Vous rendez-vous compte de ce que vous nous demandez, maître Whitcox ?

— Je vous demande d'ordonner à M. Jonathan Clarring d'amener Mme Rose Clarring dans cette salle, répondit James sans se troubler.

— En d'autres termes, vous nous demandez de nous immiscer dans les affaires du ménage Clarring, dit le vieux juge.

James Whitcox avait une réplique toute prête.

— Rose Clarring est peut-être une femme mariée, mais elle est d'abord un sujet de Sa Gracieuse Majesté et, comme telle, protégée par la Grande Charte des libertés d'Angleterre. Jonathan Clarring, avec préméditation et violence, a enlevé Rose Clarring *arbitrairement,* et depuis lors il la détient *arbitrairement*. Tout ce qu'interdit la Grande Charte ! S'il avait voulu rester dans la légalité, il aurait demandé à la police de lui ramener sa femme, il n'aurait pas eu besoin d'engager une paire de malfrats pour ce faire. Mais aucun tribunal n'a rendu de jugement en sa faveur, pour la bonne raison que M. Clarring n'a même pas engagé de procédure. Au lieu de cela, il a préféré s'embusquer près de chez elle comme un bandit, il a délibérément détourné son attention, le temps que deux voyous soudoyés par lui se jettent sur elle. Je crois que la loi anglaise réprouve de tels comportements.

— Avons-nous des témoins pour corroborer votre version des faits, maître Whitcox ? questionna le plus jeune des juges, le père de cinq filles. Ou bien tout ceci n'est-il que le fruit de votre imagination ?

Whitcox essaya de paraître impassible. Les magistrats de la haute cour de justice n'avaient que faire des émotions des uns ou des autres.

— La gouvernante de Mme Clarring a assisté à l'enlèvement, annonça-t-il. J'ai là sa déclaration sous serment.

— Puis-je la voir ? dit le juge du milieu d'un ton sarcastique.

— Certainement. J'ai aussi une déclaration sous serment de la mère de Mme Clarring. Tenez !

Un huissier fit passer les documents.

Le juge lut la première page.

— La gouvernante, Mme Dobkins, prétend que Mme Clarring ne s'est pas débattue.

— Cela aurait été difficile, monsieur le juge, alors que ses bras étaient paralysés par des hommes deux fois plus grands qu'elle !

— La gouvernante ne dit pas non plus qu'elle a appelé au secours.

Le juge fit passer les deux papiers à son voisin de gauche, sans même prendre la peine de lire la déclaration de Mme Davis.

— La gouvernante a assisté à l'enlèvement par une fenêtre du premier étage, précisa Whitcox. De plus, il pleuvait. Si Mme Clarring a crié, elle n'a pas pu l'entendre.

— Vous venez de dire, maître Whitcox, intervint le plus jeune des trois juges, que M. Clarring a appelé sa femme pour « délibérément détourner son attention ». Est-ce à dire que la gouvernante l'a entendu l'appeler ?

— Non, monsieur le juge. Mais qu'est-ce qui aurait pu faire que Mme Clarring s'arrête et se retourne, sinon un appel dans son dos ?

— Ou alors, elle s'attendait à le voir, suggéra le vieux juge.

— Dans sa déclaration sous serment, Mme Davis assure que, pendant qu'elles faisaient les courses, Mme Clarring lui a dit sans ambiguïté qu'elle ne retournerait jamais vivre avec son mari.

— Mme Clarring est une femme, répliqua le vieux juge. Souvent femme varie, c'est bien connu.

— Si nous demandons un mandat d'*habeas corpus*, c'est seulement afin de nous assurer qu'elle n'est pas séquestrée, repartit James Whitcox. S'il s'avère que Mme Clarring se trouve avec son mari de son plein gré, eh bien, nous en resterons là.

— Vous dites que Mme Clarring n'habitait pas avec son mari, intervint le jeune juge, qui avait fini de lire les déclarations de la gouvernante et de la mère de Rose. Aurait-elle obtenu une séparation de corps ?

— Non, monsieur le juge.

— Alors, elle est toujours sous la tutelle de son mari, commenta le vieux juge.

— D'après la loi, M. Clarring peut demander la restitution de ses droits conjugaux, admit James Whitcox. Mais il ne peut pas s'emparer d'elle par la force, ni la séquestrer.

— Y a-t-il jamais eu des plaintes contre M. Clarring ? questionna le troisième juge. A-t-il été accusé de cruauté ?

— Non, monsieur le juge. Mais ça ne veut pas dire que Mme Clarring ne risque rien.

Il se souvint des mots de Frances :

Il faut vraiment que Jonathan Clarring soit désespéré pour faire ce qu'il fait.

Et qui sait de quoi était capable un désespéré ?

— D'abord, quelle preuve avons-nous qu'elle est chez son mari ? demanda le juge aux gros favoris.

— On l'a vue à une fenêtre du deuxième étage.

— Qui, « on » ?

Whitcox mentit froidement.

— Sa mère.

— A-t-elle frappé à la porte pour vérifier que sa fille était retenue de force ? s'enquit le juge du milieu, toujours aussi sarcastique.

— Oui. Et personne n'est venu ouvrir.

Lui-même était allé frapper à la porte de Jonathan Clarring avant l'audience, et on ne lui avait pas ouvert non plus, alors qu'il avait entendu bouger dans la maison.

— Qu'attendez-vous de nous, exactement ? demanda le plus jeune des juges, celui qui avait cinq filles.

— Ce que j'attends de vous, messieurs ? répondit James Whitcox. Tout simplement que vous accordiez à Mme Clarring la protection de la loi.

37

Rose, debout devant la fenêtre, regardait dans la rue. Maisons, voitures, passants, tous les contours étaient brouillés par la pluie.

— Madame Clarring, vous ne pouvez pas rester comme ça sans manger, dit l'infirmière. Ce n'est pas malin de bouder contre son ventre.

Rose ne daigna pas répondre.

Une berline s'arrêta en face de la maison.

Encore un médecin ? se demanda-t-elle anxieusement.

Ou alors, c'était Jack. Comme dans les anciens romans remplis d'histoires de preux chevaliers qui viennent à la rescousse de belles captives ?

Son cœur cessa de battre.

La berline redémarra. Tout ce qu'elle pouvait voir, c'était la toile de quatre grands parapluies noirs.

— Avez-vous des enfants, madame Williams ?

— J'en ai six, répliqua fièrement l'infirmière.

— Des filles ?

— Deux.

— Vous les aimez ?

Rose savait que dans, certaines familles, les filles sont moins aimées que les fils – même si, pour sa part, elle n'avait jamais rien ressenti de tel.

— Bien entendu que je les aime, mes filles.

Dans la rue en contrebas, les quatre parapluies faisaient du surplace.

— Vous leur feriez la même chose qu'à moi ?

— Quelle question ! Je les ai soignées plus d'une fois.

— Je ne parle pas de ça, madame Williams. Je vous demande ce que vous feriez si leur mari les enfermait comme je suis enfermée par le mien ?

Plutôt que de répondre, l'infirmière reparla nourriture :

— Si ça n'est pas malheureux de laisser refroidir ce bon poulet et ces bonnes pommes de terre ! s'exclama-t-elle en montrant l'assiette sur la table de nuit.

— Madame Williams, insista Rose, si elles étaient enfermées, seriez-vous prête à monter la garde pour les empêcher de fuir ?

Encore une fois, l'infirmière éluda la question.

— Vous avez beaucoup de chance, madame Clarring, dit-elle.

Une autre berline fit halte devant la maison, et quatre personnes en descendirent. Cela fit quatre parapluies de plus.

— En quoi ai-je de la chance, madame Williams ?

— Votre mari est riche.

— Et ça lui donne le droit de me garder ici contre ma volonté ?

L'infirmière parut plus renfrognée que jamais.

— J'ai lu votre histoire dans les journaux, madame Clarring. Je ne suis pas dupe. Vous êtes une femme adultère. La seule chose qu'on puisse dire en votre faveur, c'est que vous n'avez pas ramené de bâtard à la maison ! Je le trouve bien généreux, votre mari ! Si j'étais à sa place, vous n'auriez même pas droit à cette chambre ; je vous ferais jeter en prison avec les autres traînées qui souillent notre ville.

Dans la rue, un fiacre arriva, s'arrêta, repartit – et les huit parapluies devinrent dix.

— À votre avis, madame Williams, combien d'hommes faut-il pour maîtriser une femme ?

— Comment voulez-vous que je le sache ?

— Deux, madame Williams, dit Rose en montrant les bleus qui maculaient ses bras. Ça suffit amplement.

Rose n'avait pas appelé au secours lorsque les deux brutes l'avaient portée jusqu'au fiacre.

Elle savait que Jonathan avait le droit de la faire enfermer, mais elle n'aurait jamais cru qu'il le ferait.

La colère l'emportant soudain sur la mélancolie, elle pivota et marcha droit sur Mme Williams.

— J'ai décidé que j'avais faim. Alors, soyez gentille, poussez-vous. À moins que vous n'ayez envie de savoir si une petite femme peut en maîtriser une grosse.

L'infirmière fut estomaquée.

Rose esquissa un sourire.

Un quart d'heure plus tard, quand elle reprit son poste près de la fenêtre, elle vit quelque chose qui lui fit passer l'envie de sourire.

Une véritable armée de parapluies arpentait la rue.

Ce n'est pourtant pas cela qui retint son attention.

Un fiacre s'arrêta juste sous sa fenêtre. La première personne qui en descendit avait un grand parapluie noir qui la cachait entièrement. L'autre n'en avait pas.

Rose eut le souffle coupé.

38

Marie Hoppleworth inclina son parapluie pour abriter John Nickols, qui venait de la rejoindre.

Il avait pris soin de ne heurter personne en se faufilant parmi la petite troupe avec son fauteuil roulant.

— Me Whitcox a-t-il réussi ? demanda-t-elle.

— Nous ne devrions pas tarder à le savoir, répondit gravement Nickols.

Elle se pencha avec tendresse sur l'héroïque infirme avec lequel elle s'était chamaillée pendant deux ans, et qui était à présent son amant.

— Ton journal va-t-il parler de l'affaire ?

— Évidemment ! Adultère, enlèvement… Qui laisserait passer ça ? Le seul ingrédient qui manque, c'est le meurtre. J'ai repéré dans la foule un reporter du *Globe* et un du *Daily Herald.* Mais il doit y en avoir d'autres. Si c'est de la publicité que recherchait Whitcox, il va être servi.

Soudain, la porte de la maison Clarring s'ouvrit, et un homme s'avança sur le perron.

— C'est lui, le mari ? s'enquit une voix féminine près de l'oreille de Marie Hoppleworth.

Marie tourna la tête et vit Esther Palmer, l'enseignante qui avait perdu son poste dans un collège de jeunes filles. Son visage était calme, mais cadenassé. Marie eut envie de lui demander si elle avait besoin d'aide – mais ils n'étaient pas là pour parler des conséquences du procès.

Ou alors, oui.

Marie Hopplewoth ne savait pas pourquoi Jonathan avait enlevé sa femme. Tout ce qu'elle savait, c'était qu'il pouvait la tuer et qu'il serait vraisemblablement acquitté.

— Je ne vois rien, dit-elle.

— Moi, je le vois.

Celui qui venait de parler, c'était Louis Stiles, qui culminait à un mètre quatre-vingt-dix. Il avait à la main son inséparable carnet de croquis.

— Nous ne savons pas à quoi ressemble le mari de Mme Clarring, intervint John Nickols. Même si c'était lui dans l'encadrement de la porte, nous ne pourrions pas le savoir.

Un autre fiacre s'arrêta, et quatre femmes en descendirent.

La foule grossissait. La tension montait. On était mouillés. On avait froid. Les gens battaient la semelle pour se réchauffer.

— Il vient de s'écarter, annonça M. Stiles.

Un policier et un inconnu franchirent le seuil. La porte se referma derrière eux.

— Qui est avec le policier ? questionna Marie Hopplewoth.

— Sans doute un magistrat, répondit John Nickols.

— Elle est à la fenêtre et elle nous regarde, intervint une voix d'homme. Vous croyez qu'elle nous a reconnus ?

C'était Thomas Pierce, le banquier qui avait perdu son emploi à cause de son appartenance au club des Messieurs et des Dames.

— Comment voulez-vous que je le sache ? répondit Marie. Je n'y vois goutte, avec tous ces parapluies.

— J'ai peur qu'il ne lui fasse du mal, dit Esther Palmer.

Personne ne savait de quoi Jonathan Clarring était capable.

— N'oubliez pas que le jury a libéré Mme Hart, fit M. Stiles pour rassurer Esther Palmer.

Mais il ne semblait pas très rassuré lui-même.

— Oui, renchérit Thomas Pierce, le policier est sûrement là pour libérer Mme Clarring.

— Un mari n'est pas un fils, monsieur Pierce, lança Sarah Burns, qui venait d'arriver avec George Addimore.

— Nous sommes venus aussi vite que nous avons pu, dit M. Addimore en frissonnant. Y a-t-il des nouvelles ?

— Non, répondit laconiquement John Nickols. Mais deux hommes sont entrés dans la maison. L'un était un policier en uniforme. L'autre, un civil. Nous pensons que c'était un magistrat.

— Il y a longtemps de ça ? demanda George Addimore.

— À peine cinq minutes.

— Qu'est-ce qu'elle peut bien penser en ce moment ? soupira Thomas Pierce.

Ils levèrent tous les yeux vers la femme dont la silhouette se découpait derrière une fenêtre du deuxième étage.

— Que penseriez-vous si vous étiez séquestrée par votre mari ? répliqua Marie Hoppleworth.

— Je ne suis pas une femme, répondit Thomas Pierce.

— Pas besoin d'être une femme pour souffrir d'être enfermé, rétorqua Marie.

— Tout ce que je voulais dire, mademoiselle Hoppleworth, expliqua posément Thomas Pierce, c'est que je ne risque pas de me trouver un jour dans la situation de Mme Clarring, parce que les femmes n'emprisonnent pas les hommes.

— Il y a plusieurs sortes de prisons, monsieur Pierce, commenta une voix féminine.

C'était la belle et froide Ardelle Dennison qui venait de se joindre à eux. Elle était en compagnie de Joseph

Manning, le solide et moustachu fondateur du club des Messieurs et des Dames.

— Je peux vous assurer que des femmes emprisonnent des hommes tous les jours, ajouta-t-elle.

Sur un ton moqueur, John Nickols demanda :

— Si un tel malheur m'arrivait, mademoiselle Dennison, interviendriez-vous en ma faveur ?

— Interviendriez-vous en ma faveur, monsieur Nickols ? rétorqua Ardelle Dennison.

— Oui, assura-t-il.

— Moi aussi, dit-elle alors.

Marie Hoppleworth leva de nouveau les yeux. Il n'y avait plus personne à la fenêtre du deuxième étage.

À son tour, Thomas Pierce leva les yeux.

— Pauvre Rose Clarring, murmura-t-il.

— Si encore elle avait pris un amant, comme les journaux l'en ont accusée, soupira Esther Palmer, ça lui ferait un petit lot de consolation.

— C'est précisément ce qu'elle a fait, déclara Sarah Burns.

Si Rose Clarring avait un amant, Marie Hoppleworth se demanda à quoi il pouvait bien ressembler.

— Comment le savez-vous ? lança-t-elle à la doctoresse. C'est Mme Hart qui vous l'a dit ?

Ils étaient tous là à la demande de Frances Hart, qui leur avait révélé que Rose Clarring avait quitté son mari le jour du procès, qu'elle avait été enlevée cinq jours plus tard et qu'elle était désormais séquestrée. Il n'y avait aucune raison de penser qu'elle en avait dit davantage aux uns qu'aux autres.

— Je l'ai vue avec Jack Lodoun devant le palais de justice, affirma Sarah Burns.

— Vous vous trompez forcément, dit Marie.

— Je ne crois pas, mademoiselle Hoppleworth, rétorqua Sarah. C'étaient bien eux. Et ils avaient l'air de roucouler comme deux tourtereaux.

Soudain, le reporter du *Globe* se mit à courir. Deux hommes le suivirent. Parmi eux, Marie Hopplеworth reconnut le journaliste du *Daily Herald*.

— Il faut que j'y aille, décréta John Nickols, qui n'avait pas oublié qu'il était également reporter. Écartez-vous, s'il vous plaît, je ne veux blesser personne.

Il ouvrit son parapluie et le fixa au dossier de son fauteuil roulant. Puis il s'éloigna, l'eau freinant ses roues.

Au loin, le bronze d'un carillon résonna. Une heure avait passé. Il était quatre heures.

— Tout est prêt, annonça Mlle Fredericks.

Elle se tenait derrière Thomas Pierce. Elle avait l'air aussi lugubre que le temps.

— Qu'est-ce qui est prêt ? demanda Marie.

— De nouvelles amies vont arriver. Des filles courageuses, vous verrez. Nous allons nous relayer toutes les huit heures afin qu'il y ait des gens ici nuit et jour.

— Vous avez fait du beau travail, mademoiselle Fredericks, la félicita M. Pierce.

— Je me demande pourquoi c'est si long, maugréa Ardelle Dennison.

Au même moment, la porte de la maison s'ouvrit et l'on vit d'abord un parapluie.

La silhouette que ce parapluie surmontait était celle d'un homme.

Un cri retentit.

— Libérez Rose !

Jane Fredericks y avait mis tout son cœur.

— Libérez Rose ! cria à son tour Marie Hopplеworth.

— Libérez Rose ! scandèrent en chœur les militantes pour le droit de vote des femmes et les membres du club des Messieurs et des Dames. Libérez Rose ! Libérez Rose !

Ils avaient attendu pour voir si le policier allait repartir avec Rose Clarring. Ils avaient leur réponse.

39

Jack n'avait pu s'empêcher de venir.

Assis au fond de la salle, il essayait de paraître impassible.

C'est le juge aux gros favoris blancs et aux joues rouges qui se chargea de la lecture du jugement.

— Ce matin, commença-t-il, Me Whitcox est venu nous demander de citer à comparaître devant nous Mme Rose Clarring, afin d'établir si son mari, M. Jonathan Clarring, a commis des actes répréhensibles qui le rendent indigne d'être le tuteur légal de sa femme. Une ordonnance d'*habeas corpus* est une arme puissante, qu'il ne faut pas utiliser à la légère. Elle doit servir à défendre la liberté individuelle contre l'arbitraire de l'État. Elle ne doit pas servir à s'interposer entre des époux. Les liens du mariage sont sacrés. Le mari fait serment de protéger sa femme et d'empêcher la profanation de leur union. Les tribunaux lui garantissent l'autorité pour ce faire.

» Me Whitcox a prétendu que M. Clarring détenait illégalement sa femme et que nous étions devant un cas de séquestration. À la question de savoir si cette accusation est fondée et si M. Clarring est coupable de détention arbitraire, nous répondons « non ». Selon les lois anglaises, le mari domine sur sa femme et la femme est soumise au mari – et cela, sans équivoque possible. C'est pourquoi, tandis que la séquestration d'un sujet par un autre est *a priori* contraire à la loi, s'il s'agit d'une femme enfermée par son mari, les tribunaux, dans tous les cas, ont stipulé qu'il n'y a rien d'illégal ni d'illégitime. Un mari qui contraint sa femme à demeurer au domicile conjugal est dans son droit, pourvu qu'il ne fasse pas montre de cruauté, qu'il n'impose aucun mauvais traitement et ne fasse pas un usage immodéré de la force. Si M. Clarring avait fait preuve de violence, nous l'accuserions d'agression. Mais M. Clarring est resté dans les limites de la loi en s'emparant de Mme Clarring.

» Ladite Mme Clarring est membre d'un soi-disant club des Messieurs et des Dames qui a défrayé la chronique récemment. Ces gens l'ont encouragée à commettre des actes contraires à la foi jurée entre époux, et il y a des raisons de croire que c'est à leur instigation qu'elle a quitté le domicile conjugal. Puisqu'on lui avait enlevé sa femme, M. Clarring avait le droit de la récupérer, de même qu'il a le droit de la soustraire à l'influence de ceux qui sèment la zizanie dans son ménage.

» M. Clarring a pris soin de sa femme. Il a embauché une infirmière diplômée pour veiller sur elle. Il l'a fait examiner par un médecin de renom, lequel médecin a attesté qu'elle était en bonne santé. En conséquence, nous ne délivrerons pas un mandat d'*habeas corpus*, qui ne pourrait que perturber l'équilibre de Mme Clarring en l'incitant à penser que la cour s'apprête à faire ce que justement la cour ne s'apprête *pas* à faire, à savoir la soustraire à l'autorité de son mari, au seul motif qu'elle ne se plaît pas avec lui.

» Ainsi, conclut le juge, Mme Clarring se trouve là où la loi dit qu'elle doit se trouver, et elle y restera aussi longtemps qu'il plaira à son mari de l'y garder.

Les trois juges se levèrent – leurs robes écarlates parurent rouge foncé, couleur de sang.

De la soie noire brilla dans la lumière des lampes : James Whitcox venait de se lever à son tour.

Jack resta assis, assommé par la sentence.

James Whitcox pivota vers lui. Sa perruque blanche encadrait son visage – le visage d'un homme qui a fait tout ce qu'il pouvait.

« Je suis avocat au conseil de la reine, eut-il l'air de lui dire. C'est vous qui siégez au Parlement. »

Puis il tourna les talons.

40

Rose, couchée sur le côté, regardait tomber la pluie.

Elle n'entendait que des bribes de ce que les gens criaient dans la rue.

Un officier de police était venu. Elle lui avait dit qu'elle était retenue dans cette maison contre son gré. En sortant, il avait refermé lui-même la porte à clé !

Jack l'avait prévenue :

Si vous voulez de la passion, il faut que vous soyez prête à en payer le prix.

— Combien Jonathan vous donne-t-il pour espionner sa femme, madame Williams ? lança-t-elle d'une voix morne. En plus du gîte et du couvert ?

— M. Clarring est généreux, répondit simplement l'infirmière.

Jonathan, généreux ? Rose l'avait pensé aussi, autrefois.

Elle se redressa brusquement. L'infirmière, qui était en train de tricoter, s'arrêta.

— Que faites-vous ?

— Je vais me soulager, madame Williams. Ça vous intéresse de regarder ?

L'infirmière baissa les yeux ; les aiguilles à tricoter s'agitèrent de nouveau.

Rose alla s'enfermer dans la salle de bains. Elle craqua une allumette et alluma une lampe.

Au loin, les grosses cloches de bronze de Big Ben sonnèrent cinq fois.

Rose ouvrit le tiroir de la table de toilette, où se trouvait ce qu'elle était venue chercher : un flacon de laudanum que le médecin de famille lui avait prescrit pour soulager quelques douleurs.

Elle tira la chasse pour donner le change, se lava les mains et ressortit, le flacon de teinture d'opium caché dans les plis de sa jupe. Elle fut accueillie par une bonne odeur de cuisine. Pendant qu'elle était dans la salle de bains, une servante avait apporté le dîner.

L'infirmière s'assit d'un côté de la table ; Rose, en face. L'infirmière, mains jointes, tête basse, marmonna le bénédicité. Rose, ne voyant aucune raison spéciale de rendre grâce à Dieu, s'abstint de l'imiter.

L'infirmière se saisit de sa fourchette.

— Je croyais que la propreté allait de pair avec la piété, dit Rose.

Mme Williams s'immobilisa. Rose la regarda dans les yeux. L'infirmière avait l'air d'un enfant pris en faute.

Rose expliqua :

— Je vous prie, madame Williams, d'aller vous laver les mains avant de manger à la même table que moi.

Le visage de l'infirmière se couvrit de petits points rouges.

L'espace d'un instant, Rose crut qu'elle n'obéirait jamais.

Enfin, penaude et visiblement à contrecœur, Mme Williams se leva et disparut dans la salle de bains.

Le laudanum contenait de l'alcool. Sa saveur ne serait pas passée inaperçue dans un verre d'eau. Rose vida donc le petit flacon sur le morceau de viande et dans la sauce.

Les bruits d'eau dans la salle de bains cessèrent brusquement, et Mme Williams revint. Rose avait à peine eu le temps de reboucher le flacon et de le cacher.

L'infirmière s'assit de nouveau, le visage toujours rouge, s'empara de sa fourchette et de son couteau, et s'attaqua à la viande.

— Ça a un drôle de goût, dit-elle après la première bouchée.

— C'est du bœuf bourguignon ; au début, ça surprend, commenta Rose.

— C'est français ? s'enquit Mme Williams avec un mélange de curiosité et de dégoût.

— Oui.

— Il n'y a pourtant rien de meilleur que le bœuf anglais, décréta l'infirmière avant d'avaler un autre morceau de viande.

— Le bœuf est anglais, précisa calmement Rose. C'est la recette qui est française.

Elle expliqua comment l'on préparait le bœuf bourguignon tandis que, une bouchée après l'autre, Mme Williams vidait son assiette, qui ne contenait pourtant rien de très insolite.

Sauf peut-être la teinture d'opium.

Un ingrédient qu'une infirmière aurait dû connaître.

— Je suis fatiguée, déclara Rose lorsque Mme Williams eut fini de saucer son assiette. Je vais m'allonger.

Cinq minutes ne s'étaient pas écoulées que l'infirmière s'effondrait dans le grand fauteuil.

Aussitôt, Rose vint fouiller dans la poche de son tablier, où elle gardait ses clés.

L'infirmière rouvrit péniblement les yeux.

— Vous m'avez droguée, dit-elle avec l'élocution lente et laborieuse d'un ivrogne.

— Oui, admit Rose.

— Vous m'avez tuée ?

Rose craignit d'avoir un peu forcé la dose.

— Franchement, je n'en sais rien, répliqua-t-elle avant d'ouvrir la porte et de sortir dans le couloir.

Au bout du couloir, il y avait l'escalier. Cramponnée à la rampe, elle commença à descendre. Elle connaissait la maison par cœur, elle savait que la troisième et la dixième marche craquaient.

De toute façon, il n'y avait personne pour l'entendre.

Des rires retentissaient dans la cuisine – les domestiques étaient en train de dîner et s'en donnaient à cœur joie.

Un jour, peut-être, elle souffrirait en considérant l'ingratitude de ces gens qui n'avaient pas levé le petit doigt pour l'aider.

Mais pas maintenant.

Maintenant, elle allait affronter l'homme qu'elle aurait dû affronter douze ans plus tôt.

Sans bruit, elle poussa la porte du bureau de Jonathan.

Il était là, assis dans un grand fauteuil à oreilles. Devant lui, sur une table, se trouvaient une carafe de cognac, un verre, un gros cendrier, un journal…

Et un pistolet d'un gris mat.

Calmement, Rose demanda :

— T'apprêtes-tu à me tuer, Jonathan ?

Il releva la tête. La souffrance assombrissait ses yeux et déformait ses traits.

Cet homme, jadis, l'avait fait rire, l'avait même rendue heureuse.

À présent, il n'y avait plus ni bonheur ni rire.

Aussi calmement qu'elle, il répondit :

— Nous souffrons trop. Il va bien falloir que cela cesse.

41

Le coup de cloche résonna dans les onze cents et quelques pièces du Parlement. Jack avait huit minutes pour entrer dans l'enceinte de la Chambre des lords avant que les huissiers ne ferment les portes à clé.

— Qu'allez-vous faire par là, Lodoun ? lui demandèrent moqueusement les collègues députés qu'il croisa en chemin. La Chambre des communes, c'est de l'autre côté.

Aux abords de la Chambre des lords, des huissiers en costume d'apparat montaient la garde.

— Vous savez où je peux trouver le grand chancelier ? demanda-t-il au premier qu'il vit.

— Si vous ne le savez pas, ce n'est pas à moi de vous le dire, répondit l'huissier avec arrogance.

Jack se faufila entre des bancs de cuir rouge. La Chambre des lords était aussi fastueuse que la Chambre des communes était austère.

Il passa devant le trône immense, surmonté d'un dais de bois doré richement ouvragé.

Enfin, il arriva devant la porte qu'il cherchait. Cette porte marquait la limite entre les simples mortels et la haute noblesse.

Jack entra.

Des hommes se trouvaient là, vêtus de rouge et emperruqués. Ils conversaient à mi-voix et riaient doucement derrière leur main.

— Monsieur, vous n'avez pas le droit d'entrer ici ! cria un huissier en se précipitant vers Jack.

Jack esquiva l'huissier, qui n'osa pas le toucher.

— Monsieur le grand chancelier ?

L'interpellé se retourna. C'était un ancien juge et à présent avocat général à la Cour de cassation – autrement dit, le plus puissant magistrat de la plus puissante cour d'Angleterre. Il détestait les incidents. Ayant reconnu le notoire Jack Lodoun, il le regarda avec dédain.

— Comment osez-vous, monsieur, pénétrer dans cette enceinte ?

Jack écarta d'une bourrade les deux huissiers qui cherchaient à lui barrer le passage et continua hardiment d'avancer. Les conversations et les rires cessèrent.

— J'ai une question à vous poser, milord.

Jack parlait d'une voix incroyablement énergique : l'énergie du désespoir !

— Ce n'est ni le lieu ni l'heure, répliqua sèchement le grand chancelier.

— Je crois le contraire, affirma Jack. Quelqu'un est en danger, le temps presse et vous êtes le seul, milord, à qui je puisse demander de l'aide.

Cela piqua la curiosité du lord.

— De quoi parlez-vous, monsieur ?

— Trois magistrats de la haute cour de justice ont décidé ce matin qu'un Anglais avait le droit d'enlever et de séquestrer un autre Anglais, pourvu que ce dernier soit une femme et qu'elle se trouve être la légitime épouse du premier. Milord, si j'ai indûment forcé la porte de ce sanctuaire, c'est afin de vous demander de trancher une question cruciale pour les treize millions trois cent trente-quatre mille cinq cent dix-sept personnes de sexe féminin que compte aujourd'hui l'Angleterre.

— Je vous écoute.

— Au pays de la Grande Charte, un mari a-t-il davantage de droits sur sa femme que la reine n'en a sur le plus humble de ses sujets ?

42

— Je t'ai aimée dès la première seconde, Rose, murmura Jonathan. Tes cheveux brillaient comme de l'or en fusion. Tu étais si adorable, si maternelle avec tes petits frères ! J'ai tout de suite su que c'était toi que je voulais pour être la mère de mes enfants.

Rose se souvint que le soleil avait brillé sur leur bonheur – comme il pleuvait aujourd'hui sur leur misère.

— Tu voulais de moi pour être la mère de *tes fils*, rectifia Rose.

Une demi-douzaine de chenapans comme ses petits frères.

— J'avais quatre sœurs, dit Jonathan.

Ça, Rose le savait déjà.

— Et j'ai eu cinq frères.

Ça, par contre, Rose l'avait ignoré.

— Tous mort-nés, ajouta Jonathan. Ma mère venait d'une famille de femmes. Elle n'a jamais été fichue de mettre au monde un garçon *vivant*.

— Sauf toi ? fit observer Rose.

— Moi ? Mais je suis né à six mois et demi, tout violet, tout racorni, plus mort que vif... Si j'ai survécu, c'est par miracle.

Rose avait souffert de ne pas comprendre. Maintenant qu'elle comprenait, c'était pire.

— Et c'est pour ça que tu m'as choisie, murmura-t-elle. Parce que, dans ma famille, on faisait surtout des garçons.

— As-tu pleuré quelquefois sur les enfants que nous n'avons pas eus ?

— Si j'ai pleuré, c'est parce que tu ne m'aimais pas.

Jonathan poussa un soupir et but une gorgée de cognac.

— Oh si, je t'aimais ! Tu n'imagines pas ce que j'ai pu souffrir, seul dans mon lit, durant toutes ces années.

— Tu pouvais me rejoindre dans le mien, repartit Rose. Pourquoi ne l'as-tu pas fait ?

Jonathan ne répondit rien.

Inutile. Elle avait compris.

— Tu m'as délibérément privée de ton amour pour que je prenne un amant, c'est ça ?

— Oui.

— Un amant qui me ferait un enfant ?

— Oui.

— Un enfant que je ramènerais à la maison pour que nous l'élevions ensemble ?

Une fois encore, Jonathan ne chercha pas à nier.

— Et tu appelles ça de l'amour ? s'emporta Rose.

Un éclair de douleur passa dans les yeux de Jonathan, les yeux vitreux d'un homme à demi ivre.

— Tu crois que ça me plaisait de t'imaginer dans les bras de ton amant ?

Rose baissa les yeux.

— Pire encore ! reprit Jonathan. Tu crois que ça me plaisait de t'imaginer dans les bras de ton amant alors que tu ne risquais même pas d'être enceinte ?

— Quoi ?

— Je savais que tu portais un dispositif pour éviter ça.

Rose resta bouche bée.

À la réflexion, il n'avait pas eu l'air étonné quand le Dr Weinberger avait retiré le diaphragme.

— Comment l'as-tu su ? demanda-t-elle lorsqu'elle eut recouvré l'usage de la parole.

— Tu as laissé trop d'argent au médecin, expliqua Jonathan. Il m'a renvoyé le trop-perçu à mon bureau, assorti de la facture.

Rose revit la scène. Le chiffre gribouillé avait donc bien été un 3 – comme l'avait supposé la femme du gynécologue – et non un 8.

Elle avait payé en espèces et n'avait pas laissé d'adresse.

Mais, dans le *Globe,* se souvint-elle, ils avaient dit que Jonathan travaillait à la Bourse.

— Quand as-tu reçu ce courrier ?

— Hier matin.

— Et c'est ce qui t'a décidé à agir ?

— Oui. Je n'allais pas continuer à endurer les affres de la jalousie dès lors que je n'avais aucun bénéfice à escompter.

Il parlait bien comme un agent de change !

— Où as-tu pu te procurer deux hommes de main en si peu de temps ? demanda Rose.

— Dans le service de sécurité de la firme.

— Et, lorsque tu les as engagés, tu avais le sentiment de m'aimer ?

Jonathan détourna la tête.

— Tu les as regardés m'enlever !

— Je leur avais dit de ne pas te faire le moindre mal.

— J'ai des bleus plein les bras, dit-elle en exagérant un peu.

Jonathan attrapa la carafe de cognac et se resservit. Généreusement.

— J'ai bien cru que tu allais me faire enfermer dans une maison de fous.

— Je ne te ferai jamais ça, Rose, voyons !

— Tu as fait bien pire. Tu m'as considérée dès le début comme un monceau d'organes dont tu pouvais espérer sortir des fils !

— Tu savais que je voulais des enfants, Rose.

— Je voulais juste être aimée.

Enfin, il trouva le courage de la regarder de nouveau. Il avait l'air aussi torturé qu'elle.

— Accorde-moi le divorce, Jonathan.

Elle se retint d'ajouter : « Je t'en prie ! »

Jamais plus elle ne s'abaisserait à supplier cet homme qui l'avait trahie de toutes les façons possibles et imaginables. Il lui avait fait dire par son frère qu'il lui pardonnait. Elle, elle ne lui pardonnerait jamais.

— C'est impossible, dit Jonathan d'une voix lugubre.

— Pourquoi ?

— Parce que tu vas continuer à prendre des amants, et les diaphragmes ne sont pas sûrs. Un jour ou l'autre, tu tomberas enceinte et, tant que tu seras ma femme, tes enfants seront légalement les miens. La loi est claire là-dessus. Quand une femme mariée accouche, le père, c'est le mari.

Rose mesura l'abîme qui les séparait.

— Tu n'aurais pas peur que tes collègues se moquent de toi ? Un homme obligé d'enlever sa femme ? Une femme enceinte d'un autre homme, par-dessus le marché ? ajouta-t-elle avec une pointe de cruauté.

— Ils se moquent déjà de moi, répliqua Jonathan d'une voix terne. Marié depuis douze ans, et pas d'enfant !

Rose se souvint du jour où Jack avait dit :

C'est une curieuse manie de vouloir à tout prix une progéniture.

— Vois-tu, Jonathan, certaines nuits j'ai haï la maladie qui t'a rendu stérile… mais, certaines nuits, c'est toi que je haïssais.

— Tu sais ce qu'on dit ? rétorqua mollement Jonathan. La haine, c'est l'envers de l'amour.

— On a tort. La haine, c'est de la haine, *des deux côtés.*

Jonathan devint blanc comme un linge.

— Alors, finissons-en, dit-il, au comble de la détresse. Prends ce pistolet, braque-le sur moi, tiens-le fermement et appuie sur la détente. Pour notre bien à tous les deux, fais-le.

Elle se souvint d'une autre chose que Jack avait dite :

Aucun avocat ne vous obtiendra jamais le divorce. Pour vous débarrasser de votre mari, je ne vois pas d'autre solution que de l'assassiner.

Mais il avait plaisanté.

Elle repensa aux moments d'intimité partagés avec Jack. Et à Jonathan, qui ne la rejoignait plus dans son lit depuis douze ans – tout cela parce qu'aucune femme ne peut tomber enceinte d'un homme stérile !

Jonathan lui avait infligé douze années de solitude, pour des raisons qui ne pouvaient avoir germé que dans un esprit dérangé.

Jonathan l'avait fait enlever par des brutes.

Jonathan l'avait fait violer par le spéculum d'un vieux médecin.

D'une main qui ne tremblait pas, elle prit le pistolet, empoigna solidement la crosse décorée de plaquettes d'ivoire et glissa l'index dans le pontet.

— Je ne t'accorderai jamais le divorce, déclara Jonathan avec détermination. Je te suivrai partout où tu iras. Quand tu seras enceinte, je le saurai. Je te ferai enlever au moment où tu t'y attendras le moins. J'élèverai ton enfant comme si c'était le mien. Parce que je t'aime.

— Et la loi te donnerait encore une fois raison ? gronda-t-elle.

— Oui. C'est pourquoi tu n'as pas trente-six façons d'être libre, Rose, mais une seule. Vise le cœur, ma chérie !

Rose se souvint des paroles de sa mère dans le fiacre en allant chez Whiteley :

L'essentiel est de faire ce qu'on doit faire, quoi qu'il puisse en coûter.

Et elle appuya sur la détente.

43

Au premier coup de feu, le cœur de Jack cessa de battre. Au deuxième, il repoussa le majordome qui bouchait la porte. Au troisième coup de feu, il entra en courant dans la maison.

Au quatrième coup de feu, il ouvrit la porte du bureau.

Au cinquième coup de feu, il se figea.

De la fumée s'échappait par le canon d'un petit pistolet.

Le petit pistolet qui se trouvait dans la main de Rose.

— La fille que tu as aimée, Jonathan, tu l'as tuée, dit calmement Rose, comme si ce n'était pas elle qui tenait le pistolet.

Jonathan Clarring était blanc comme un mort.

Raide comme un mort.

Mais vivant.

— J'aurai toujours la nostalgie du bonheur que nous aurions pu connaître, reprit Rose, mais si tu souffres, ce n'est pas ma faute.

Le sol était jonché d'éclats de verre.

Jack se rendit compte qu'elle avait tiré dans le miroir, dans la vitrine de la bibliothèque, dans la fenêtre – partout où elle avait vu le reflet de son mari.

— Je ne te pardonnerai jamais, ajouta-t-elle en reposant le pistolet à l'endroit où elle l'avait pris. À partir de maintenant, tu es mort pour moi, Jonathan. Jamais plus tu ne me feras souffrir.

Jack douta que ce fût vrai.

Rose souffrirait toujours pour Jonathan, de même que lui-même ne cesserait jamais de souffrir pour Cynthia Whitcox.

Il s'approcha, prit la jeune femme dans ses bras et lui embrassa les cheveux.

Il avait failli la perdre.

Les yeux fermés, il huma son parfum – ce mélange subtil, à moitié suave, à moitié poivré, qui n'appartenait qu'à elle.

— Ramenez-moi, s'il vous plaît.

Pendant ce temps, sur le visage de Jonathan Clarring, se peignait la stupeur. Il prenait la mesure du désastre qu'il avait provoqué. Il avait tout perdu. Rose l'avait aimé, l'aimait peut-être encore – mais ce n'était pas lui qu'elle choisissait.

— Le jugement de la haute cour a été cassé, annonça Jack, assez fort pour que Jonathan Clarring l'entende. Plus aucun homme n'aura le droit d'enfermer sa femme, ni même d'entraver sa liberté d'aller et venir.

Clarring resta sans réaction.

Jack embrassa Rose sur la tempe, avant de la lâcher.

— Partons d'ici, dit-elle.

La main au creux de ses reins, Jack la guida hors de la pièce.

Une fois dans le couloir, Rose s'arrêta, l'incitant à s'arrêter aussi.

— Vous venez de dire que Jonathan n'a plus le droit de me contraindre à habiter ici, c'est bien ça ?

— C'est bien ça, confirma-t-il en lui caressant la joue d'une main qui tremblait un peu. La loi n'est pas un fossile. Elle est vivante. Elle peut changer. Et c'est précisément ce qui vient d'arriver.

— Grâce à vous, dit Rose.

— Et à James Whitcox, précisa Jack.

Le mari de son ancienne maîtresse.

— Mais surtout grâce à vous, conclut-il.

Rose ferma les yeux.

— Je voulais vraiment le tuer, avoua-t-elle en se blottissant contre lui. J'ai l'impression qu'il a essayé de me pousser à bout pour que je le fasse. Il a dit que les diaphragmes n'étaient pas sûrs, et qu'un jour ou l'autre je finirais bien par tomber enceinte. Il a dit que c'était pour ça qu'il ne divorcerait jamais, pour être légalement le père de mes enfants.

Jack la serra fort contre lui.

— Une séparation de corps vous affranchira de la tutelle de votre mari, vous... et les enfants que vous pourriez éventuellement avoir.

— Mais le Parlement ne m'accordera jamais le divorce ?

Sans s'en rendre compte, elle enfonça ses ongles dans la peau de son cou. Jack ignora la douleur.

— Tôt ou tard, je vous obtiendrai le divorce, promit-il.

— Quand ils auront changé la loi ?

— Oui.

— Et, pour ça, ils attendront qu'un mari enlève sa femme, la batte, la mutile, la tue...

— C'est à craindre, admit Jack.

Rose glissa les mains sous le manteau de Jack et lui caressa le dos.

— J'ai peut-être tué l'infirmière, dit-elle.

— Comment ?

— Laudanum.

— Où est-elle ?

— Dans ma chambre. Au second étage. À gauche au fond du couloir.

— Ne bougez pas d'ici.

À regret, il lâcha Rose et monta l'escalier quatre à quatre. En entrant dans la chambre, il fut accueilli par une odeur de cuisine. L'infirmière, reconnaissable à son bonnet blanc, était avachie dans un fauteuil.

Elle ronflait comme un sonneur.

Surmontant son dégoût, Jack lui palpa le cou, cherchant la carotide. Le pouls était normal.

La geôlière de Rose n'était pas près de mourir.

Jack poussa un soupir de soulagement et redescendit l'escalier aussi vite qu'il l'avait grimpé.

Rose n'avait pas bougé de l'endroit où il l'avait laissée. Mais elle n'était plus seule. Autour d'elle, il y avait son père, sa mère, ses cinq frères et quelques-unes de ses belles-sœurs.

Frances Hart et James Whitcox étaient là aussi, un peu à l'écart.

Tout ce petit monde était emmitouflé dans des manteaux sombres et dégoulinants de pluie.

Jack et Whitcox échangèrent un regard. Entre eux passa le fantôme d'une femme en robe rouge.

Les parents de Rose s'écartèrent afin que Jack puisse prendre place auprès de la femme qu'il aimait.

AVENTURES & PASSIONS

17 août

Kate Noble

Mensonge et trahison

Inédit

Veuve, Leticia doit assurer son avenir et cherche un époux. Pourquoi ne pas séduire lord Asbhy, aristocrate séduisant et fortuné ? Mais, lorsqu'elle découvre que lord Asbhy et son chargé d'affaires, Ned Turner, ont interverti leurs rôles, elle est désespérée et accepte de se marier avec sir Babcock, charmant mais vieux et impotent. Quelque temps avant le mariage, elle fait la connaissance de l'un de ses voisins, un certain Ned Turner…

✦

Theresa Romain

Les secrets d'une provocatrice

Inédit

C'est plus fort qu'elle. Où qu'elle aille, Augusta Meredith, riche héritière, provoque les commérages. Pour avoir la paix, elle se rend dans la ville de Bath et se fait passer pour une charmante jeune veuve, jusqu'à ce que Joss Everett, cynique homme d'affaires, perce son secret.

✦

Julia Quinn

La chronique des Bridgerton - Hyacinthe

Hyacinthe, la cadette des Bridgerton, est-elle condamnée au célibat ? Trop fine mouche, trop directe, elle rebute les hommes de la bonne société. Lorsqu'elle rencontre Gareth Saint-Clair, ce n'est pas le coup de foudre, mais la traduction à quatre mains d'un journal intime italien va jouer un rôle qui n'était pas du tout prévu…

✦

Sylvia Day

La série Georgian - Si vous me provoquez

Simon Quinn a un charme redoutable. Ses sourires promettent monts et merveilles, cependant gare à celle qui s'attacherait à lui ! Car Simon se prête souvent, mais ne se donne jamais. Or Lysette Rousseau n'est pas comme les autres. Tantôt c'est la plus adorable des femmes, tantôt la pire des pestes. C'est à n'y rien comprendre.

24 août

Victoria Morgan

La fille d'un comte

Inédit

Après le décès de son fiancé aux Indes, lady Emily Chandler est déterminée à prouver qu'il a été assassiné. Même si Brett Curtis n'a pas bonne réputation, il est exactement celui qu'il lui faut pour son enquête, à condition qu'elle parvienne à le convaincre d'accepter sa dangereuse proposition.

✦

Sarah MacLean

La famille St. John - L'amour en 9 défis

Inédit

Calpurnia Hartwell s'est toujours comportée en parfaite lady. Mais lasse de suivre les règles de la bienséance, elle n'aspire qu'à goûter aux plaisirs défendus. Embrasser un homme avec passion, par exemple ! Elle conclut donc un marché avec Gabriel St. John, séducteur notoire : si elle aide sa demi-sœur à faire son entrée dans le monde, il lui fera découvrir mille plaisirs défendus.

✦

Gaelen Foley

L'inferno club - Caresses diaboliques

Selon la rumeur, l'Inferno Club est une bande de débauchés assoiffés de plaisirs. En réalité, ce sont des guerriers de l'ombre au service de leur patrie. Max St. Albans a consacré vingt ans de sa vie à l'Ordre. Aujourd'hui, il entend mener une existence respectable et se marier. Une seule femme le subjugue : Daphné Starling. Mais, alarmée par sa réputation, elle lui tient tête, tandis que les ennemis de Max ne semblent pas disposés à le laisser profiter d'une retraite méritée.

CRÉPUSCULE

24 août

Sylvie Barret

Les terres du Dalahar

Inédit

Ébranlée par une histoire malheureuse, Éléonore gagne Montréal afin d'y poursuivre ses études. Là-bas, elle découvre qu'elle marche involontairement sur les traces d'une jeune fille assassinée quelques mois plus tôt et dont elle rencontre l'étrange frère. Aussi sublime que taciturne, Mathias Gardner la trouble plus que de raison. Jonathan, le charismatique capitaine de l'équipe de hockey de la fac ne la laisse pas non plus indifférente… jusqu'à ce qu'elle tombe par hasard sur un mystérieux objet d'argent. Un objet qui la conduira sur des terres inconnues.

PROMESSES

24 août

Tracy Brogan

De tout nos cœurs

Inédit

Delaney Masterson, célèbre vedette de la télé-réalité, fuit la douce Californie pour le glacial Michigan : la diffusion d'une sex-tape lui a infligé une terrible humiliation médiatique. Elle est pourtant tout sauf l'écervelée que dépeignent les paparazzis et veut se faire oublier, dans la bicoque de Bell Harbor qu'elle vient de louer à une certaine Donna Beckett. Dans ce refuge idéal elle attend que cesse l'agitation des journalistes. Jusqu'au jour où ... elle découvre un homme nu dans sa douche ! Grant Connelly affirme être le propriétaire des lieux et semble bien décidé à s'incruster.

Passion intense

24 août

Shayla Black

Voluptés - Effrontée

Inédit

Pour plaire à son amour de jeunesse, Kimber est prête à tout, y compris à découvrir de nouvelles formes de plaisir au sein d'un trio amoureux. Pour l'initier à ce genre de pratiques voluptueuses, elle fait appel à Luc et Deke, deux hommes particulièrement expérimentés. Mais si l'un est doux et attentionné, l'autre se révèle impulsif et fougueux. Pourtant c'est entre leurs bras que la jeune femme va se découvrir des plaisirs insoupçonnés...

Romantic
Suspense

24 août

Linda Howard
Obscure prémonition

Spécialiste en langues anciennes, Grace St. John se voit confier la traduction de la copie d'un manuscrit du XIVe siècle. Ce dernier révélerait le lieu d'un trésor légendaire. La vie de Grace se retrouve menacée par ceux qui veulent à tout prix lui dérober l'ouvrage. S'enfuyant, elle l'emporte avec elle, déterminée à percer son secret. Et pour ce faire, une seule solution s'offre à elle : remonter le temps à la recherche d'un certain Niall d'Écosse…

Et toujours la reine du roman sentimental :

Barbara
Cartland

« Les romans de Barbara Cartland nous transportent dans un monde passé, mais si proche de nous en ce qui concerne les sentiments. L'amour y est un protagoniste à part entière : un amour parfois contrarié, qui souvent arrive de façon imprévue.
Grâce à son style, Barbara Cartland nous apprend que les rêves peuvent toujours se réaliser et qu'il ne faut jamais désespérer. »
Angela Fracchiolla, lectrice, Italie

Le 17 août
Menace au château

11498

Composition
FACOMPO

Achevé d'imprimer en Italie
Par GRAFICA VENETA
le 13 juin 2016.

Dépôt légal : juin 2016.
EAN 9782290121832
OTP L21EPSN001483N001

ÉDITIONS J'AI LU
87, quai Panhard-et-Levassor, 75013 Paris

Diffusion France et étranger : Flammarion